世界文學
經典名作

魔法城堡

THE ENCHANTED CASTLE

EDITH NESBIT

伊迪絲・內斯比特 著
朱曾汶 譯

關於本書

《納尼亞傳奇》的作者C・S・路易斯——

童年曾讀過內斯比特的小說，對他產生了影響。路易斯曾在信件中提到他寫童書的想法：「那將會是傳承內斯比特的傳統。」

《哈利波特》的作者J・K・羅琳——

她亦受到內斯比特小說的影響，羅琳說：「伊迪絲・內斯比特的作品，一直是我行文風格臨摹的對象！」

＊

《魔法城堡》是全球排名一百大的青少年經典小說——

他們順著台階，穿過地底的拱門，就出現像意大利風光的湖，有一座小島和綠色山丘，滿天星星在眨眼，一些白色塑像全身手腳閃閃發光「哇！那是一座魔堡！」

吉米吻了一下沉睡的美人，她竟然眞的醒過來了……在月夜復活的石像，一起奔赴諸神的聚會，在噴泉旁的石頭怪獸恐龍也活了過來，外套、帽子、高爾夫球桿、假面具、掃帚柄也都一一的活了過來。

那枚能實現任何願望的魔環，就是喚醒魔幻城堡大門的神奇之鑰！接下來的怪事連連，讓人緊張地喘不過氣來……

伊迪絲．內斯比特（Edith Nesbit）一八五八～一九二四，英國小說作家、詩人。

她生在倫敦，父親是農業化學家，開辦了一所農業學院。伊迪絲是五個孩子當中最小的一個，三歲時，父親就去世了。由於大姐瑪麗有病，在多霧的倫敦居住不合適，九歲時，她母親帶全家去了歐洲大陸。他們一家在法國過了一段時間的遊蕩生活。伊迪絲討厭她讀過的無數學校中的大多數，她顯然曾數度企圖從德國的一所學校逃跑。在法國與一個有位和她一樣年齡的女兒的家庭一起度過的那段學法語的時期對她來說是較爲成功的。

同時，她貪婪地閱讀一切，她自己的作品反映了她對19世紀兒童書籍的淵博知識，她和她書中的男女主人公們常常或是譏諷、或是褒揚地引用這些書中的典故。她的一家人在布列塔尼的一座房子裏度過了一段快樂時光後回到了英國，這時伊迪絲有十三歲了。大約三年以後，內斯比特太太的錢花光了，一家人不得不沮喪地移居倫敦北部的巴恩斯伯里。

伊迪絲的大姐的未婚夫是位詩人，通過他，伊迪絲又認識了一些詩人，包括著名女詩人，也寫有兒童詩的克莉絲蒂娜．羅塞蒂，這使她對寫詩發生了濃厚興趣。因爲家境貧困，她於是嘗試投稿，一八七六年她十七歲的時候，雜誌上發表了她的第一首詩《巴斯塔布爾聖誕頌歌》，並獲得1基尼（約值1鎊1先令）的報酬。伊迪絲一生經濟不寬裕。她二十一歲和費邊社的創始人之一休伯特．布蘭德結婚，改名為伊迪絲．內斯比特．布蘭德，後來丈夫做生意破產，又長期生病，她便一直靠賣文為生。她寫詩（還代人繪製聖誕卡，把自己寫的詩抄在上面），寫長短篇小說，寫劇本。她寫的恐怖小說很有名，流傳至今。

E．內斯比特的著名的兒童書，是在她四十歲時幾乎毫無前奏地突然出現的，出自大批幾乎每種類型都有的、或多或少是為了賣錢的作品中。（「E」這個首字母使別人以為她是個男人，這使她很高興；她喜歡男性角色，而且在她的寫作中快活地假定自己是個男性。）用她的傳記作者多麗絲．蘭格利．摩爾的話來說，「她花了二十年中的大多數時間去尋找自己的位置，即使到了那時也還沒有意識到自己已經找到。」

為孩子們寫的故事是她投給雜誌的稿件中的一部分。一八九二年，拉斐爾．塔克公司（她也為他設計聖誕卡）推出了她的第一本完整的兒童書，敘事詩《哥倫布的航行》。她隨後又出版了由她自己的詩組成的生日書《貓咪故事》和《小狗故事》《神奇的鼴鼠》這樣的作品，還有為孩子們重新編寫的《莎士比亞》，以及從一八九六年10月開始的在「女孩自己的文章」專欄裏的12篇系列文章；這些文章被稱為「我的學校生活」，但事實上是她童年時代其他生活的描述。她計劃為孩子們出一本新雜誌，但未成功。然後，她顯然沒有意識到她正在從事一件與她平常所作的為了賺錢過活而幹的工作無關的事情，那就是她於一八九八年為《濃蔭》（Pall Mall）和《溫莎》（Windsor）雜誌創作了一系列關於奧斯沃爾德．巴斯塔布爾和他的一家的故事。這些故事第二年出了單行本《尋寶人》（The Treasure Seekers）。它立即大獲成功，並開始了家庭繁榮時期。

第二本巴斯塔布爾小說《自以爲是的人》（The Wouldbegoods），出版於一九〇一年。同年，題爲「沙米德」的系列故事開始在《海濱》雜誌上發表。這些故事後來以《龍的故事集》的標題出版了（一九〇一）。她對米勒的圖畫十分滿意，甚至認爲他具有心靈感應能力；顯然有時她很遲才拿出她的故事來，以至他不得不靠最少的資料來作畫。後來他就成爲她最自然的爲她的兒童書作插圖的人選了。「沙米德」故事構成了《五個孩子和它》（一九〇二）的基礎。《鳳凰與魔毯》於一九〇三年開始在《海濱》上出現，《新的尋寶人》（巴斯塔布爾故事的一個集子）於同年在《倫敦雜誌》上發表。一九〇四年這兩個系列故事都出了書。

儘管她獲得了成功，但她仍覺得她必須爲了錢像以往一樣大量地寫作。《彼得．帕格》是一個關於狗的故事。《奧斯沃爾德．巴斯塔布爾及其他故事》是在一份雜誌上發表過的故事的選集，都出版於一九〇五年。在這一年中她還作了大量研究工作並寫作了《護身符的故事》，《鐵路的孩子》一九〇四年在《倫敦雜誌》上以連載形式發表，一九〇六年出書，而同年《魔法城堡》開始在《海濱》上連載，次年結集出版。一九〇七年，她忙於當一個新的文學藝術雜誌《新石器》（Neolith）的編輯之一。

伊迪絲出版過包括各種文體在內的一百來部書，她一直看好她爲成人寫的作品，尤其是詩歌，但最終她是在兒童文學創作方面大獲成功、名聲遠播，歐亞諸國紛紛譯介她的代表作。伊迪絲的第一部兒童文學作品出版於一八九〇年，是本兒童詩集，叫《兩季的歌》。她的兒童文學創作大體分兩類：一類是小說，寫現實生活的家庭冒險故事，代表作是描述關於巴斯塔布兒一家的《尋寶六人組合》（一八九九）《闖禍的快樂少年》、《想做好孩子》和《鐵路邊的孩子》（一九〇六），這類作品中兒童性格刻畫鮮明，家庭生活描寫眞切動人；另一類是童話，神奇故事，這類作品更爲著名，代表作有《砂之精靈》直譯是《五個孩子和一個怪物》（一九〇二）——即二〇〇四年改編電影《沙仙活地魔》的原著、《鳳凰和飛毯》（一九〇四）以及《四個孩子和一個護身符》——即《護身符的故事》（一九〇六）等。這些故事懸念重重、曲折離奇、想像力豐富、卻理趣結合，給孩子以如臨其境、眞實可信的驚喜感覺。

伊迪絲的兒童文學作品受到英國大作家、著名的科學幻想小說家、《隱形人》和《未來世界》的作者赫伯特·喬治·威爾斯的賞識，他起初還以爲她是位男作家，因爲她用了E·內斯比特的筆名，不知道她叫伊迪絲·內斯比特。她聽後大爲得意，因爲她小時候長得又高又大，像個男孩，而且淘氣搗蛋。

伊迪絲一直對她寫給大人看的文學作品充滿自信，特別是詩歌，可萬萬沒有想到，使她獲得國際聲譽的卻是她的兒童文學作品，它們已經成了兒童文學的經典作品。

目錄

獻給瑪格麗特、奧斯特勒

珮琪，你來自灌木叢生的山野高原，
從我開著的門帶來了那裡的新鮮空氣；
你帶來了青春的花朵，讓它們
在索霍的拉丁區開放。
為了那種神秘的魔力，親愛的佩琪，
這兒我奉獻給你一個魔法的故事——
——我的一丁點兒工作，我的一丁點兒心意……
我們必須分別時你留下的那一丁點兒。

E・內斯比特

一九〇七年九月廿五日於倫敦蘇活區皇家會所

孩子們置身的大廳是天底下最美麗的地方。

第一章

他們是兄妹三個——傑瑞、吉米和凱撒琳。當然，傑瑞的名字叫傑勒德，不叫傑里邁亞——不管你會怎麼想；吉米的名字叫詹姆斯；凱撒琳卻從來沒有人叫她的名字，她的兩個哥哥高興的時候管她叫卡賽、卡蒂或者小貓咪，不高興的時候就直呼她野貓。他們在英國西部一個小鎮裡上學——當然，兩個男孩在一所學校就讀，女孩在另一所學校上課，因爲男女孩童在同一所學校接受教育這個習慣雖然合情合理，當時卻還不普遍。我希望它有朝一日會普遍。

星期六和星期天，他們總是在一位慈祥的老處女家見面。可是，在那種屋子裡是沒法玩的。你們知道那種屋子，不是嗎？那種屋子有一種氣氛，使你們獨自待著時甚至沒法互相聊聊天，玩耍彷彿是不正常、不自然的。所以他們總是伸長頭頸，盼望假期早日到來，那時他們兄妹三個可以全都回家去，成天待在一起。

在家裡，玩耍是正常的，可以痛痛快快地聊，而漢普夏❶的森林和田野盡是有趣的東西，可

---

❶漢普夏：英國英格蘭南海岸的一個郡，以生產豬和羊而出名。

以讓你玩個夠，看個飽。他們的堂姊妹蓓蒂也會在那裡，而且將會訂出不少計畫。蓓蒂的學校比他們的學校先放假，所以她第一個回到漢普夏的家裡。誰知她一到家就患了痲疹，為了避免傳染，我的三個孩子就壓根兒回不去了。

你能想像得出他們的心情。在哈維小姐家一連待七個星期的念頭是叫人無法忍受的，三個孩子都給家裡寫信實說了。這使他們的父母感到萬分驚訝，因為他們一向以為孩子們有親愛的哈維小姐家可去，是再好不過了。不過，如傑瑞所說，父母「對這件事非常通情達理。」經過好多書信和電報往來，終於約定讓兩個男孩去住在凱撒琳的學校，因為那兒所有的女生都回家去了，而且，除了一個法國人，也沒有其他女教師了。

「這總比待在哈維小姐家強。」當兩個男孩順便來問法國女教師他們什麼時候來學校比較方便時，凱撒琳表示她的看法，「再說，我們學校也不像你們學校那麼糟。我們課桌上有桌布，窗上有窗帘；你們的課桌都是松木的，都給墨水弄得髒兮兮。」

當他們去收拾行李時，凱撒琳用鮮花把所有的房間都儘量點綴得漂漂亮亮——花插在果醬瓶裡，主要是萬壽菊，因為後花園裡再沒有別的花了；前花園倒有天竺葵、蒲公英和半邊蓮，那些花當然是採不得的。

喝完茶，凱撒琳把男孩們的衣服從箱子裡拿出來，整整齊齊地分成一小堆、一小堆，放進五斗櫥的抽屜裡，覺得自己活像是個大人了。

衣服放好以後，凱撒琳說：「假期裡我們得搞點活動。我們來寫本書好嗎？」

「你寫不來的。」吉米說。

「當然不是由我動筆！」凱撒琳說，有點感到委屈，「我是說我們大家合著寫。」

「太辛苦了！」傑勒德冷冷地說。

凱撒琳還是不讓步；「要是我們來寫一本揭露學校內幕的書，人們肯定會讀，會說我們真聰明。」

「我們被學校除名倒是更有可能哩！」傑勒德說：「不行！我們還不如做些戶外遊戲，比方官兵捉強盜什麼的。要是我們能找到一個山洞，在裡面儲藏點東西，然後吃一頓，那才夠勁呢！」

「這兒什麼山洞也沒有。」吉米說。他最喜歡跟人家抬槓。「再說，你的那位寶貝法國小姐也未必會讓我們獨自出去。」

「噢，這個我們走著瞧吧！」傑勒德說：「我會像一個父親那樣去跟她談。」

「像什麼？」凱撒琳奚落他。

「對我們的英雄來說，梳梳頭髮，刷刷衣服，洗洗臉和手，不過是舉手之勞！」傑勒德說罷，朝鏡子裡看了看，就照他自己說的去做了。

法國女教師正坐在客廳裡讀一本黃封面的書，做著永遠不能實現的夢。一個油光光、瘦精精，皮膚被太陽曬得黑黑的男孩來敲門了。傑勒德總是只要一點點時間就能讓自己顯得討人喜歡，這種本領在跟陌生的成年人打交道時特別管用。他的辦法是把一雙灰色的眼睛睜得大大的，嘴角搭拉下來，裝出一副溫柔、可憐巴巴的表情，活像已故的小方特羅伊伯爵——順便說說，小伯爵現在一定非常老了，是個嚇人的花花公子。

「進來！」法國女教師用很尖的法國口音說。

於是，他就進去了。

「什麼事？」她用法語相當不耐煩地問。

「希望我沒有打擾您？」傑勒德說。在他嘴裡，奶油好像永遠不會化掉。

「一點也沒有。」她說，口氣有點和緩了，「你要什麼？」

「我想我應該來向您請個安！」傑勒德說：「因爲您是一家之主。」

他伸出一隻手。手剛剛洗過，還是濕答答、紅通通的。她和他握了手。

「你是個非常有禮貌的小孩子。」她說。

「哪裡！哪裡！」傑勒德更加彬彬有禮了，「我非常過意不去；假期裡還要照顧我們，眞太難爲您了！」

「哪兒的話！」現在輪到法國女教師客氣了，「我相信你們都是好孩子。」

傑勒德的模樣使她確信，他和另外兩個孩子會成爲兒童所能成爲的那種程度上的天使，而同

「小騙子！」她說。

時還是個人。

「我們一定努力！」他正經八百地回答。

「有什麼事需要我做嗎？」法國女教師親切地問。

「噢，不！謝謝！」傑勒德說：「我們不願給您添麻煩。我在想，要是我們明天到樹林裡去一天，就會減輕您的負擔。我們把午飯帶去——您知道，就一些冷菜——免得給廚子添麻煩。」

「你考慮得眞周到！」法國女教師冷冷地說。

傑勒德的眼裡露出了笑意；他有本領讓眼睛發笑，臉上卻十分嚴肅。

女教師看到他閃閃發亮的眼睛，笑了。傑勒德也笑了。

「小騙子！」她嗔怪道：「幹嘛不爽快地說你們想逃避監督，偏要裝腔作勢地討好我!?」

「對大人就得留點兒神。」傑勒德說：「不過，這倒並不完全是裝腔作勢。我們眞的是不願給您添麻煩——我們不願讓您——」

「跟你們過不去。唔！你們的父母允許你們到樹林裡去嗎？」

「唔，當然囉！」傑勒德一本正經地回答。

「既然你們父母同意，那我就不做惡人了。我去對廚子關照一聲。你滿意了嗎？」

「很滿意！」傑勒德說：

「小姐，您是個可人兒。」

「鹿❷？」她重複了一遍，「頭上有角的鹿？」

「不！是！是個Cherie❸，」傑勒德說：「最親最親的Cherie。您不會後悔的。有什麼我們可以爲您效勞的嗎？比方繞毛線或者找眼鏡什麼的？」

---

❷ 傑勒德管法國女教師叫dear（可人兒），女教師誤會了，還以為他叫她deer（鹿）。

❸ Cherie：法語「親愛的」。

「把我當成老奶奶了！」女教師放聲大笑起來，「去吧！可不要太頑皮唷！」

＊

「怎麼樣，運氣好嗎？」另外兩個孩子問道。

「沒問題！」傑勒德滿不在乎地回答，「我對你們說過，不會有問題。純眞少年贏得了外國女教師的歡心，這位女教師年輕時曾經是她那破落村莊裡的美女。」

「我不相信她曾經是個美女。她太兇了！」凱撒琳說。

「啊！」傑勒德說：「那只是因爲你不懂得怎麼樣巧妙地應付她罷了。她對我可一點兒都不兇啊！」

「我說你眞是個馬屁精，不是嗎？」吉米說。

「不！我是個外——叫什麼來著？大使那一類的人。對啦，外交家——這就是我。不管怎麼說，我們勝利了。要是找不到山洞，我的外號就不叫傑克．魯賓遜。」

晚餐時，法國女教師坐在上座，凱撒琳感到她不像平時那樣兇了。晚餐吃的麵包，糖蜜是幾個小時前就抹好的，現在比你所能想像的任何其他食物都更硬更乾。傑勒德必恭必敬地把奶油和乳酪遞給她，而且硬要她嚐嚐麵包和糖蜜的味道。

「呸！眞硬，就像嘴裡嚼了一口砂子！你們有可能愛吃嗎？」

「不！」傑勒德說：「不可能愛吃，可是孩子們對他們的食物挑剔是不禮貌的。」

女教師笑了。從此以後，晚餐再沒有那種乾掉的麵包和糖蜜了。

「你是怎麼做到的？」當他們臨睡前互道晚安時，凱撒琳讚賞地問道。

「噢，那容易得很！只要讓一個大人明白你在追求什麼就行了。你們將會看到，從今天起，我就完全把她捏在手心裡了。」

第二天早上，傑勒德一早就起身。他發現萬壽菊當中有一叢粉紅色的康乃馨，就採了幾朵，用一根黑棉紗線紮牢，把它放在法國女教師的餐盒裡。女教師微微一笑，把花插在她的緊身胸衣裡，看上去十分漂亮。

後來，吉米問道：「用花和其他東西向人們拍馬屁，讓你可以為所欲為，你認為這種作風算得上正派嗎？」

「不是這樣的。」凱撒琳出乎意外地說：「我明白傑勒德的意思，只不過我自己事到臨頭總是想不出。你知道，要是你希望大人待你好，你至少也要待他們好，要想出一些點子來討好他們。我自己總是想不出，傑瑞想得出。因為這個緣故，老太太們都喜歡他。這不是賄賂。這可以說是一報還一報——就像買了東西要付錢。」

「好吧！」吉米說：「把這個道德問題丟開得了！無論如何，我們可以到樹林裡去痛痛快快玩一天啦！」

他們確實痛痛快快地玩了。

即使在繁忙的上午時刻，寬闊的大街也幾乎像一條夢中的街道那樣寂靜，沐浴在金色的陽光裡。昨夜的雨使樹葉清翠欲滴，但街道是乾燥的。陽光下，路上的塵土像鑽石般閃閃發亮。一幢幢美麗的老屋穩穩當當佇立著，彷彿在太陽底下曬暖兒，舒適極了。

「到底有沒有樹林？」當他們經過市場時，凱撒琳問道。

「樹林有沒有無所謂！」傑勒德夢幻似地說：「我們肯定能找到什麼東西。有個同學曾經告訴我，他的父親說，在他小時候，索爾茲伯里大道附近一條小路的斜坡下面有一個小山洞；可是他說，那兒還有一座魔堡，所以山洞也許不是眞的。」

「要是我們有喇叭，」凱撒琳說：「一路上拼命吹，我們也許會發現一座魔堡。」

「你要是有錢浪費在喇叭上……」吉米輕蔑地說。

「可我偏偏有，就在這裡！」凱撒琳說。喇叭是從一家小店裡買來的。那家小店有一個凸出的櫥窗，裡面亂七八糟地擺滿了各種各樣的玩具、糖果、黃瓜和酸果。

喇叭聲長久而響亮地吹起來，小鎮盡頭寧靜的廣場發出回響。廣場上有一座教堂，還有最體面的人的住宅。但是沒有一所住宅變成魔堡。

他們順著索爾茲伯里大道走去。大道火辣辣地塵土滾滾。於是，他們一致同意喝瓶薑汁水。

「薑汁水裝在瓶子裡，倒不如裝在我們肚子裡。」吉米說：「我們可以把空瓶藏起來，回來時再拿。」

不久，他們來到一個地方，那兒的道路，如傑勒德所說，朝左右兩個方向延伸過去。

「這眞有點兒像冒險！」凱撒琳說。他們走右邊的一條路，拐彎的時候又走左邊的一條路，（吉米說，這樣兩不吃虧。）就這樣忽左忽右。最後他們完全迷了路。

「完完全全迷路了。」凱撒琳說：「眞有勁！」

這當兒，樹枝彎成拱形垂覆頭上，道路兩旁的堤岸高高的，長滿茂密的灌木。冒險家的喇叭早就不吹了。既然四下裡沒有人受到喇叭聲的煩攪，不停地吹實在太吃力了。

「啊，餓壞了！」吉米突然說。「咱們坐下來吃點東西吧！我們可以管它叫午餐。」他勸誘地添補了一句。

於是，他們坐在樹籬裡，吃著紅潤豐滿的漿果。那本來應該是餐後甜點用的。

他們坐著休息，但願皮鞋不太擠腳。

傑勒德把身體靠在灌木上，灌木吃不住他的重量，使他整個人差點向後倒了下去。他背部壓著什麼東西，發出一樣沈重的東西倒下去的聲音。

「啊，天哪！」他大叫一聲，一骨碌從地上爬起來，「那兒有樣空的東西——我身體靠著的那塊石子動了！」

「但願那是個山洞。」吉米說：「不過，肯定不是的。」

「要是我們吹喇叭，也許就是了。」凱撒琳說，立刻把喇叭吹得震天響。

吉米頭朝下進去，活像一個人跳進一汪深不可測的海。

傑勒德把手伸到灌木裡面。「屁也沒有，」他說：「只有一個空洞。」

另外兩個孩子把灌木分開。堤岸裡果然有個洞。「讓我進去看看。」傑勒德說。

「啊，別去！」他的妹妹說：「千萬別去！要是裡面有蛇怎麼辦？」

「不會有蛇的。」傑勒德說。可是他還是向前探出身，擦了一根火柴。

「是個山洞！」他叫了一聲，從他剛才坐的那塊生滿青苔的石頭上爬過去，不見了。

接下來，是一個緊張得叫人透

不過氣的間歇。

「你沒事嗎？」吉米問道。

「沒事。下來吧！你們最好腳先下來——落差比較大。」

「我先下去。」凱撒琳說，聽傑勒德的話腳先下去。兩隻腳在半空亂搖晃。

「當心！」傑勒德在黑暗中說：「要留點兒神。腳要向下，姑娘，別向上。這裡沒法子飛——沒有空間。」

他用力把她的兩隻腳往下拉，然後兩隻手放在她的腋下，把她接住。她感到皮鞋底下枯葉沙沙作響，站直身體，準備接應吉米。吉米頭朝下進去，活像一個人跳進一汪深不可測的海。

「眞的是個山洞！」凱撒琳說。

「少年探險家們，」傑勒德解釋道。他的肩膀把山洞的入口堵住了。「開頭被山洞的黑暗照花了眼，什麼也看不見。」

「黑暗不會照花眼的。」吉米說。

「要是我們有支蠟燭就好了。」凱撒琳說。

「黑暗會照花眼的；」傑勒德反駁，「什麼也看不見。可是當別人笨拙的身體把入口堵住時，他們那無畏的領袖一雙眼睛卻已經習慣於黑暗，發現了一個秘密。」

「啊，什麼！」傑勒德連說帶做的講話方式，另外兩個孩子已經習慣了，但是他們眞希望他在興奮的當口話別說得太多，別咬文嚼字。

「他不會把可怕的秘密透露給他的忠心耿耿的手下，除非他們都用名譽保證會乖乖的。」

「我們保證乖乖的。」吉米不耐煩地說。

「好吧！」傑勒德說，突然不再咬文嚼字，恢復了孩子的口氣，「那兒有光——你們回過頭去看！」他們回過頭去看，果然看見了光。黑壓壓的洞壁上有一抹淡灰色，另一抹深一點的灰色被一根黑線切斷，表明山洞的拐彎處或角落裡有日光。

「立正！」傑勒德發出口令。他心裡想說Attention，可是實際說出來的卻是「Shun❹！」這跟一個軍人之子的身分很相稱。另外兩個孩子習慣性地服從了。

「你們保持立正的姿勢，直到我發出『慢步前進』的口令爲止。你們聽到口令，就散開隊形，跟著你們的英雄領袖往前走，小心不要踩著死人和傷員。」

「但願不要！」凱撒琳說。

「根本沒有死人和傷員！」吉米說，在黑暗中摸索她的手，「他不過是說，小心不要被石頭和別的東西絆倒。」

他摸到她的手，她驚叫起來。

---

❹「Shun」，是Attention發音的縮略拼法。

「別怕，是我啊！」吉米說：「我以為你會喜歡我握住你的手呢，小丫頭！」

這時，他們的眼睛已經開始習慣於黑暗了，大家都看清楚他們是置身在一個毛糙的石洞裡，這個洞筆直延伸過去約三、四碼之後向右急轉。

「要嘛死亡，要嘛勝利！」傑勒德說：「現在──慢步前進！」

他小心翼翼地前進，在石洞底部鬆軟的泥土和石頭中尋路。他轉了個彎，突然叫起來：「一條船，一條船！」

「太好了！」凱撒琳長長地吸了口氣，來到陽光下面。

「我什麼船也沒看見。」吉米跟在後面說。

狹窄的通道盡頭是個圓拱，上面布滿了羊齒植物和爬山虎。他們穿過圓拱，進入一條又深又窄的水溝。溝堤是石頭砌的，長滿了青苔，縫隙裡長著更多的羊齒植物和高高的野草。堤岸上的樹枝在頭頂上重疊交叉，陽光從縫隙裡射進來，形成許多斑斑駁駁的光點，把水溝變成一條黃綠色有頂的走廊。這條走廊是用青灰色的石板鋪的，上面堆滿了落葉，向下急遽傾斜；末端又是一個圓拱，裡面黑黝黝的；圓拱上方怪石嶙峋，長滿了草和灌木。

「這有點像一條鐵路隧道的外部。」吉米說。

「它是魔堡的入口。」凱撒琳說：「我們來吹喇叭吧！」

「住口！」傑勒德說：「勇敢的隊長責罵他的部下嘮叨個沒完──」

「它是魔堡的入口。」凱撒琳說。

「我喜歡聽！」吉米惱怒地頂了一句。

「我知道你會喜歡的。」傑勒德重新開始說：「勇敢的隊長責罵他的部下嘮叨個沒完，命令他們小心前進，不要出聲，因爲周圍可能有人，另一個拱門也許是個冰窖或其他危險的東西。」

「什麼東西？」凱撒琳焦急地問。

「可能是熊！」傑勒德隨便應了一句。

「熊都是關在鐵柵裡面的——至少在英國他們都是這樣做。」吉米說。「美國人管熊叫『巴』❺。」他心不在焉地補充一句。

「快步走！」這是傑勒德唯一的回答。

於是，他們就快步走。在潮濕的落葉下面，道路堅硬多石。走到黑暗的拱門前，停住腳步。

「有台階通下去。」吉米說。

「下面是個冰窖。」傑勒德說。

「別下去。」凱撒琳害怕了。

「我們的英雄，」傑勒德說：「天不怕地不怕，爲了增強他那些窩囊部下已動搖的信心，說他要奮勇向前，他們願意的話可以跟他一塊兒走。」

---

❺英語鐵柵（bar）和熊（bear）的讀音相近。

「要是你罵人，」吉米說：「那你一個人去吧！」他補充一句：「就這樣！」

「傻瓜，這是遊戲的一部分啊！」傑勒德友好地解釋道：「明天你可以當隊長，所以你現在最好還是把你的嘴巴閉起來，好好開動腦筋，想一想輪到你當隊長時，該怎樣罵我們。」

他們非常緩慢和小心地順著台階走下去。一塊拱形石頭高高覆蓋在他們頭上。最後一級台階沒有邊，事實上是一條向左拐彎通道的起點。傑勒德劃了一根火柴。

「我們這樣走，會重新回到大道上去的。」吉米說。

「也可能到地底下去。」傑勒德說：「我們一共下了十一級台階。」

他們跟著隊長繼續往前走。隊長走得很慢，生怕絆在台階上。通道裡伸手不見五指。

「我一點也不喜歡這個地方！」吉米小聲兒說。

這時出現了一線日光，越來越亮。旋即進入又一個拱門，裡面展現出一幅景色，活像一本關於意大利的畫裡面的一張圖畫。每個人都激動得透不過氣來，光是瞪大眼睛，默默地往前走。一條兩邊栽有柏樹的短短林蔭道，越往前越寬，通往一座大理石露台，在陽光下呈現一片白色。孩子們眨巴著眼睛，把胳膊靠在寬闊光滑的欄杆上，出神地看著。在他們下面是一口湖——就像《意大利風光》裡的湖，湖裡有天鵝，有一座小島和垂柳。遠處是綠色的山丘，星星點點地布滿小樹叢的樹木當中。一些白色塑像的手腳在閃閃發亮。左面緊挨著一座小山，是一幢有柱子的圓形白色建築物，右面是一道人工瀑布，水從長滿青苔的石頭上嘩嘩地濺落湖裡。一串台階從陽台

「這是一座魔園，那是一座魔堡。」

通往湖畔，還有一串台階通往旁邊的草地。對面綠油油的山坡上，一群鹿在吃草；遠處，樹木變密，幾乎成為一座森林，灰色巨石拔地而起。這是孩子們從未看過的。

「學校裡那位老兄——」傑勒德開了腔。

「哇！那是一座魔堡。」凱撒琳插嘴。

「我可沒有看見什麼城堡。」吉米說。

「那你管它叫什麼？」傑勒德用手指著一排菩提樹外面白色的塔和

角樓直指藍天的地方。

「那兒好像一個人也沒有；」凱撒琳說：「一切是那麼整潔。我相信那是魔法。」

「魔力刈草機！」吉米暗示。

「如果我們是在一本書裡面，那肯定是一座魔堡！」凱撒琳說。

「本來就是一座魔堡嘛！」傑勒德陰陽怪氣地說。

「可是，什麼魔堡也沒有呀！」吉米的口氣十分肯定。

「你怎麼知道？你認爲除了你親眼目睹的東西，天底下就什麼也不存在了嗎？」他的嘲笑殺傷力眞大。

「我認爲，打從人們有了蒸汽機、報紙、電話和無線電報，魔法就失靈啦！」吉米還是寸步不讓。

「如果你認眞想一想，無線電也有點像魔法。」傑勒德說。

「哼，那玩意兒！」吉米一副不屑的樣子。

「魔法之所以失靈，也許是因爲人們不再相信它了。」凱撒琳說。

「噯！別拿一些信不信的笨話來破壞我們的興致了。」傑勒德說：「我要盡可能相信魔法。這是一座魔園，那是一座魔堡，我要高高興興地去對它們進行考察。無畏的騎士在前面帶路，他的兩個無知的侍從願不願跟隨，悉聽尊便。」他從欄杆上滑下來，大踏步向草地走去，皮鞋發出嘎吱嘎吱的聲音，似乎充滿決心。

兩個孩子跟在他後面。從來沒見過這樣的花園——哪怕是在圖畫裡或童話中。他們從離鹿很近的地方經過，鹿只是抬起牠們那美麗的頭看看，似乎絲毫沒有受到驚嚇。經過一大片草地，他們從粗壯的菩提樹下走過，進入一座玫瑰園，花園四周種著茂密的紫杉，修剪得整整齊齊，在陽光下發出紅的、粉紅的、綠的和白的顏色，活像巨人的一塊彩色繽紛，灑滿香水的手帕。

「我們馬上會碰到一個園丁，他會問我們在這兒幹什麼。那時你怎樣回答？」凱撒琳把鼻子湊在一朵玫瑰花上問。

「我會回答說我們迷路了。這可是事實。」傑勒德說。

可是他們並沒有碰到園丁或任何其他人。魔法的感覺越來越強烈，直到他們幾乎對他們的腳在這寂靜無聲的地方發出的聲音感到害怕。玫瑰園外面有一道紫杉籬，裡面挖出一道拱門。它是一座迷宮，就像漢普頓大院曲徑的起點。

「現在，」傑勒德說，「你們留心聽著。在這個迷宮當中，我們將會發現秘密的魔法。我快樂的伙伴們，拔出劍來，在這死般的寂靜中，吆喝著向前衝吧！」

他們就吆喝著向前衝了。

迷宮裡緊密的紫杉籬中熱極了，到迷宮中心的路掩蓋得嚴嚴密密。他們時不時發現自己又回到玫瑰園裡那個紫杉拱門。他們都慶幸自己隨身帶著乾淨的大手帕。

當他們第四次發現自己回到紫杉拱門時，吉米突然大聲說：「啊！我想要——」說到這裡又突然停住，用一種完全不同的聲調問道：「午餐哪裡去了？」於是，在一片死樣的寂靜中，他們都想起盛午餐的盒子給忘在山洞入口處了。他們饞涎欲滴地想著切成薄片的冷羊肉、六個西紅柿、麵包和奶油、包在紙裡的鹽、蘋果酥餅以及喝薑汁水用的厚厚小玻璃杯。

「我們現在馬上回去吃吧！」吉米說。

「我們再到迷宮試一次。我做事情最恨半途而廢！」傑勒德說。

「我餓壞啦！」吉米說。

「你爲什麼不早說？」傑勒德恨恨地問道。

「我早些時候不餓。」

「那你現在也不可能餓。你不會一下子就餓慌的。咦，那是什麼？」

那是紫杉籬底下一絲紅光——一根細線；除非你一直死死地盯住籬笆根部看，不然你就幾乎不會察覺它。

那是一根紅色的棉紗線，傑勒德把它撿了起來。線的一頭繫著一個上面有許多小孔的頂針，另一頭——

「另一頭找不到。」傑勒德得意揚揚地說：「這是個線索——一點也不錯。現在冷羊肉算得了什麼？我一向認爲總有一天會發生一件不可思議的事，現在終於發生了。」

「我猜想這是園丁放在這裡的。」吉米說。

「上面有一支公主的銀頂針?瞧!頂針上面還有一頂王冠哩!」

果然是的。

「走吧!」傑勒德用低而急切的語調說:「如果你們是冒險家,就得做出冒險家的樣子。不管怎樣,我認為幾小時前有人從路上走過,把羊肉順手牽羊拿走了。」

他向前走去,邊走邊把紅色的棉紗線繞在手指上。棉紗線是個線索,把他們直接引到迷宮正中央。就在迷宮正中,他們遇到了奇蹟。

紅棉紗線把他們引上兩個石台階,來到一塊圓形的小草地前。草地中央有一個日晷,繞著紫杉籬是一排低矮、寬闊的大理石椅子。紅棉紗線筆直穿過草地,從日晷旁邊經過,在一隻每個手指上都戴著寶石戒指,被太陽晒黑的小手上終止。不用說,這隻手是連接在一隻手臂上的,臂上戴著許多手鐲,閃爍著紅、藍、綠各種寶石的光輝。手臂穿著一隻粉紅和金色的織錦袖子,這兒那兒已經有點褪色,但仍然燦爛奪目,不同凡響。袖子是套裝的一部分,這套衣服就穿在一位少女身上。少女躺在石椅上,正在陽光下沈睡。玫瑰紅的衣服撩開著,露出裡面淡綠色的繡花襯裙,花邊是乳脂顏色,一塊綴滿亮晶晶的銀星的白色薄面紗罩在少女臉上。

「那是著了魔的公主!」傑勒德說,現在眞正動情了,「我早就跟你們說過。」

「那是睡美人(童話中昏睡一百年的公主),」凱撒琳說:「肯定是的——你們看她穿的衣

紅棉紗線筆直穿過草地，從日晷旁邊經過……

服多老式，就像歷史書裡瑪麗．安東尼（路易十六的皇后，法國大革命時在斷頭台被處死）的貴婦人畫像。她已經睡了一百年了。啊，傑勒德，你是老大，你肯定是王子，不過我們從來不知道罷了。」

「她不是眞正的公主。」吉米說。但是另外兩個孩子笑他，一來是因爲他那樣說話會破壞大家的興致，二來是因爲他們實實在在不能肯定那個像陽光一樣紋絲不動躺著的少女不是一位公主。冒險的每一個階段——山洞啦、奇妙的花園啦、迷宮啦、棉紗線啦，統統加深了魔法的感覺。到現在爲止，凱撒琳和傑勒德幾乎完全著迷了。

「把面紗揭開，傑瑞。」凱撒琳低聲說：「要是她不美麗，我們就知道她不可能是公主。」

「你自己來揭好了。」傑勒德說。

「我想你是不准人家碰蠟像的。」吉米說。

「傻瓜，這又不是蠟做的！」他哥哥說。

「的確不是！」他妹妹說：「蠟是經不起太陽晒的。再說，你可以看見她在呼吸。她毫無疑問是位公主。」她非常輕柔地揭開面紗的邊，把它翻起。公主的臉在烏黑的長辮子襯托下，顯得又小又白。她的鼻子挺直，兩條眉毛描得細細的，額骨和鼻子上有幾顆雀斑。

「也難怪，」凱撒琳小聲說：「在太陽底下睡了這麼多年！」她的嘴不是櫻桃小嘴，但仍然——

「她眞可愛！」凱撒琳喃喃地說。

「不太髒。」傑勒德冷冷地回答。

「咳，傑里，」凱撒琳堅決地說：「你是老大。」

「我當然是老大！」傑勒德有點尷尬了。

「好，那就得由你把公主叫醒。」

「她不是公主！」吉米說，雙手插在燈籠褲袋裡。「她只不過是個精心打扮的小姑娘罷了。」

「可是，她穿的是長禮服啊！」

三個人屏住呼吸，等待著結果。

凱撒琳不服氣。

「不錯。可是你看禮服底下露出的兩條腿多麼短。她要是站起來的話，個兒不會比傑瑞高。」吉米說。

「行啦！」凱撒琳催促道：「傑瑞，別傻啦！你非做不可。」

「做什麼？」傑勒德問，用右腳踢著自己的左腳。

「吻她，讓她醒過來。」

「我才不吶！」傑勒德毫不遲疑地回答。

「哎喲，那總得有人做啊！」

「她一醒來，八成會揍我的！」傑勒德焦急地說。

「那就讓我來試試吧！」凱撒琳說：「不過，我不認爲我吻她會有什麼作用。」

她吻了她，果然沒有什麼作用；公主仍然沈睡不醒。

「那就只好由你來吻了，吉米。我想你會願意的。只要你吻了她之後馬上向後跳，這樣她就打不著你了。」

「她不會打他的，他是個那麼小的小不點兒。」傑勒德說。

「你才是個小不點兒！」吉米反脣相譏，「叫我吻她，我倒並不在乎。我不像某人那樣是個膽小鬼。只不過要我來吻的話，今天餘下的時間就得由我當勇敢的頭頭。」

「不，慢著！」傑勒德叫起來，「也許我最好——」但是，就在這個節骨眼上，吉米已經在公主那蒼白的臉頰上重重地吻了一下，發出一個響亮的聲音。三個人屏住呼吸，等待著結果。

結果是，公主睜開了一雙烏黑的大眼睛，伸出雙臂，用一隻被太陽晒黑的小手遮住嘴打了個呵欠，然後清楚又明確，絕不會讓人發生誤會地說：「這麼說，一百年已經過去了嗎？紫杉樹籬長得多高啊！你們當中哪一位是我的王子，把我從那麼多年的漫長睡眠中喚醒了？」

「是我！」吉米大膽地說，因爲她的模樣不像要給誰吃耳刮子。

「我高貴的救命恩人！」公主說，伸出一隻手。

吉米使勁地和她握手。

「可是我說，」他說：「你眞是個公主嗎？」

「當然是的。」她回答。「我不是公主又能是誰？看我的王冠！」她把綴滿星星的面紗拉開，露出下面的一個小冠冕，連吉米也看出是鑽石做的。

「可是——」吉米說。

「呃！」她說，把眼睛睜得大大的，「你一定知道我在這兒，要不然你不會來的。你是怎樣通過惡龍那一關的？」

傑勒德不理睬這個問題，「我說，你眞的相信魔法嗎？」

「要是大家都信，我也非信不可。瞧！我這隻手指就是在紡錘上刺傷的。」她指指手腕上一個小傷疤。

「這麼說，這眞是一座魔堡囉？」

「當然是的。」公主說：「你眞笨！」她站起身來。她那織錦禮服在腳下起伏擺動，像光亮的波浪。

「我說過她的衣服會太長的。」吉米說。

「我睡著的時候衣服的長度正好，」公主說：「它在一百年中一定變長了。」

「我壓根兒不相信你是個公主，」吉米說：「至少——」

「如果你不信，那就別信了。」公主說：「你認爲我是誰都沒什麼關係。」她轉向另外兩個孩子，「我們回城堡去吧！我把我所有漂亮的珠寶和好東西拿給你們看。你們想看嗎？」

「想看！」傑勒德猶豫不決地說：「可是——」
「可是什麼？」公主的口氣有點不耐煩。
「可是——我們的肚子餓極了。」
「噢，我也餓壞了！」公主叫起來。
「我們從早上到現在都沒有吃過東西。」
「現在已經三點鐘了。」公主眼睛望著日晷，「你說你們已經有好幾個鐘頭沒有吃過東西，可是我吶？我已經一百年沒有吃東西啦！我們回城堡去吧！」
「東西可能都被老鼠吃光了。」吉米難過地說。現在他看出她眞是個公主了。
「不會的。」公主快樂地叫起來，「你忘啦？這兒所有的一切都是施過魔法的；時間乾脆停止了一百年。快點！你們哪一位得把我的拖裙拎起來。要不然，拖裙現在變得那麼長，我都沒法子走路了。」

第二章

在你們小時候，有好多事情是難以置信的，但是連最笨的人也會告訴你們，它們是千眞萬確的——比方地球是圍繞太陽轉的；地球不是扁的，而是圓的。但是，那些好像眞正可能有的事情，比如神話和魔法，大人們卻說壓根兒不是眞的。可是它們那麼容易使人相信，尤其是你們親眼看見它們在你們眼皮底下發生。就像我經常對你們說的，最意想不到的事會發生在各種各樣的人身上，只不過你們從來聽不到，因爲人們認爲沒有人會相信他們的故事，所以他們誰也不告訴，只告訴我。他們之所以告訴我，是因爲他們知道隨便什麼事情我都相信。

當吉米弄醒了沈睡中的公主，而公主邀請三個孩子到她的宮殿裡去弄點東西吃的時候，他們都確切地知道他們已經來到一個施過魔法的地方。他們排成一行，沿著草地慢慢向城堡走去。公主走在最前面，凱撒琳捧著她那閃閃發光的拖裙，再後面是吉米，傑勒德排在末尾。他們全都確信自己已經進入一個神話天地；由於他們又累又餓，所以更加願意信以爲眞。事實上，他們是餓慌了，累壞了，幾乎沒注意到自己去什麼地方，也沒有看到布置得井然有序的花園裡的美景。穿著粉紅色織錦衣服的公主正帶著他們穿過花園。他們彷彿悠遊夢中，似醒非醒地發現自己置身於一個大廳，四壁掛滿盔甲和古老的旗幟，地上鋪著獸皮，靠牆擺著一排沈重的橡木桌椅。

公主用緩慢而莊重的步伐走進大廳。但是一到裡面，她立刻用力把閃光的拖裙從凱撒琳手裡拉出來，轉向三個孩子說：「你們在這兒等一會兒。我不在的時候，注意不要說話。這個城堡裡淨是魔法，你們要是說話，不知道會出什麼事。」

說罷，她撩起金黃色禮服上厚厚的褶子，把它夾在腋下，飛快地跑了出去，跑的時候露出黑長統襪和黑搭釦鞋，像吉米後來所說的——「一點也沒有公主氣派。」

吉米很想說他不相信會出事，只是擔心說了以後眞會出事，所以他僅僅扮了個鬼臉，吐了吐舌頭。其他人假裝沒有看見，因爲這種動作比他們能說的隨便什麼話都更加使人受不了。於是他們不聲不響地坐著。傑勒德把皮鞋後跟在大理石地板上用力磨著。不一會兒，公主就回來了，走得很慢很慢，每走一步，就踢一下她身前長長的衣服下襬。她手裡托著一個盤子，所以無法用手把下襬撩起來。

托盤並非如你所想像的那樣是銀製品的，而是長橢圓形錫的。她把它「砰」地一聲放在長桌上，如釋重負地鬆了口氣。

「噢，眞重啊！」她說。我不知道孩子們腦子裡在幻想什麼樣的山珍海味，反正決不是那麼回事。重甸甸的托盤裡是一個麵包、一塊乳酪和一壺水。其他的重量只不過是盤子、杯子和刀叉罷了。

「我們是在做遊戲，對嗎？」吉米問道。

「大家請吃吧！」公主殷勤地招待。「除了麵包和乳酪，我什麼也找不到——不過這並沒有關係，因爲這兒的一切都是施過魔法的。除非你們犯了見不得人的可怕過失，你們愛吃什麼，麵包和乳酪就會變成什麼。你想吃什麼？」她問凱撒琳。

「烤雞！」凱撒琳不加思索地回答。

公主切下一片麵包，把它放在一個盤子裡：「烤雞來了。我來把它切塊，還是由你來？」

「你來吧！」凱撒琳說。她得到的是一片放在盤子裡的乾麵包。

「青豆要嗎？」公主問道，然後切下一片乳酪，把它放在麵包旁邊。

凱撒琳開始吃起麵包來，像吃雞那樣，用刀叉把它切成一小塊、一小塊。除了乳酪和乾麵包，她沒有看見什麼雞或青豆；但是絕不可以說出來，因爲說了就等於承認她犯過什麼見不得人的可怕過失。

「要是我有過失，就算是對我自己，那也是個秘密。」她自言自語。

另外兩個孩子要了烤牛肉和白菜——而且得到了——她猜測著，儘管她看到的只不過是乾麵包和乳酪。

「我眞不明白我那可怕的秘密過失是什麼？」她尋思著。

這時，公主說她想來一片烤孔雀肉。

「這個味道很不錯！」公主用叉舉起又一塊乾麵包，加了一句。

「我們是在做遊戲，對嗎？」吉米冷不防地問道。

「什麼遊戲？」公主皺起眉頭反問。

「假裝認爲它是牛肉——其實是麵包和乳酪。」

「遊戲？可是它明明是牛肉。你好好看著！」公主說，把眼睛睜得大大的。

「哦，當然囉！」吉米有氣無力地說：「我只不過是開個玩笑罷了！」

麵包和乳酪也許沒有烤牛肉或雞或孔雀肉來得好吃，（對於孔雀肉我不能肯定，因爲我從來沒有嚐過孔雀肉的味道。你們嚐過嗎？）但是如果你從早餐以後沒有吃過任何東西（漿果和薑汁不能算數），而午餐時間早就過了，那麼，麵包和乳酪無論如何要比啥都沒有強得多。大家吃著喝著，感覺好多了。

「現在，」公主說，把麵包屑從她的織錦衣兜上揮掉，「如果你們肯定不要再來點肉，就可以參觀我的珍寶了。你們真的不要再來一點點雞肉嗎？不要了！好，那就跟我來吧！」

她站起身，他們跟著她走完長長的大廳，來到巨大的石梯前面。那些梯級從兩邊延伸上去，匯合成一座寬闊的樓梯，通到上面的陽台。樓梯下面懸掛著手織的花毯。

「在這條花毯後面，」公主說：「是通向我私人房間的門。」她用雙手撩起重甸甸的花毯，露出一扇被它遮住的小門。

「鑰匙掛在上面。」她說。

它果然掛在一枚生鏽的大釘子上。

「把鑰匙塞進鎖孔轉動它。」公主說。

傑勒德照做了，大鑰匙在鎖孔裡嘎吱嘎吱作響。

「現在推，」公主說：「你們大家用力推。」

大家就都用力推門。門猛地開了，他們一起跌進裡面黑黝黝的空間。

公主放下花毯，跟他們走到裡面，把背後的門關上。

「小心！」她說：「小心！下面有兩級台階。」

「謝謝你！」傑勒德說，在台階底部揉他的膝蓋，「我們自個兒已經發現了。」

她拿著一隻蠟燭在等他們。

「眞對不起！」公主說：「不過，不會太痛吧？筆直走，前面沒有台階了。」

他們筆直走——在伸手不見五指的黑暗中走。

「你們走到門口時，轉動門柄進去，然後站著別動，等我找到火柴。我知道火柴在哪裡。」

「他們一百年前就有火柴了嗎？」吉米奇怪地問道。

「我意思是說火絨盒。」公主連忙糾正，「我們一向管它叫火柴。你們不是這樣叫的嗎？來，讓我帶路。」

她第一個走。當他們走到門口時，她已經拿著一支蠟燭在等他們了。她把蠟燭塞在傑勒德手裡。

「好好拿住！」她說，然後打開一扇百葉長窗。先是一道黃光，接著是一大片眩目的長方形光照在他們身上。房間裡充滿了陽光。

「陽光使蠟燭看起來好驢！」吉米說。

「一點都不錯！」公主說，把蠟燭吹滅。她從門外取下鑰匙，塞進鎖孔，把鎖打開。

他們進入的房間又小又高。深藍色的半球形屋頂，上面畫著點點金星；牆壁是雕花木板的，屋裡一樣家具也沒有。

「這就是我的寶藏室。」公主說。

「可是，」凱撒琳有禮貌地問道：「珍寶在哪兒啊？」

「你難道沒看見嗎？」公主反問。

「不，我們沒看見！」吉米說：「你別跟我玩那套麵包和乳酪的把戲——別再來那一套！」

「要是你們眞的沒看見，」公主說：「我想我只好念符咒了。請你們閉上眼睛。還有，請你們用名譽擔保，在我叫你們看之前，絕對不看，也絕對不把你們看到的東西告訴任何人。」

孩子們很不願意用名譽擔保，可是他們還是擔保了，並且把眼睛閉得緊緊的。

「威加狄爾——尤加多——貝格迪——利加迪維——諾加杜？」公主很快地念著符咒。他們聽見她那織錦長裙在室內沙沙移動，接著是嘎吱嘎吱、窸窸窣窣的響聲。

「她把我們鎖在裡面了！」吉米叫了起來。

「你用名譽擔保的。」傑勒德喘著氣說。

「噢，千萬快一點！」凱撒琳苦惱地說。

「你們可以看了！」公主終於開了腔。

他們睜開眼睛。

房間不再是原來的房間，可是——繁星點點的穹形藍色天花板還在那裡，在它下面，依然是黑色的鑲板，但是在那下面，房間的四面牆壁發出白色、藍色、紅色、綠色、金色和銀色的光輝。房間四周布滿了架子，架子上擺滿金杯和銀碟、鑲寶石的小淺盤和高腳酒杯、金銀飾品、鑲鑽石的頭飾、紅寶石項鍊、成串的珍珠翡翠，所有這一切在藍天鵝絨襯托下，顯得無法想像地光彩奪目。它就像你慈愛的伯伯帶你到倫敦塔❶去參觀時你看到的皇家珍寶，只不過這兒的珍寶好像比你或其他任何人在倫敦塔或其他任何地方看過的更加多得多。

三個孩子激動得呼吸急促，張大了嘴，呆呆望著他們周圍那令人眼花撩亂的光彩。公主站在那裡，一條手臂伸著，擺出一種命令式的姿態，嘴角露出一個驕傲的笑容。

---

❶倫敦塔：英國倫敦泰晤士河北岸的一組建築物，原為一古堡，曾先後當作王宮和監獄，後闢為博物館。

「我的天啊！」傑勒德輕輕叫了一聲。但是沒有人大聲說話。大家都彷彿著了迷似的等著公主開口。

公主開口了。

「麵包和乳酪遊戲算得了什麼？」她得意洋洋地問道：「你們說，我到底會不會施魔法？」

「你會的，啊，你會的！」凱撒琳急忙回答。

「我們——我們可以用手摸摸嗎？」傑勒德問。

「所有屬於我的東西都是屬於你們的。」公主說，慷慨地把手一揮，又很快地加上一句：「只不過你們決不可以把任何東西拿走。」

「我們不是小偷！」吉米說。

其他人已經忙著把藍天鵝絨架子上的稀世珍寶，翻來覆去地觀賞著。

「也許不是小偷！」公主說：「不過你是一個非常不相信人的小男孩。你以爲我不能看透你的內心，其實我能。我知道你腦子裡正在想些什麼。」

「想些什麼？」吉米問道。

「啊！你自己最明白。」公主說：「你在想被我變成牛肉的麵包和乳酪，還在想你那秘密的過失。我說，讓我們大家都打扮起來，你們就也都是王子和公主了。」

「爲我們的英雄加冕不過是舉手之勞。」傑勒德說著，隨手拿起一頂頭上有一個十字架的金王冠。他把王冠戴在自己頭上，再加上一件同樣大小的項圈和一條閃閃放光的翡翠腰帶，可是腰帶太短，束在腰裡差了一截。他靈機一動，把自己身上的皮帶解下來把它接長。在這同時，另外兩個孩子已經用頭帶、項鍊和指環把自己打扮妥當。

「你們看上去多神氣啊！」公主說：「我眞希望你們的衣服能更漂亮些。現在的人穿的衣服眞難看！一百年前——」

凱撒琳紋絲不動站著，手裡舉著一只鑽石手鐲，說：「國王和皇后？」

「什麼國王和皇后？」公主不明白。

「你的父母，你那正在傷心的雙親！」凱撒琳說：「他們現在一定已經醒了。你知道，過了整整一百年，他們難道還不急著想見你嗎？」

「噢——啊——是的！」公主慢慢地說：「我拿麵包和乳酪的時候，已經同我的父母擁抱過了。他們高興得不得了。他們眼下正在進午餐，不會盼望我的。喏，」她迅速地把一只紅寶石手鐲戴在凱撒琳臂上，「瞧它多漂亮！」

凱撒琳願意把各種珠寶試戴一整天，在公主從架子上取下的一面鑲銀框的小鏡子裡照個沒完，可是兩個男孩卻很快就對這種娛樂感到厭倦了。

「聽著，」傑勒德說：「要是你肯定你的父母這會兒並不需要你，那我們就到外面去痛痛快快玩一會兒吧。在那個迷宮玩圍城遊戲再好不過了——除非你能夠再變更多的魔法花招。」

凱撒琳從一面鑲銀框的小鏡子裡照著自己。

「你忘記我已經長大啦？」公主說：「我不玩遊戲。何況我在同一個時候也不喜歡變太多魔法，因為那太累了。再說，把所有這些東西放回原處也要花不少時間哩！」

果不其然。孩子們本來想把珍寶在隨便什麼地方擱下就算了，可是公主叮囑他們，每一條項鍊、每一只指環或手鐲在天鵝絨架上都有固定的地位——一個微微凹下去的空檔，每顆寶石都正好嵌在它自己的小窩裡。

當凱撒琳把最後一只閃光的裝飾品放回原處時，發現它旁邊一半架子上放的不是光彩奪目的珍寶，而是一些指環、胸針、項鍊以及其他一些她叫不出名字的稀奇古怪的東西，這些東西都是沒有光澤的金屬做的，形狀十分奇特。

「這是什麼垃圾啊？」她問道。

「垃圾！眞有你的!?」公主說：「那都是一些有魔力的東西呢！就拿這個手鐲來說吧，任何人只要戴上它，就非說眞話不可。這條項鍊使你力大如牛，一個頂十個；如果你套上這個踢馬刺，你的馬一分鐘能跑一哩；如果你步行的話，就等於穿上一雙一步七里格靴❷。」

「這支胸針是什麼做的？」凱撒琳又問道，伸出她的手。

公主抓住她的手腕。

「碰不得！」她說：「除了我，任何人要是碰了它們，全部魔法立刻就失靈，永遠不靈了。這支胸針會使你的任何一個願望獲得實現。」

「那麼，這個指環呢？」吉米用手指著一個指環。

「噢！那個指環能使你隱形。」

「那麼，這一個呢？」傑勒德指著一枚模樣古怪的搭鈕問。

「噢！它能使其他所有的魔法失去作用。」

「眞的嗎？」吉米問道：「你不會是在開玩笑吧？」

❷一步七里格靴：童話中的靴子，穿上它，一步能走七里格。一里格約等於三哩的長度。

「開玩笑！」公主輕蔑地重覆了一遍，「我早應該給你看更多的魔法，好讓你停止用這種口氣對一位公主說話！」

「聽著，」傑勒德說，分明來勁了，「你倒不如讓我們看看這些玩意兒到底是怎樣起作用的。你能讓我們每個人說一個願望嗎？」

公主沒有立刻回答。三個孩子的頭腦裡浮現出各種已獲得實現的願望——精彩而又完全合理——當童話中的人突然有機會使他們的三個願望獲得實現時，他們是絕對想不出這種願望的。

「不！」公主突然說：「不，我不能讓你們提出願望。只有我自己能提出願望。不過，我可以讓你們看指環怎樣使我消失。但是，當我表演時，你們必須把眼睛閉上。」

他們把眼睛閉上了。

「數到五十，再睜開眼睛看。」公主說：「然後你們必須再閉上眼睛，數到五十，我就重新出現了。」

傑勒德大聲數起數來。在數數的當口，大家能聽到一陣窸窸窣窣的聲音。

「四十七、四十八、四十九、五十！」傑勒德數到五十，於是他們睜開了眼睛。

房間裡只有他們三個。珠寶不見了，公主也不見了。

「她肯定從門裡出去了。」吉米說。可是，門是鎖著的。

「那是魔法！」凱撒琳呼吸急促地說。

「這種戲法我的同學馬斯克林和德萬特也會變。」吉米說：「我可要喝下午茶了。」

「下午茶！」傑勒德的語氣充滿了不屑，「我們的英雄數完五十，可愛的公主馬上就會重新出現了。一、二、三、四──」

傑勒德和凱撒琳都閉上了眼睛。吉米不知怎麼地，沒有閉上眼睛。這倒並不是他存心欺騙，而是乾脆忘了。當傑勒德數到二十時，他看見窗下面一塊板慢慢掀開了。

「是她。」吉米自言自語，「我早知道這是個戲法！」但他馬上像個誠實的小孩那樣，把眼睛閉上了。

「五十！」這個字一脫口，六隻眼睛一起睜開。木板已經關上，公主卻蹤影全無。

「這次戲法她沒有變成功。」傑勒德說。

「你最好再數一次。」凱撒琳說。

「我猜想窗子底下有個櫥櫃，」吉米說：「她躲在裡面了。暗門，你知道。」

「你偷看了！那是欺騙！」公主的聲音響了起來，就在他耳邊，把他嚇了一跳。

「我沒有欺騙！」

「她到底在哪兒──到底──」三個人齊聲說，因爲公主仍然不見蹤影。

「親愛的公主，請你出來吧！」凱撒琳說：「我們要不要閉上眼睛，再數五十？」

「別這麼傻！」公主的聲音說，聽上去帶著怒氣。

「我們才不傻哩！」吉米說，聲音裡也帶著怒氣，「你爲什麼不出來把事情了結？你明知道你只不過是躲起來了。」

「別——」凱撒琳柔聲說：「她是看不見的，你知道。」

「我如果躲進櫥裡，也會看不見。」吉米說。

「啊，眞的！」公主用嗤笑的口吻說：「你自以爲非常聰明是不是？可是我不在乎。我跟你打賭，你就是要看見我也看不見。」

「唔，我們是看不見！」傑勒德打圓場，「吵架沒有意思。要是你眞像吉米所說的躲起來了，那你還是出來的好。要是你眞的變得看不見了，最好還是讓人家看見。」

「你當眞認爲，你們看不見我嗎？」問的聲音完全變了，但仍然是公主的。

「難道你不明白我們看不見你嗎？」吉米相當不講道理地問道。

陽光從窗戶照射進來；八角形的房間熱極了，每個人都有點冒火了。

「你們看不見我嗎？」隱身公主的聲音帶著哭音。

「看不見，我告訴你。」吉米說：「我要喝下午茶——還要——」

他的聲音戛然中止，彷彿一個人把一根封蠟啪的一聲折斷似的。

接著，在下午金黃色的陽光裡，一件眞正可怕的事情發生了：吉米的身體突然向後仰，又向前傾，眼睛睜得大大的，嘴巴也張得大大的。他跌跌撞撞地走著，又快又突然，然後一動不動地

他跌跌撞撞地走著。

站住了。

「啊，他發病了！啊，吉米，親愛的吉米!?」凱撒琳驚叫起來，急忙奔到他身旁。「怎麼啦，親愛的，怎麼啦!?」

「不是發病，」吉米惱怒地喘著氣，「是她在拼命搖我。」

「是的。」公主的聲音說：「要是他再說看不見我，我還要搖他。」

「那你還是來搖我吧！」傑勒德火了，「我的身體跟你差不多。」

她立刻這樣做了，可是時間不長。傑瑞德覺得有一雙手按在他的肩膀上，立刻伸出自己的手，把對方的兩隻手腕抓住。他就這樣站著，抓住兩隻他看不見的手腕。這是一種可怕的感覺。一隻看不見的腳踢了他一下，使他本能地往後退縮，但還是死死抓住看不見的手腕不放。

「卡賽，」他叫道：「快來抓住她的腿，她在踢我哪！」

「在哪兒？」凱撒琳叫道，急著想幫哥哥一把。「我什麼腿也沒看見啊！」

「這是她的手，被我抓住了。」傑勒德叫道：「她連個影兒也沒有。你抓住這隻手，再往下摸，就可以摸到她的腿了。」

凱撒琳照做了。但願我能使你們明白，在大白天觸摸到你們看不見的手和手臂，這種感覺是多麼不舒服，又是多麼令人害怕。

「我不許你抓住我的腿。」隱身的公主拼命掙扎。

「你發那麼大的脾氣幹嘛？」傑勒德倒是相當鎮定，「你說過你會隱身，現在果然變沒了。」

「我沒有變沒了。」

「你的的確確沒了。照照鏡子吧！」

「我沒有變沒了，不可能變沒了。」

「照照鏡子吧！」傑勒德又說了一遍，毫不動搖。

「那我們一塊兒去！」公主說。

於是，傑勒德就跟她一塊兒走到鏡子前。他往鏡子裡一照，簡直不能相信他剛才抓住的一雙手眞是看不見的。

「你只不過裝作看不見我罷了，」公主焦急地說：「是不？請你一定說你是裝作看不見我。你跟我開了個玩笑。別再開玩笑啦，我不喜歡。」

「我們以名譽擔保，」傑勒德說：「現在還是看不見你。」

——一陣沈默。

然後，公主說：「得啦！我放你們出去，你們可以走了。我跟你們玩膩了。」

他們跟著她的聲音走到門前，然後出了門，順著小過道走進大廳。一路上誰都不說話。每個人都感到很不自在。

「我們快出去吧！」當他們走到大廳盡頭時，吉米小聲地說。

但是，公主的聲音說：「從這條路出去比較快。我認爲你們太討厭了！我眞懊悔跟你們玩！媽媽總是叫我不要跟陌生的孩子玩。」

一扇門突然開了，儘管大家沒有看見有哪一隻手伸出去開門。

「從門裡出去，快點！」公主的聲音說。

那是一個連接正廳的小前廳，狹長的窗戶之間擺著狹長的鏡子。

「再見！」傑勒德說：「謝謝你讓我們玩得痛快。讓我們作爲朋友分手吧！」他伸出手，補充了一句。

一隻看不見的手慢慢伸到他手裡，他的手像老虎鉗般把它緊緊握住。

「現在，」他說：「你最好到鏡子前去照照，承認我們沒有說謊。」

他把看不見的公主領到一面鏡子前，用雙手抓住她的肩膀，讓她站穩當。

「現在，你自己看吧！」

一陣沈默。接著，一個失望的叫聲響徹了整個房間。

「嗚——嗚——嗚！我眞的變沒了。我該怎麼辦？」

「把指環脫下來！」凱撒琳說，突然變得老練了。

又是一陣靜默。「不行啊！」公主叫道：「指環脫不下來了。不過，不可能是因爲指環，指環不會使你變不見的。」

「你說過這個指環會的，」凱撒琳說：「現在果然應驗了。」

「可是它不會的。」公主說：「我剛才不過是在變戲法。我只不過是躲在一個秘密的櫥裡！只不過是玩玩的。啊，我該怎麼辦？」

「玩玩的？」傑勒德慢吞吞地說：「可是你會魔法——珠寶本來是看不見的，你讓它們看得見了。」

「啊！那不過是一個秘密按鈕，一摁按鈕，滑板就自動開了。噢！我怎麼辦？」

凱撒琳向聲音的來處走去，摸索著用雙臂把一握她看不見的穿著織錦衣服的腰抱住。一雙看不見的手臂把她緊緊抱住，一張滾燙卻看不見的臉蛋貼在她的臉蛋上，看不見的熱淚在兩張臉之間流淌。

「別哭，親愛的！」凱撒琳安慰她，「我去報告國王和王后。」

「報告誰？」

「你那高貴的父母親。」

「啊，別取笑我了！」可憐的公主說：「你知道那也只不過是個花招，就像——」

「就像麵包和乳酪。」吉米得意洋洋地說：「我早知道是花招！」

「可是你的穿著，還有你在迷宮裡沈睡，還有——」

「啊，我裝扮起來是爲了好玩，因爲所有的人都上集市去了。我放那根棉紗線不過是爲了使它顯得更逼眞一點。我先是在集市上玩了一會兒，後來我聽見你們在迷宮裡說話，想跟你們開個玩笑。可是我現在變沒了，永遠不會恢復正常了，永遠——我知道我永遠不會恢復了！這是我說謊的報應。可是我當時並不以爲你們會相信，一半也不會相信！」她急忙加上一句，想表現出老實的樣子。

「如果你不是公主，那到底是誰呢？」凱撒琳問，手臂仍然抱著看不見的人。

「我是——我的姑姑住在這兒。」看不見的公主說：「她馬上就要回來了。啊，我該怎麼辦？」

「也許她懂符咒——」

「胡扯！」虛空裡的聲音尖銳地說：「她不信符咒。她會惱火的！啊，我不敢讓她看見我這個模樣！」她激動地說：「你們所有在這裡的人也不能讓她看見。她會火冒三丈的！」孩子們原先相信的美麗魔堡現在彷彿在他們身旁「轟」地一下倒塌了，剩下的就只有那位看不見的公主。可是，必須承認，這已經叫人夠受的了。

「我是隨便說說的，誰知道眞的應驗了。」公主的聲音若惱地說：「我要是沒有開過玩笑就好了——我要是什麼玩笑都沒有開過就好了。」

「唉！別那麼說。」傑勒德親切地說：「我們到花園去，就在湖附近，那兒涼快，我們好好商量一下。你願意的，是不？」

「啊！」凱撒琳突然叫起來，「那個搭釦，它能破除魔法！」

「其實並沒有這回事，」聲音喃喃道：「我不過是說著玩的。」

「關於指環也不過是說著玩玩的。」傑勒德說：「不管怎樣，我們來試試吧。」

「不是你們試——是我來試。」聲音說：「你們到湖旁邊的芙羅拉❸神殿去，我獨個兒回寶

---

❸ 芙羅拉：古羅馬神話中的花神。

藏室。姑姑可能會看見你們的。」

「她不會看見你的。」吉米說。

「不愉快的事就別多提了！」傑勒德說：「芙羅拉神殿在什麼地方？」

「是這樣的，」聲音說：「從那些台階下去，然後順著彎彎曲曲的小路穿過灌木林。你們不會錯過它的。它是白色大理石建築，裡面有一尊女神像。」

三個孩子一起走下台階，來到緊靠小山的白大理石芙羅拉神殿，在裡面的陰涼處坐下。神殿四周全是拱門，只有女神像後面靠山的部分除外，整座神殿涼爽而寧靜。

他們在神殿裡才待了不到五分鐘，砂石上響起了響亮的腳步聲。一個非常清晰的黑影落在白色的大理石地板上。

「不管怎樣，你的影子倒是看得見的。」吉米說。

「啊，別爲我的影子費心了！」公主的聲音回答，「我們把鑰匙忘在門裡面，門被風吹上了；而那是一把彈簧鎖！」

一陣靜默，然後傑勒德用最實事求是的口吻說：「坐下，公主！我們好好研究一下。」

「要是我醒來，發現這不過是個夢，我也不會感到驚奇！」吉米說。

「不可能這麼好運氣！」聲音說。

「好吧！」傑勒德說：「首先，你叫什麼名字。如果你不是公主，那你到底是誰？」

「不管怎樣，你的影子倒是看得見的。」吉米說。

「我是——我是！」聲音抽抽搭搭地說：「我是——城堡——女管家的——侄女——我的名字叫梅布兒·普勞斯。」

「果然不出我所料！」吉米說。這話一點眞實性也沒有，因爲他怎麼能料到呢？其他人默不作聲。這一瞬間，大家心情都很激動，腦子裡轉著雜七雜八的念頭。

「好吧！」傑勒德說：「無論如何，你是屬於這兒的。」

「是的。」聲音是從地板上傳來，彷彿它的主人失望之極，撲倒在地。「是的，我的確屬於這兒。但如果人家看不見你，那你無論屬於哪個地方又有什麼意思？」

第三章

我的讀者中凡是同一位隱身伴侶交往過好久的，就不用我告訴他們，這整個事件是多麼彆扭。舉個例子，無論你怎樣相信你的伴侶是隱身的，我保證你會發現你自己時不時就會說：「這一定是個夢！」或者：「我知道我馬上就會醒過來！」

當傑勒德、凱撒琳和吉米坐在白色大理石芙羅拉神殿裡，從它的拱門裡望著外面陽光燦爛的花園，聽著了魔的公主（公主實際上不是公主，只不過是女管家的侄女梅布兒．普勞斯，儘管吉米說：『她完完全全著了魔！』）的聲音時，他們的情況就是這樣。

「多談沒有用。」她說了一遍又一遍。她的聲音是從兩根柱子之間一塊看上去空蕩蕩的地方傳來的，「我向來不信會出什麼事，可是現在眞的出事了！」

「好吧！」傑勒德親切地說：「我們能爲你做些什麼嗎？要是沒有什麼事，我想我們應該回去啦！」

「是啊！」吉米附和道：「我眞想喝我的下午茶！」

「下午茶！」隱身的梅布兒嘲笑地說：「你們害得我好苦，倒要扔下我舒舒服服地喝下午茶去了嗎？」

「哎！在我見過的公主當中，你是最蠻不講理的一個！」傑勒德開了腔。

凱撒琳打斷他的話：「別作弄她了。想想看，一個人變沒了，該有多可怕啊！」

「我想我的姑姑不會喜歡我這個模樣的。」隱身的梅布兒說：「她不許我上集市，就因為我從玻璃盒裡把伊麗莎白女王穿過的一雙舊鞋拿出來試穿，忘了把它放回去。」

「鞋子合腳嗎？」凱撒琳饒有興趣地問。

「哪裡——太小了！」梅布兒說：「我想，誰穿也不會合適。」

「我可真的要喝下午茶啦！」吉米說。

「我真的以為我們該走了。」傑勒德說：「你瞧，我們好像哈事也不能為你做。」

「你應該告訴你的姑媽才是！」凱撒琳親切地說。

「不，不，不！」隱身的梅布兒苦惱地說：「你們把我帶走吧！我給她留張字條，就說我已經逃到大海裡去了。」

「女孩子不會逃到大海裡去的。」

「她們可能會作為偷渡者去的。」梅布兒在兩根柱子之間的石頭地板上說：「如果沒有人要一個船上的男服務生——我是說女服務生。」

「你不應該這樣做！」凱撒琳嚴厲地說。

「呃！那我該怎麼辦？」

「眞的，」傑勒德說：「我不知道這個小女孩能做些什麼。讓她跟我們回家去，我們一塊兒喝——」

「喝茶——啊，好極了！」吉米高興地跳了起來。

「喝完茶再好好開個會。」

「喝了茶再開會。」吉米說。

「可是她的姑媽會發現她逃走的。」

「要是我留在你們那裡，她當然會發現。」梅布兒說。

「啊，走吧！」吉米等得不耐煩了。

「可是姑媽會以爲她出事啦！」凱撒琳說。

「本來就已經出事了。」吉米說。

「她會報警，警察會到處找我！」梅布兒說。

「他們絕對找不到你，」傑勒德說：「你僞裝得這麼好。」

「我確信，」梅布兒說：「姑姑要是看見我現在這個樣子，她是寧可永遠不要再看見我的。她永遠不會忘懷；這件事可能會要她的命——她一向有痙攣病。我來給她寫封信吧！我們出去時把信投在大門口的大郵箱裡。誰有紙和筆？」

傑勒德有一個筆記本，紙頁是光面的，不能用石墨鉛筆寫，只能用一支尖端眞正是鉛的象牙筆寫。這種筆不能在任何其他紙上寫，只能在這種筆記本上寫；這在你心急火燎的時候往往是非常討厭的。接下來，我們就看見一個奇怪的景象：一根有一只鉛尖的小象牙桿以一個古怪的、幾乎不可能的斜度豎立著，就像你們用普通鉛筆寫字時一樣，不住地在空中移動。

「我們可以看看你寫些什麼嗎？」凱撒琳問。

沒有回答。鉛筆繼續不停地寫著。

「我們可以看看嗎？」凱撒琳又問了一遍。

「當然可以！」紙旁的一個聲音說：「我不是在點頭嗎？哦，我忘啦！我點頭你們也是看不見的。」

鉛筆在從筆記本撕下來的紙上寫著圓而清晰的字。信是這樣寫的：

親愛的姑姑：

我擔心有一段時間你將看不到我。一位坐汽車的太太收養了我，我們正直接前往海岸，然後來上一條船。追趕我是沒用的。再見吧！願你幸福。希望你在集市上玩得快樂。

梅布兒

「可是，這全都是撒謊啊！」吉米直言不諱。

「不！這不是撒謊，這是想像。」梅布兒說：「要是我說我變得看不見了，她才會以爲我在撒謊呢！」

「啊，快點！」吉米說：「你可以邊走邊吵。」

傑勒德把信照幾年前一位在印度的夫人教他的那樣摺起來，梅布兒領著大家從另一條近路出了花園。回家的路也比出花園的路短得多。

他們在芙羅拉神殿時，天空已經烏雲密布，剛回到學校，頭幾滴雨就落了下來。下午茶的時間已經過了很久了。

法國女教師正向窗外望著，她親自來開門。

「你們回來晚了，晚了！」她嚷了起來，「你們闖了禍啦——沒有？一切沒問題？」

「我們眞的非常抱歉！」傑勒德說：「我們回家的時間比預料的長。我眞希望您沒有著急。在回家的路上，我大半時間都在想您哪！」

「好，那就來吧！」法國小姐笑咪咪地說：「下午茶和晚飯只好一同吃了。」

他們就一同吃了。

「你怎麼說你所有的時候都在想著她呢？」當女教師爲他們準備好麵包和奶油，以及牛奶和烤蘋果，離去後，一個聲音在傑勒德耳邊響起：「這就好比我被一位坐汽車的太太收養，都是撒

眼看著麵包和奶油在空中飄動，這景象真叫人害怕。

謊。」

「不，不是撒謊！」傑勒德含著滿嘴麵包和奶油說：「我是在尋思她會不會發火。就這樣！」

餐桌上只有三個盤子，吉米讓梅布兒用他的，自己和凱撒琳合用一個。眼看著麵包和奶油在空中飄動，一口又一口被看不見的嘴咬掉，而盛著蘋果的調羹舉起來，吃空了又回到盤子裡，這景象真叫人害怕。調羹在梅布兒那看不見的嘴裡，連尖端也不見了，因此有時看起來就像調羹盛東西的一端已經斷了似的。

每個人都餓極了，得去拿更多的麵包和奶油。當第三次把盤子盛滿時，廚子的鼻子裡「哼」了一聲表示不滿。

「我實實在在告訴你們，」吉米說：「我還是想喝我的下午茶。」

「我實實在在告訴你，」傑勒德說：「要讓梅布兒吃早餐是非常難的。老師和我們一起吃早餐。要是她看見叉著燻鹹肉的叉子突然消失，而後又重新冒出來，燻鹹肉卻永遠不見了，她準會嚇得魂靈出竅的。」

「我們必須去買點吃的東西，偷偷地餵我們這位可憐的俘虜。」凱撒琳說。

「我們的錢不夠用了。」吉米愁眉苦臉地說：「你身上有錢嗎？」

他轉向懸在空中的一大杯牛奶。

「我身上的錢不多，」牛奶旁邊傳來回答，「不過主意倒有不少。」

「明天早晨我們再把所有事情好好研究一下，」凱撒琳說：「現在只去跟老師說聲晚安。你就睡在我床上好了，梅布兒。我把我的睡衣借一件給你。」

「明天我去拿我自己的。」梅布兒快活地說。

「你回去拿東西？」

「爲什麼不？誰都看不見我。我想我開始看見各種各樣有趣的事情發生了。隱身倒也是挺不錯的啊！」

眼看公主的衣服一件件變出來眞是稀奇到了極點！凱撒琳心裡想。先是薄薄的面紗懸在空中，接著閃閃發光的冠冕突然在五斗櫥頂上出現。接著出現的是一隻粉紅色的袖子，然後又是一隻袖子，然後當梅布兒兩條看不見的腿從裙服裡脫出來時，整件衣服都躺在地板上了；亮晶晶的一堆。因爲梅布兒每脫下一件衣服，那件衣服就看得見了；相反，從床上拿起的睡衣每過一些時候就消失一點。

「上床吧！」凱撒琳神經兮兮地說。

床嘎吱一響，枕頭凹下去一塊。凱撒琳關掉煤氣燈，上了床。所有這些不可思議的事都會叫人煩亂，使她感到有點害怕，但是在黑暗中，她覺得這倒挺有意思。她剛上了床，梅布兒就用雙臂把她的脖子摟住，兩個小女孩在黑暗中親吻。黑暗中，看得見的和看不見的都一律平等。

「晚安！」梅布兒說：「你眞可愛，卡賽！你待我太好了，我永遠不會忘記。我不願意在男孩面前這樣說，因爲我知道，如果你表示感激，男孩們就會罵你娘娘腔。可是我的確很感激你。晚安！」

凱撒琳睜開眼睛躺了一會兒。她剛有點迷迷糊糊想睡去的時候，忽然想起女僕明天早晨會來叫他們起床，她會看見那些奇妙的公主服。

「我得起床把它們藏起來。」她說：「眞煩人！」

她躺著想，起床是多麼煩人！想啊想的，不知不覺就睡著了。當她醒來的時候，已是陽光明媚的早晨，女僕伊萊澤正站在放梅布兒衣服的椅子前，驚訝地注視著放在最上面的那件粉紅色公主服，叫了一聲：「天哪！」

「啊，請你別碰！」伊萊澤剛要伸出手去拿，凱撒琳一骨碌跳下床。

「這玩意兒你從哪兒弄來的？」

「我們要用它來演出，」凱撒琳急中生智，「這是人家借給我演出用的。」

「你穿上讓我看看好嗎，小姐？」伊萊澤提出請求。

「啊，還不成！」凱撒琳說，穿著睡衣站在椅前。「等我們穿扮好，你再來看好了。好啦！你不會告訴任何人的，是不是？」

「你如果是個乖孩子，我就不說，」伊萊澤說：「不過你穿扮好了一定要讓我看。」

這時，門鈴響了，伊萊澤轉身就走，因爲郵差送信來了；她對郵差特別感興趣，想和他見面。

「現在，」凱撒琳邊穿襪子邊說：「我們只好演出了。樣樣事情都那麼難。」

「演戲一點也不難，」梅布兒說，一隻襪子在空中飄了一下，很快消失不見了。「我喜歡演戲。」

「你忘啦！」凱撒琳溫柔地說：「隱身的女演員是不可能參加演出的，除非是變戲法。」

「哦！」一個聲音從一件懸掛在空中的襯裙下面叫道，「我有個絕妙的主意！」

「吃了早飯再告訴我們吧！」凱撒琳說。這時臉盆裡的水開始飛濺起來，又滴落在臉盆裡。

「唉，你要是沒有對你的姑媽撒那樣一個大謊就好了。我們決不應該撒謊。」

「要是誰都不相信你，說眞話又有什麼用？」聲音和濺水聲混在一起。

「我不知道！」凱撒琳說：「可是我確實認爲我們應該說眞話。」

「你愛說就說吧！」聲音從一塊在臉盆架前飄動的毛巾裡傳來。

「行！那麼，我們吃完早飯之後，首先就做這件事——我是說等你吃完早飯。你在這兒等著，我們去弄點東西給你送來。記住，伊萊澤來鋪床時，你要躲起來。」

隱身的梅布兒認爲這是一種相當有趣的遊戲；她趁伊萊澤不注意的時候，把折疊好的被單和毯子的邊角扯下來，使遊戲變得更加生動有趣了。

「該死的衣服！」伊萊澤罵街了，「誰都會以爲它們是施過魔法的。」

她往四下裡尋找她今天早晨曾經見過一眼的奇妙的公主服，可是凱撒琳已經把它們藏在一個萬無一失的地方——墊子底下；她知道伊萊澤鋪床是從來不把墊子翻起來的。

伊萊澤匆匆忙忙把地板上的那些絨毛球掃乾淨。在這收拾得最最乾淨的屋子裡，這些髒東西天知道是從哪裡來的。孩子們去吃早飯久久不回來，梅布兒又餓又氣惱，忍不住突然湊在伊萊澤耳朵的旁邊說：「墊子底下千萬要掃乾淨。」

女僕嚇了一跳，臉刷地一下白了。「我一定是發昏了！」她喃喃道：「媽媽過去常常這樣說。但願我不要像愛蜜莉姑媽那樣瘋瘋癲癲。一個人能有那麼多怪念頭，可眞是了不起。」

她還是把壁爐前的地毯掀了起來，把地毯和圍欄底下的灰掃乾淨。她幹得那麼仔細，臉色那麼蒼白，以致凱撒琳拿著傑勒德從廚房窗子裡偷來的一大塊麵包進來時驚呼起來：「活兒還沒有幹完！我說，伊萊澤，你氣色不好！你怎麼啦？」

「我是想把房間徹底清掃一下。」伊萊澤說，面色仍然十分蒼白。

「沒有發生什麼事讓你煩惱嗎？」凱撒琳問。她也有她的顧慮。

「沒有——只不過是我的幻想，小姐！」伊萊澤回答，「我從小就愛幻想——幻想珍珠門❶，幻想那些只有頭和翅膀，身上一絲不掛的小天使——我總是想，比起小孩來，給小天使衣服穿實在太便宜了。」

女僕被打發走後，梅布兒開始吃麵包，喝漱口杯裡的水。

「水恐怕有點櫻桃牙膏的味道。」凱撒琳抱歉地說。

「沒關係！」傾斜的杯子後面一個聲音回答：「味道比水總要好些。我倒認為它有點像民歌裡的紅葡萄酒。」

「我們今天又請准假了。」當最後一小塊麵包消失不見後，凱撒琳說：「傑勒德對撒謊的看法跟我一樣，所以我們要去告訴你姑媽，你真正在什麼地方。」

「她不會相信你們的。」

「那沒有關係，我們只要說出真話就滿意了。」凱撒琳一本正經地說。

---

❶ 珍珠門：基督教《聖經》裡說天國有十二個門，每個門是一顆珍珠。

「嗨！小姐，你的背全黑了！」

「我想你們會後悔的。」梅布兒說：「可是去吧！不過，你們出去的時候，小心別把我關在門裡面。剛才你們差一點就把我關在裡面了。」

太陽像火一樣照射在大路上，三個孩子倒有四個影子，十分引人注目，未免太危險了。肉鋪的一個小孩子睜大眼睛望著這個多出來的影子，他的那條紅褐色的大獵狗嗅著那個影子的女主人的腿，不安地嗚嗚叫著。

「你到我後面去，」凱撒琳說：「這樣我們兩個影子看上去就像一個了。」

可是，梅布兒的影子照在凱撒琳背上，非常明顯。一家旅店的馬夫抬起頭來看那個大影子是一隻什麼樣的大鳥投下的。

一個趕著一車雞鴨的女人叫了起來：「嗨，小妞，你的背全黑了！你剛才靠在什麼東西上面啦？」

他們好不容易出了城，每個人都高興死了。

把事情的眞相告訴梅布兒姑媽，結果出乎所有人——甚至梅布兒——的意料。姑媽正坐在女管家的房間窗下讀一本粉紅色封面的言情小說，房間四周爬滿了鐵線蓮和爬山虎，面向著一座精緻的小庭院。梅布兒領大家進了庭院。

「對不起！」傑勒德說：「我相信您的侄女走失了吧？」

「不是走失了，是走了，我的孩子！」姑母說。她是個瘦高個兒，額上垂著黃褐色的瀏海，說話很斯文。

「我們可以告訴您她的一些情況。」傑勒德說。

「喏！」姑媽用一種訓誡的聲調回答：「請不要發牢騷。我的侄女已經走了，對於她開的一些小小的玩笑，我相信我比誰都不介意。要是她對你們開了什麼玩笑，那只是因爲她性格開朗，喜歡尋開心。走吧，孩子們，我正忙著哪！」

「您看到她的信了嗎？」凱撒琳問道。

姑媽好像來了一點兒勁，可是一隻手指還是夾在小說裡。

「啊！」她說：「這麼說，你們是親眼目睹她走的囉！她是不是很樂意走？」

「十分樂意！」傑勒德一本正經地回答。

「那麼，她有人照應，我就放心了。」姑媽說：「你們一定感到意外吧！我們家族裡確實經常發生這種富有浪漫色彩的冒險活動。耶爾丁勛爵從十一個應徵女管家職務的人當中挑中了我。我絲毫不懷疑這個孩子出生之後被掉了包，現在她那富有的親人把她領回去了。」

「可是您難道不打算做些什麼，比方報警，或者——」

「噓！」梅布兒說。

「別噓！」吉米說：「你的梅布兒變得看不見了——就是這麼回事。可她這會兒就在我旁邊呀！」

「我討厭各種各樣不老實的行爲！」姑媽厲聲說：「你們把這小男孩帶走好不好？我對梅布兒很滿意。」

「唔！」傑勒德說：「您是姑媽，絕對錯不了！可是梅布兒的父母會怎麼說呢？」

「梅布兒的父母已經死了。」姑媽泰然自若地說。傑勒德身旁響起一絲啜泣聲。

「好吧！」他說：「我們這就走。不過您以後可別說我們沒把事實眞相告訴您。」

「你們什麼都沒有告訴我！」姑媽說：「你們哪一個都沒有，只有那個小男孩對我撒了一個謊！」

「我們是好心。」傑勒德柔聲地說：「我們穿過庭園出去，您不介意嗎？我們行動會很小心，什麼也不碰。」

「這兒不接待遊客。」姑媽說，很不耐煩地又低頭看小說了。

「哎喲！可是您不會把我們當成遊客吧！」傑勒德彬彬有禮地說：「我們是梅布兒的朋友。我們的父親是上校——」

「哦！」姑媽說。

「我們的姑母是桑林夫人。所以您儘管放心，我們不會損壞莊園裡的一草一木。」

「我確信你們連一隻蒼蠅也不會損害的。」姑媽心不在焉地說，「再見。要做好孩子。」聽見這話，他們拔腳就走了。

「咳！」當他們出了小庭園，傑勒德對梅布兒說：「你的姑姑氣壞了。想想看，她對你的情況一點也不關心，對汽車裡的夫人卻深信不疑！」

「我寫信的時候就知道她會相信的。」梅布兒怯生生地說：「她倒不是惱火，只不過看言情小說入了迷。我經常在那個大藏書室裡看書。啊！那個房間真好——有一種怪味兒，像皮靴味兒，裡面有好多好多皮封面的書，書頁邊一碰就碎成粉末。改天我帶你們去。現在你們對我的姑姑問心無愧了，我可以把我的偉大主意告訴你們了。我們上芙羅拉神殿去談。我很高興，姑姑允許你們從庭園裡走。要是每次碰到一個園丁，你們都要躲到樹後面去，那可實在太尷尬了。」

「是的，」傑勒德謙虛地說：「這一點我已經想到了。」

天氣就和昨天一樣晴朗，從白色的大理石神殿望過去，意大利式的景色活像一幅手工著色的鋼版畫，又像一張仿透納❷的水彩畫。

當三個孩子舒舒服服地在向上通往白色女神像的台階上坐定後，第四個孩子的聲音可憐兮兮地說：「我並不是不領情，不過我實在餓壞了。你們也不能老是從廚房裡偷東西給我吃。你們不反對的話，我打算回城堡去了。這個城堡據說經常鬧鬼，我想我可以到它那裡去了。你們知道，我現在是個鬼了。你們同意的話，我這就走。」

「啊，不！」凱撒琳親切地說：「你必須和我們待在一起。」

「可是——食物怎麼辦？我不是不領情，真的不是不領情，可是早飯總是早飯，光吃麵包是不行的。」

「你要是能把指環脫下來，就可以回去了。」

---

❷ 透納（一七七五～一八五一）：英國風景畫家，擅長水彩畫，把油畫和水彩畫非常技巧地融合在一起，追求光和色的效果。

「不錯，」梅布兒的聲音說，「可是你們看，指環脫不下來。昨天晚上我在床上試過，今兒個早晨又試過，可就是脫不下來。再說，從廚房裡拿東西等於偷竊——哪怕只是麵包。」

「唔，是這樣的。」傑勒德承認。偷麵包這個大膽的舉動就是他幹的。

「我們現在必須做的事情是掙點兒錢。」梅布兒說。

吉米說這個主意不錯，可是傑勒德和凱撒琳光是專注地聽著。

「我的意思是，」梅布兒繼續說：「既然人家看不見我，那就再好不過。我們得去冒險——非冒險不可。」

「冒險並不總是有好處的。」勇敢的冒險家傑勒德說。

「這次冒險一定有好處，只不過不能大家都去。要是傑瑞能表現得隨和一點——」

「這並不容易！」吉米說。

凱撒琳叫他不要太不客氣。

「我並沒有不客氣，」吉米說：「只是——」

「只是他心裡覺得你們這個梅布兒將會使我們遇到麻煩；」傑勒德插嘴進來，「就像天下第一美女桑斯・梅西一樣，他不願將來被發現隻身一人在蘆葦地裡徘徊。」

「我不會給你們找麻煩的，眞的不會。」梅布兒急忙解釋，「昨天你們幫我的忙，我們這輩子是親骨肉了。我的意思是——傑勒德可以上集市去變戲法。」

「他啥戲法也不會。」凱撒琳說。

「實際上是我來變，」梅布兒說：「可是傑瑞可以裝作是他在變。比方手不碰東西而東西自己會動。可是你們三個都去就不行了。那兒小孩越多，年齡越小，越多的人就會奇怪他們沒有大人帶在幹什麼。」

「技術高超的魔術師認爲這話很有道理。」傑勒德說。

他的弟弟和妹妹不樂意地說：「話是不錯，可是我們怎麼辦呢？」

他回答道：「你們可以混在人堆裡。不過千萬別對人家說你們認識我，要裝得你們彷彿是集市上某個大人的孩子。要是你們不這樣做，警察叔叔很可能會把你們當作迷路的孩子，拉住你們的手，把你們送回家，交給你們那悲痛欲絕的親人——我指的是法國女教師。」

「現在咱們走吧！」那個他們永遠也聽不順耳的聲音說；因爲梅布兒從一個地方走到另一個地方，所以聲音從空中不同的地方傳來。於是他們便出發了。

集市在一塊荒地上舉行，離城堡大門約半哩。當他們走得相當近，聽見旋轉木馬的蒸氣風琴聲時，傑勒德提議，他身上有九便士，所以他應該先走一步，去買點吃的東西，用掉的錢從變戲法掙來的錢當中歸還。其他三個孩子坐在一條兩旁有高堤的小路陰影裡等著。傑勒德很快就回來了，儘管他們早已開始埋怨他怎麼去了那麼久還不回來。他帶回一些巴塞隆納榛子、有紅色條紋的蘋果、個兒小的甜黃梨、麵糊似的薑餅、整整四分之一磅的薄荷硬糖，還有兩瓶薑汁水。

凱撒琳說這未免太鋪張了。

傑勒德回答：「這就是人們通常所說的投資。我們需要特別的營養來保持體力，特別是敢作敢爲的魔術師。」

他們吃著喝著。這是一頓非常豐盛的午餐，遠遠飄來的蒸汽風琴聲，使場面增添了一抹歡慶的氣氛。男孩們看梅布兒吃，或者不如說看食物奇怪地，變戲法似地消失，怎麼也看不厭。他們被這奇異的景象迷住了，硬要她收下比她應得的一份多得多的食物，只是爲了看它們在空中消失的樂趣。

「哎喲！」傑勒德一再地說：「這肯定會使觀衆佩服得五體投地。」果然如此。

吉米和凱撒琳走在另兩個孩子前面，他們到了集市之後，就往人堆裡一鑽，盡可能不讓人家注意。

他們站在一個正在觀看投靶遊戲的大塊頭女人附近。一個奇怪的人影，雙手插在兜裡，正慢悠悠地穿過被踩得發黃的草地。草地上踩滿了碎紙片以及柴枝稻草：這是英國集市照例有的現象。他們看到的是傑勒德，不過開頭他們差點認不得他了。他已經摘掉領帶，頭上裹了一條深紅色的腰巾，像回教徒的包頭巾那樣。這腰巾本來是用來紮他的白色法蘭絨服的。領帶大概已派了手帕的用場。他的臉和手烏漆墨黑，像擦得晶光發亮的火爐。

「你是想收買我。既然你那麼聰明，就先變套戲法給我看看吧！

所有的人都轉過身來看他。

「他活脫是個魔術師！」吉米小聲說：「我認爲西洋鏡不會拆穿的。你認爲呢？」

他們遠遠跟著他，當他走近一道小帳篷的門，門框上一個長面孔的女人懶洋洋地倚著。他們停住腳步，儘量裝得彷彿他們是一個農民的孩子，這農民正用一把木槌釘一塊號碼牌。

傑勒德走到女人跟前。

「沒有生意嗎？」他問道。

女人罵他放肆，叫他滾開，但是聲音並不嚴厲。

「我自己也是做生意的。」傑勒德說：「我是個魔術師，印度來的。」

「去你的吧！」女人說：「你不是魔術師。唷！你耳朵背後全是白的。」

「眞的嗎？」傑勒德說。「你看出來了，眞厲害！」他用力擦著耳朵，「這樣好點了嗎？」

「好點了。你變什麼戲法？」

「魔術，眞正地道的魔術！」傑勒德說：「印度變魔術的孩子年紀比我還小。唔！你指出我耳朵的事，我要變一套戲法報答你。要是你願意替我把場，賺了錢大家平分。我在你的帳篷裡演出，你在門口吆喝著招攬生意。」

「天哪，我可沒有吆喝的本領！你是想收買我。好吧，既然你那麼聰明，你就先變套戲法給我看看吧！」

「行！」傑勒德挺有把握地說：「看見這個蘋果嗎？好，我會讓它在空中慢慢移動；我喝聲『變！』它就變沒了。」

「對啊——變到你嘴裡去了！別胡說八道啦！」

「你聰明過頭，啥都不信！」傑勒德說：「看仔細！」

他拿出一個小蘋果，女人看見它在空中慢慢移動，什麼支撐物都沒有。

「現在——變！」傑勒德向蘋果喝了一聲『變！』蘋果立刻不見了。「怎麼樣？」他得意洋洋地問道。

女人興奮得滿臉通紅，眼睛閃閃放光。「我從來沒有見過這樣精彩的戲法！」她低聲嘀咕，

「伙計，要是你有更多這樣的戲法，我同意跟你一起幹。」

「戲法可多著哪！」傑勒德充滿自信地說：「把你的手伸出來。」

女人伸出一隻手。不知怎地，蘋果忽然在她的手裡出現了。蘋果還是潮呼呼的。

女人向蘋果看了一會兒，然後低聲說：「行！就我們兩個，不要別人。不過不在帳篷裡演出。你在帳篷旁邊選個場地。露天演出，賺錢可以多一倍。」

「可是，人們如果可以看白戲，就不會給錢呀！」

「第一個節目不會給，可是以後會給的。不過，吆喝得由你來。」

「把你的披巾借給我用用好嗎？」傑勒德問道。

女人把披巾解下——披巾是紅、黑兩色格子呢的——他把它鋪在地上，因爲他從前看過印度魔術師這樣做；然後自己盤腿坐在披巾後面。

「我後面不許有人，就這樣。」他說。

女人立刻手忙腳亂地把一些破麻袋掛在帳篷的兩根支索上，圈出一塊地來。

「我準備好了。」傑勒德說。

女人從帳篷裡拿出一面破鼓，咚咚咚地敲起來，很快就引來了一小幫人。

「女士們，先生們！」傑勒德吆喝道：「我是從印度來的，我變的魔術你們從來沒有看過。

只要披巾上有兩個先令❸，我就開始表演。」

「你敢不表演！」一個看熱鬧的說。旁邊有幾個人發出短促的不友好的笑聲。

「當然囉！」傑勒德說：「要是你們出不起兩先令——」這時觀眾已經有三十來個人——「少一點也行。」

有兩、三個便士扔在坡巾上，接著又有幾個，再後來就沒有了。

「一共九便士。」傑勒德說：「哎！我這個人天性慷慨，九便士就九便士吧！九便士就可以看你們從來沒有看過的戲法。我不想騙你們——我的確有個搭擋，不過我的搭擋是隱身的，你們看不見。」

看熱鬧的人輕蔑地哼著鼻子。

「依靠那個搭擋的幫助，」傑勒德自顧自地說下去，「你們哪位口袋裡要是揣著一封信，我能把它唸出來；你們哪位只要跨過繩子，站在我旁邊，我的隱身搭擋就會從他的背後把那封信念出來。」

一個男人走上前來。這人臉色紅潤，身材粗壯。他從衣袋裡掏出一封信，站在一個最顯眼的地方，大家都看得出，沒有人可以從他的背後偷信。

---

❸ 先令：英國以前的貨幣單位，20先令為1鎊，12便士為1先令。

「住口！」那男人惡狠狠地衝著傑勒德喊了一聲。

「開始！」傑勒德叫了一聲。停頓了一下。接著，從圈地那頭傳來一個輕微呆板的聲音：「先生：15日來信知悉。關於你的土地抵押一事，我們愛莫能助，殊為遺憾——」

「住嘴！」那男人惡狠狠地衝著傑勒德喊了一聲。

他大步走出場地，向人們解釋他的信裡面壓根兒沒有這碼事，但是誰也不信他。人群裡響起一陣嘰嘰喳喳的談話聲。當傑勒德開始說話時，談話聲猝然停住。

「現在，」傑勒德說，同時把九個便士放在披巾上。「你們牢牢看住這九個便士，你們將會看到它們一個一個地變不見。」

不用說，他們眼睜睜地看著九個便士一個一個不見了。接著，梅布兒那看不見的手又把它們一個個放回原處。

觀眾熱烈鼓掌。前面的人大聲喊叫：「要得！」「好極了！」「再來一個！」後面的人一個勁兒往前擁。

「現在，」傑勒德說：「你們已經看到我的本領了。但是除非我看到地毯上有五個先令，我就不演了。」

不到兩分鐘，地毯上就躺著五個先令，傑勒德又變了一套小戲法。

當站在前面的人不願意再給錢的時候，傑勒德叫他們退後些，讓後面的人也到前面來開開眼界。

我但願能有功夫把他變的戲法統統講給你們聽——演出場地周圍的草地被爭先恐後擁上來看表演的人踩爛了。說眞的，你要是有個肉眼看不見的搭擋，那你能夠做的稀奇古怪的事兒簡直是無窮盡的。各種各樣東西在空中飄來蕩去，分明是自個兒在動，最後甚至變沒了——變到梅布兒的衣服褶子裡去了。

女人站在一旁，看見錢大把大把扔下來，樂得心花怒放。傑勒德每變完一套戲法，她就把她的那面破鼓敲得咚咚響。

魔術師的消息在整個集市傳開了。觀眾佩服得五體投地，都快發狂了。設投靶攤的人要求傑勒德提供免費膳宿，收入雙平分；還有一位身穿一套綳得緊緊的綢衣服的闊太太想雇用他，讓他在即將爲改過自新的管樂隊成員舉行的義賣會上演出。

在所有這些時間裡，另外兩個孩子混在人堆裡，神不知鬼不覺，因爲所有人的目光都集中在傑勒德身上，誰還有閒功夫去看別人呢？

時間已經很晚了——下午茶時間早就過去了，傑勒德實在太累了，對自己的這份收入很滿意，正在絞盡腦汁想一個脫身之計。

「我們想個什麼法子拔腳開溜呢？」他小聲地說。這時梅布兒使他的帽子從他的頭上消失。

辦法很簡單，把帽子摘下來，放進她的衣袋就是了。「他們絕對不會放我們走的。我事先沒有考慮到這一點。」

「讓我想一想！」梅布兒小聲說，然後同他咬耳朵：「把錢分掉；多出幾個錢，把披巾買下來，把錢放在披巾上，然後說……」她告訴他應該怎麼說。

傑勒德的攤位設在帳篷的陰影裡；要不然，梅布兒走來走去，把各種東西變沒的時候，她的影子就會被大家看見。

傑勒德叫女人分錢，女人把錢分得很公平老實。

「現在，」他說。這時，觀衆等得不耐煩了，一個勁兒往前擁。「我出五先令買你的披巾。」

「七先令！」女人毫無表情地回答。

「行！」傑勒德說，隨手把他分到的一大筆錢揣在褲袋裡。

「現在我要把這條披巾變掉。」他把披巾從地上拾起來交給梅布兒。梅布兒把它圍在自己的脖子上，它當然立刻變掉了。

觀衆響起一陣雷鳴般的喝彩聲。

「現在，」他說：「我來變最後一套戲法。我向後倒退三步，人就不見了。」

說罷，他向後倒退三步，梅布兒馬上把那塊看不見的披巾裹住他的身體——可是他並沒有變不見。因爲披巾在梅布兒的脖子上圍過，已經變得肉眼看不見了，壓根兒沒有把他隱藏起來。

「哇！」人群裡響起一個男孩的聲音，「瞧他！我早知道他不行。」

「我要是能把你藏在口袋裡就好了。」梅布兒說。

人們紛紛擁向前來。他們隨時都會碰到梅布兒，這樣任何事情都可能發生——任何事情！傑勒德用雙手抓住自己的頭髮。他在著急或泄氣的時候總是這樣做的。隱身的梅布兒把兩隻手絞來扭去。小說裡的人在絕望的時候就是這樣做的，所以她把兩隻手握得緊緊的。

「啊！」她突然小聲叫起來，「指環鬆了，我可以把它脫下來了。」

「不——」

「是的——指環鬆了。」

「喂，小少爺，我們出了錢，要看戲法！」一個農場工人大聲喊叫。

「我能的，」傑勒德說：「這回我一定能變沒了。」他轉身向梅布兒小聲說：「你鑽進帳篷，把指環放在帆布底下，然後從後面溜出去，跟大夥兒會合。我一看見你和他們在一起，就立刻戴上指環變不見。你們走慢點，我會追上來的。」

*

「是我，」梅布兒在凱撒琳身旁說。她臉色蒼白，已經清清楚楚看得見她了。「他已經把指環拿去了。趁觀衆還沒散，我們快走吧！」

他們剛走出集市大門，就聽見人群裡響起一陣嘖嘖稱奇聲和騷擾聲，知道這回傑勒德眞的變沒了。

他們還未走出一哩，聽見路上一陣腳步聲，都回過頭去看。但人影兒一個也沒有。

接著，空曠的地方傳來傑勒德的聲音。

「嗨！」聲音顯得悶悶不樂。

「眞可怕！」梅布兒叫了起來，「你嚇了我一跳！快把指環脫下來。只聽見聲音，看不見人，眞叫人毛骨悚然。」

「剛才你對我們也是這樣的。」吉米說。

「先不要把指環脫下來。」凱撒琳說。就她的年齡而言，她的確考慮得很周到，「因爲你的臉上還塗著墨，可能會被認出來，只好跟吉普賽人一塊兒潛逃，這樣你就得一直變戲法，變上一輩子。」

「我希望能把指環脫下來。」吉米說：「走來走去不讓人看見眞沒勁。人家看見我們和梅布兒一起，還以爲我們和她私奔呢！」

「不對！」梅布兒著急了，「你這個傻瓜！再說，我要收回我的指環。」

「它反正不是你的，也不是我們的。」吉米說。

「是我的。」梅布兒說。

「啊，別煩了！」傑勒德的聲音疲乏地說：「嚼舌頭有什麼意思？」

「我要指環。」梅布兒憨頭憨腦地說。

「要！」寧靜的夜空中響起一句話——「你就知道要！指環你要不回去了；它脫不下來了！」

第四章

問題不僅僅在於傑勒德戴上了指環脫不下來，從而變得看不見了，而且還在於梅布兒本來是看不見的，所以可以把她偷偷地帶進學校，現在看得見了，就沒有辦法再把她偷偷地帶進學校了。

孩子們不僅要說清楚他們當中的一個怎麼忽然不見了，而且還要說明爲什麼會莫名其妙地冒出一個陌生人來。

「我不能回姑姑那兒去。我不能去，也不願去！」梅布兒堅決地說，「哪怕看得見二十倍也不去。」

「你要是回去，她就會懷疑的。」傑勒德承認，「我是指汽車以及收養你的那位太太。還有，關於你的事兒，我們又怎麼向法國小姐解釋呢？」他用力拉了一下指環。

「你還是把事實眞相告訴她吧！」梅布兒意味深長地說。

「她不會相信的。」凱撒琳說：「她要是相信的話，準會目瞪口呆，氣瘋的。」

「不！」傑勒德的聲音說：「我可不敢告訴她。不過，她實在還是相當客氣的。我們可以要求她讓你在這兒過夜，因爲你回去的話，時間太晚了。」

「這沒問題！」吉米說：「可是你怎麼辦？」

「可以推說我頭痛上床睡了。啊，這不是說謊！我頭已經痛得夠厲害的，大概是太陽曝晒的緣故。石墨吸收陽光，這我懂。」

「更可能是梨和薑餅吃多了。」吉米毫不客氣地回敬，「好，那我們走吧！我倒希望是我變不見了。我會做些別的事情，而不會躺在床上哼哼唧唧裝頭痛。」

「那你會做些什麼呢？」傑勒德的聲音就在他的背後。

「請你們走在一起好不好，你們這些笨蛋！」吉米罵罵咧咧地說：「你們讓我心驚肉跳的。」他確實相當猛烈地跳了一下，「來，走在卡賽和我中間。」

「那你會做些什麼呢？」傑勒德又問了一遍。

「我會做個賊。」吉米說。

凱撒琳和梅布兒異口同聲地提醒他，偷東西是萬萬使不得的。於是吉米改口說：「好，那我就做個偵探吧！」

「你在開始當偵探以前，總得先要有點待偵查的東西。」梅布兒說。

「偵探並不總是進行偵查的。」吉米振振有詞地說：「要是我做不了任何其他人，我就做個蹩腳偵探。當偵探別提多有勁啦！幹嘛不呢？」

「我要做的就正是這個。」傑勒德說；「我們上警察局去，看看那兒有些什麼犯罪活動。」

他們就到警察局去了，看外面張貼著的布告。走失了兩條狗，另外還遺失了一個錢包以及一個公事包，包內文件「除主人外，對任何人都毫無價値。」還有一個布告是霍頓貴族莊園被竊賊侵入，大量銀器被竊。「凡通風報信，導致該被竊物件物歸原主者，酬洋20鎊。」

「那樁竊案歸我管，」傑勒德說：「我來偵破它。前面來的是約翰遜，他剛下班。問問他吧！這個頂刮刮的偵探因爲是隱身的，人家看不見，沒法向警察刨根問柢，但是我們的英雄的弟弟以相當値得稱讚的方式進行了詢問。好好幹吧，吉米！」吉米跟警察打了個招呼。

「嗨，約翰遜！」

約翰遜回答：「嗨，小伙子！」

「你自己才是小伙子！」吉米說，可是話裡沒有惡意。

「這麼晚了，你們在這裡幹什麼？」警察逗弄地說：「所有的小鳥都回巢去了。」

「我們剛從集市回來。」凱撒琳說：「那兒有個魔術師；你要是能看到他的表演就好了。」

「聽說啦！」約翰遜說：「全是騙人的，你知道。」

這就是出名的下場——傑勒德心裡想。

他站在陰影裡，把口袋裡的硬幣弄得叮噹響，聊以自慰。

「什麼聲音？」警察很快問道。

「什麼聲音？」警察很快問道。

「我們的錢在叮噹響。」吉米老老實實地回答。

「一個人有財有勢眞好。」約翰遜發表意見，「要是我口袋裡有錢，讓它們叮叮噹噹響，該多好啊！」

「那你爲什麼沒有錢呢？」梅布兒問道：「你爲什麼不把那二十鎊酬金弄到手？」

「我來告訴你爲什麼。因爲在這個自由王國，大不列顛一統天下的地方，你是不作興逮捕一名嫌疑犯的，即使你明知道事情是他幹的。」

「眞可恥！」吉米由衷地罵了一聲，「那你認爲是誰幹的呢？」

「不是認爲——是知道。」約翰遜的聲音像他腳上穿的皮靴一樣沈重。「那個人罪行累累，警察都知道，可是我們無法把他捉拿歸案，因爲我們還沒有掌握足夠的證據，好定他的罪。」

「嗯！」吉米說：「等我學校畢業後，我來做你的徒弟，當一名偵探。眼下我想我們還是回家去偵查我們的晚餐吧。晚安！」

他們目送警察那魁偉的身軀消失在警察局的迴旋門外。等門重新靜止後，就聽見傑勒德在大發牢騷：「你們一點也沒有頭腦。銀器什麼時候偷走的，怎樣偷走的，一點也沒有了解到。」

「可是他對我們說他知道的呀！」吉米不服氣。

「不錯，你從他那裡了解到的就是這麼一點點。一個笨警察的笨念頭。回家去偵查你的寶貝晚餐吧！你只配幹這個！」

「你晚餐吃什麼呢？」梅布兒問。

「小麵包！」傑勒德說：「一錢不值的小麵包。它們會使我想起我親愛的小弟弟和妹妹。你們大概有頭腦，麵包總會買吧？我這種樣子可不能進店鋪呀！」

「你脾氣別這麼壞好不好？」梅布兒惱火地說：「我們已經盡力了。如果我是卡賽，我才不幫你買你的垃圾麵包呢！」

「如果你是卡賽，英勇的偵探早就離家出走了。我寧可要一個流浪漢的小木屋，也不要一座富麗堂皇的大廈，裡面有一個愛吵鬧的妹妹。」傑勒德說：「眼下你還只能說是個局外人，我的好小姐。吉米和卡賽清楚地知道他們英勇的隊長什麼時候是逗他們玩，什麼時候不是逗他們玩。」

「我們看不見你的臉就不知道了。」凱撒琳鬆了一口氣，「我當眞以爲你在發脾氣呢！吉米也是這樣想的，對嗎，吉米？」

「胡說！」傑勒德說：「好啦！麵包店從這兒走。」

他們走了。當凱撒琳和吉米在店裡，另外兩個孩子在店外望著櫥窗裡陳列的水果餡餅、卷筒夾心蛋糕、維多利亞三明治和果子小麵包時，傑瑞德湊在梅布兒耳邊，把一個將要從事偵探生涯的人的計畫和希望講給她聽。

「今晚我將通宵不合眼，我實話告訴你。」他開了腔，「隱身的偵探不僅能查出錢包和銀器的事兒，甚至還能偵破一些還沒有犯下的罪行。我將要在附近蕩來蕩去，直到看見一些形跡可疑的傢伙出城作案。我要悄悄地盯在他們後面，把他們連同他們滿手的無價之寶當場逮住，交給警察。」

「啊！」梅布兒叫了一聲，叫得那麼尖銳，那麼突然。傑勒德從沈思中驚醒，急忙向她表示慰問。

「肚子痛嗎？」他親切地問道。「是蘋果的緣故——蘋果太硬了。」

「噢，不是蘋果！」梅布兒誠摯地說：「啊，真可怕！我剛才沒有想到。」

「想到什麼？」傑勒德焦急地問道。

「窗子。」

「什麼窗子？」

「寶藏室的窗子。家裡的，你知道——城堡裡的。這樣一來，我非回去不可了。窗子開著，

「沒法子，我只好回去了——馬上回去。」

百葉窗也開著，所有的珍寶都在那裡。姑姑決不會進去，她從來不去。沒法子，我只好回去了——馬上回去。」

這時，另外兩個孩子捧著麵包從店裡出來了。梅布兒急忙把情況向他們說清楚。

「所以，我得馬上回去！」梅布兒最後說。

凱撒琳同意她立刻回去。

但是吉米說他不明白回去有什麼用處。「因爲鑰匙是在門裡面。」

「姑姑會發脾氣的。」梅布兒苦惱地說，「她只好叫園丁們搬把梯子，然後——」

「好哇！」傑勒德說：「有我哪！隱身的傑瑞比園丁或梯子更管用，更隱秘。我可以從窗子裡爬進去——牆上滿是長春籐，我知道我能爬上去——把窗子和百葉窗緊緊關住，把鑰匙重新掛在釘子上，然後神不知鬼不覺地溜出來。時間充裕得很。盜賊不到深更半夜是不會出來幹他們的骯髒勾當的。」

「你不害怕嗎？」梅布兒問道：「你安全嗎？萬一你被抓住怎麼辦？」

「絕對安全，萬無一失！」傑勒德回答。這個問題是梅布兒問的，不是凱撒琳問的，使他感到納悶，因為凱撒琳平常對於冒險活動的風險和荒唐總是喜歡大驚小怪。

可是凱撒琳只隨口說了一句：「那麼，再見啦！我們明天來看你，梅布兒。十點半在芙羅拉神殿見。但願你不要因為汽車裡的夫人的事兒挨罵。」

「現在我們去弄晚飯吃吧！」吉米說。

「好吧！」傑勒德有點不樂意地說。多年來的同情和關懷眨眼間化為烏有。在這種情況下，要開始一次冒險活動是很難的。傑勒德本來認為，在這種時刻，他理當成為衆所矚目的中心。但偏偏不是。他們關心的居然是晚餐。好，隨他們去吧，他不在乎！他板著臉惡狠狠地說：「廚房的窗子不要關上。我偵查完畢，好從窗子裡進去。我們走吧，梅布兒！」他抓住她的手。「麵包我來拿。」他又轉了個念頭，從凱撒琳手裡奪過麵包袋，把它塞給梅布兒。於是，路上響起四隻皮鞋的聲音，梅布兒連奔帶跑，她的身影逐漸遠去，變得越來越小了。

＊

法國女教師正坐在客廳窗前，在逐漸暗下去的光線底下看信。

「啊，原來是你們！」她說的法語實在難懂。「你們回來晚了。我的小傑勒德在哪裡？」

這一剎那眞是尷尬。這個問題是必然會問的，可是吉米的偵探計畫中沒有把這個問題的回答包括進去。過了好一會兒，吉米才打破沈默：「他說他頭痛，去睡了！」這當然是實話。

「可憐的傑勒德！」法國女教師說：「要不要我給他送點晚餐去？」

「他頭痛的時候從來不吃東西。」凱撒琳說。而這當然也是實話。

吉米和凱撒琳上床去睡了，完全不爲他們的哥哥著急。法國女教師拿出一大堆信，就在吃剩下來的簡單晚餐中看了起來。

*

「這樣晚的時候在外面玩眞有勁！」傑勒德在溫馨的夏天黃昏中說。

「是啊！」梅布兒回答，一個孤獨的身影沿著大路慢慢走去。「但願姑姑不要火冒三丈才好。」

「再來一個麵包吧！」傑勒德親切地提議，接著就是一陣津津有味的咀嚼聲。

姑媽親自來開門——這扇門是供耶爾丁城堡的下人進出的。梅布兒面色蒼白，渾身打顫。姑媽向梅布兒的頭頂上望，彷彿想看見一個個兒高一點的人似的。接著，一個非常輕微的聲音叫了一聲：「姑姑！」

姑姑嚇得向後倒退，然後向梅布兒踏前一步。

「你這個頑皮透頂的女孩子！」她怒氣沖沖地嚷道：「你把我嚇壞了！爲了這個緣故，小姐，我要把你在床上關一個星期。啊，梅布兒，謝天謝地，你總算平安無事！」

說罷，姑媽用雙臂抱住梅布兒，梅布兒也用雙臂抱住姑媽。這種親熱勁兒，她們以前是從未有過的。

「可是，你今天早晨好像一點都不在乎啊！」梅布兒發覺姑媽事實上是一直在爲她著急，她平平安安回家，姑媽是非常高興的，就這樣問了一句。

「你怎麼知道我不在乎？」

「我在旁邊聽到的。別發火，姑姑！」

「現在你平安回家了，我好像永遠再也不會對你發火了。」姑媽意外地說。

「可是，這到底是什麼緣故呀？」梅布兒緊追不捨。

「親愛的，」姑媽鄭重其事地說：「我一直好像被鬼勾了魂似的。我以爲我一定快生病了。我一直很喜歡你，可是我不願把你寵壞。昨天下午大概三點半鐘，我在集市上遇見盧森先生，和他談起你，我突然感到你對我無關緊要。我收到你的信，還有那些孩子來的時候，我都有這種感覺。今天下午喝茶喝到一半時，我突然清醒過來，意識到你已經走了。那眞可怕！我想我一定快生病了。啊，梅布兒，你幹嘛要那樣做呢？」

「那是——跟你開個玩笑。」梅布兒有氣無力地說。

於是，兩個人就走了進去，門被關上了。

「眞是稀奇極了！」傑勒德在門外說：「對我來說，眞像是更多的魔法。這件事我想我們搞不清楚，怎麼也搞不清楚。這個城堡的內情要比表面上看見的複雜得多。」

當然複雜得多。因爲這個城堡碰巧是——但是，那天晚上，傑勒德獨自一人隱身穿過大庭院去尋找寶藏室開著的窗戶時，他對城堡只有一點點了解，現在要我把更多的情況告訴你們，對他就不太公平了。那天晚上，他了解的情況不比我已經告訴你們的來得多；但是當他沿著被露水沾濕的草地穿過灌木和樹木，那兒一個個小池塘像一面面巨大的鏡子映照出寧靜的星星，神像的白色肢體在陰影的襯托下閃閃放光，那時他開始感到——不是興奮，不是驚奇，不是焦慮，而是——異樣。

隱身公主的事兒曾使他感到驚奇，變戲法的事兒曾使他感到興奮，突然下決心要當偵探的事兒曾使他感到焦慮；但是，所有這些事兒盡是奇妙的、異乎尋常的，畢竟還是在可能發生的事情範圍之內——它們像兩種液體倒在一起產生火的化學實驗一樣奇妙，像障眼法一樣新奇，像魔術師的表演一樣刺激。不過，僅此而已。只有此刻，當他從那個花園中經過時，他才有一種新的感覺——白天，那個花園像夢境，黑夜像幻影。當他走路的時候，他看不見自己的腳，但是能看見被他的腳踩得東倒西歪的帶露水的葉片在動。他的那種特殊的感覺是很難用筆墨形容的，然而又是那麼眞切，那麼令人難忘——他感到自己宛若置身在另一個世界，這另一個世界把舊世界遮蓋和隱藏了起來，就像地毯遮蓋了地板。地板好端端的在下面，可是他走在上面的是遮蓋地板的地毯——那塊地毯浸透了魔法，就像草地浸透了露水一樣。

這種感覺非常奇妙；說不定哪一天你們也會有這種感覺。世界上仍然有些地方能產生這種感覺，但是它們一年比一年少了。

花園的魅力把他俘獲了。「時間太早，我暫時不進去。」他自言自語，「很可能我以後晚上永遠不能再來了。也許是黑夜使一切東西看上去都大不相同。」

垂柳下有一樣白色的東西一動，一雙白色的手把細長、沙沙響的葉子分開，走出來一個白色的怪物，長著兩隻角、山羊腿、男孩的腦袋和胳膊。傑勒德並不害怕。那是一樣天下最稀奇的東西，儘管他永遠不想擁有它。白色的怪物伸開手腳，在草地上打了一會兒滾，然後坐正身子，從草地上跳著離開了。可是柳樹下面仍然有一樣白色的東西在閃光；傑勒德向它走近三步，定睛一看。原來是一尊神像的座墊——墊子座上是空的。

「他們活了，」傑勒德說。又一個白色的身影從芙羅拉神殿走出來，消失在桂花樹底下。

「神像活啦！」

車道上鋪的小石子發出一陣嘎吱嘎吱的聲音。一樣出奇地長、深灰色的東西慢慢地、遲笨地向他爬過來。這時，月亮正好從雲堆裡鑽出來，照亮了它的身軀。那是你們在水晶宮看到的石頭做的白色大恐龍之一，大小就跟億萬年前它們是世界上的主人時一樣，大得嚇人。

「它看不見我的，」傑勒德心裡想！「我不怕，它也活了。」

當恐龍扭動身體從他的跟前經過時，他伸出手去摸摸它那巨大的尾巴。它是石頭的。它不是他想像的那樣「活了」，而本來就是活的。恐龍被碰了一下，轉過頭來。但是傑勒德也已經轉過身，拼命以全速向屋子跑去。因爲在那一碰之下，恐懼之神已進入花園，差點把他逮住了。他要逃離的是恐懼之神，而不是那隻正在動的石頭野獸。

他氣喘吁吁地站在第五扇窗子下面；當他抓住攀附在牆上的常春籐爬到窗台上時，回頭向灰色的斜坡一看，只見那石頭巨獸正在池塘淺水處睡蓮的浮葉裡打滾，發出嘩嘩的潑水聲。

傑勒德進了屋，又回過頭去看了一眼。池塘靜悄悄、黑黝黝的，月亮和星星映在水面上。月光穿過垂柳的一個缺口，照射在一尊一動不動佇立著的神像上。此刻，花園裡一切都井然有序，一切都紋絲不動。

「眞奇怪！」傑勒德想：「在這樣一個美麗的花園裡走路居然也會睡著和做夢。」

他關上窗，劃了一根火柴，又把百葉窗關上。另外一根火柴爲他照亮了門。他轉動鑰匙開了鎖，走了出去，重新把門鎖住，把鑰匙掛在一向掛鑰匙的那枚釘上，躡手躡腳走到通道盡頭。他在那兒等了一會兒。由於大家看不見，他又一次能夠藉著月光認路。月光從大廳釘著鐵條但沒有裝百葉窗的窗子裡射進來，在地上形成一個個光亮的斑點。

「廚房不曉得在哪裡？」傑勒德想。他已完全忘記自己是個偵探，只是著急地想回家，把他在花園裡做的那個稀奇古怪的夢講給大夥兒聽。「我想我無論開哪扇門都沒關係。我想我仍舊是

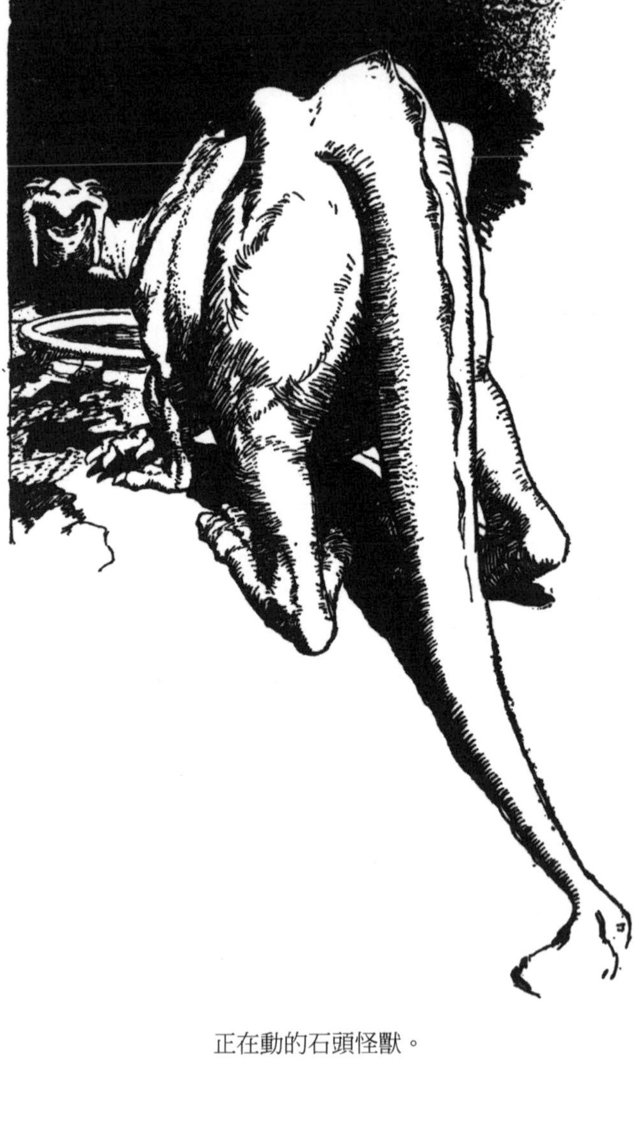

正在動的石頭怪獸。

隱身的吧？」他伸出一隻手，「是的，手伸在眼前看不見。走吧！」

他開了許多扇門，漫步走進一個個房間。有些房間是長方形的，裡面的家具罩著棕色的亞麻布套子，在那奇異的光線下像是白的；有些房間有豪華的枝形吊燈，用大的布袋包住，從高高的天花板懸掛下來；有些房間的牆上掛滿了畫像；有些房間的牆上盡是一排排古書；還有一些華麗的臥室，裡面放著有四根立柱的大床，伊麗莎白女王肯定在床上睡過。（順便說一句，那位女王似乎在英國的每棟老宅都睡過，因而在家的時間一定很少。）但是廚房卻怎麼也找不到。最後，他看到一扇門有一串石級向上，然後再向上通往一個房間，房門底下的縫裡露出燈光。不知怎地，要向那扇門伸出手並把它打開似乎是很難的。

「見鬼！」傑勒德罵自己，「別傻了！你豈不是隱身的嗎？」

於是，他放大膽開了門。裡面有人突然粗聲粗氣地咕噥了些什麼。

傑勒德向後退，把身體緊緊貼在牆上。這時，有一個人突然跑到門口，舉起一隻提燈向通道裡照著。

「沒事，」那人寬慰地吐了口氣，「只不過是門開了；門重得很——就這麼回事。」

「把門關上！」另一個聲音咆哮道：「我還當是警察呢！」

他們重新把門關上。傑勒德並不在乎。事實上，他倒寧可門關上。他不喜歡那些人的樣子。他們臉上有一股殺氣。在他們面前，即使隱身好像也躲避不了。傑勒德已經看到了他想要看的一

歹徒們正把銀器從兩隻大箱子裡拿出來。

切。他知道他對這幫歹徒了解得沒錯。依靠好得不得了的運氣——玩撲克牌的人會說這是新手的好運——他在當偵探的第一個晚上就發現了一宗竊案。歹徒們正把銀器從兩隻大箱子裡拿出來，用破布包起來，塞進麻袋。房間的門是鐵製的，有六吋厚。這實際上是保險庫。竊賊把鎖撬開了。撬門的工具就在地板上，用布整整齊齊地捲起來。木雕家的鑿子就是這樣放的。

「快點！」傑勒德聽見他們在說：「這活兒用不著幹整整一個晚上。」

銀器發出輕微的卡搭聲。「這些盤子卡搭卡搭的，像在敲響板❶！」一個

❶響板：用硬木或象牙製成的兩片板，套在手指上，跳舞時互相敲擊發響，作為歌舞伴奏。

沙啞的聲音說。

傑勒德轉身走開，走得非常小心，非常快。說來也真怪，當他腦子裡沒有別的念頭時，他怎麼也找不到去僕人住的屋子的路，可是現在，他腦子裡淨是些銀叉和銀杯，唯恐有人會在那些彎彎曲曲的通道裡在他的後面盯梢，他卻像支箭一樣，筆直走向那扇從大廳通往他想要去的那個地方的門。

當他走的時候，剛才發生的一連串事情在他的心中重演了。他對自己說：「幸運的偵探獲得了意想不到的成功，現在離開現場去尋求援助了。」

可是，尋求什麼援助呢？屋子裡當然有人，姑媽也在；但他無法向他們提出警告。人家看不見他，不會相信他。梅布兒的幫助沒有什麼價值。警察？叫警察是十分困難的；而且即使叫了，他們人還沒有到，竊賊已經捲了銀器逃之夭夭啦。

傑勒德停住腳步，苦苦思索著，思索的時候用雙手托住頭。你們知道這種方式——就跟你們有時候想一元一次方程式或英國內戰歷次戰役的日期所做的一樣。

臨了，傑勒德拿出鉛筆和筆記簿，靠在窗台上，用他當時所能發揮的一切聰明才智，寫了這樣一張條子——

你們知道保管銀器的那個房間。竊賊正在偷銀器，鐵門已經撬閉。速速派人報警。

如竊賊在警察來到之前逃走，我會跟蹤他們。

他遲疑了一下，又加了個尾巴——

你們的一個朋友——這不是騙人。

這封信被用一根鞋帶牢牢地縛在一塊石頭上，「砰」的一聲從窗子飛進房間。梅布兒和她的姑媽正在房間裡喜氣洋洋的團圓氣氛中享用一頓異常豐盛的晚餐——燉李子、奶油、鬆糕、蛋奶沙司以及乳蛋糕布丁。

傑勒德飢腸轆轆，饞涎欲滴地向晚餐瞅了好一會兒，才把石子扔進去。等尖叫聲平息後，他看見石頭被拾了起來，報警信被讀了。

「胡扯！」姑媽鎮靜下來後罵開了，「眞缺德！這當然是惡作劇。」

「啊，還是照他說的去通知警察吧！」梅布兒哭叫著。

「照誰說的？」姑媽厲聲問。

「不管是誰！」梅布兒抽抽答答地回答。

「馬上去報警！」傑勒德在外面用最男子氣概的聲調說：「你們不報警就會後悔莫及。我不能再為你們多做些什麼了。」

「我——我把狗放出來咬你！」姑媽叫起來。

「啊，姑姑，不要！」梅布兒激動得跳起來，「這是眞的——我知道這是眞的。快——快把貝楚叫醒！」

「他說的話我一句也不信。」姑媽說。

由於梅布兒糾纏個沒完，姑媽只好把貝楚叫醒。貝楚也一句不信。可是當他看了信，必須兩中擇一，要嘛到保險庫去看看那兒是不是眞的沒事，要嘛騎著自行車去報警。他選擇了後者。當警察來到時，保險庫的門半開著，銀器，或者不如說三個人拿得動的那麼多的銀器已經不翼而飛了。

那天晚上晚些時候，傑勒德的筆記簿和鉛筆又用上了。凌晨五點，他才上床睡覺，精疲力盡，像塊石頭般不會動了。

＊

「傑勒德少爺！」伊萊澤的聲音在他的耳邊響起，「七點鐘了，又是個晴天，又發生了一件竊案——哎呀！」她拉開窗帘，向床走去時，不由得驚叫了一聲。「瞧他的床，髒得一場糊塗，可是他卻不在床上！天哪！」她又驚叫了一聲。

凱撒琳從她的房裡奔過來。吉米從床上坐起身，用雙手揉著眼睛。

「什麼事呀？」凱撒琳問道。

「真把我嚇壞了！」伊萊澤一邊說，一邊重重地在一隻箱子上坐下。「起先他的床是空的，像煙筒一樣黑，可是他不在床上。我神經一定不正常。昨天早晨我聽見天使的聲音就知道不對頭了。可是，小傢伙，我要去告訴小姐，把你要的把戲告訴她。你等著瞧吧！混身上下墨般黑，乾淨的被單和枕套弄得一塌糊塗，真不像話！」

「聽著！」傑勒德慢吞吞地說：「我有件事要對你說。」

伊萊澤光是鼻子裡哼了一聲。她這樣做是很失禮的。不過，要原諒她，她是受了驚嚇，還沒有恢復過來呀。」

「你能保守秘密嗎？」傑勒德非常急切地問。他臉上塗的石墨已經擦掉一半。

「能！」伊萊澤回答。

「那好，你保守秘密，我就給你兩個先令。」

「可是，你要對我說什麼呢？」

「剛才的事，你絕對不許對人家講。」

「這錢我是不應該拿的。」伊萊澤說，手卻已經伸了出去。「現在你快起來吧！要把每一個角角落落都洗乾淨，傑勒德少爺。」

伊萊澤離開後，凱撒琳說：「啊，你平安無事，我眞高興！」

「昨晚你對我好像並不太關心。」傑勒德冷冷地說。

「我不記得我是怎麼讓你走的。昨晚我的確對你不太關心，可是今天早晨我一睜開眼，就想起來了！」

「好吧——這樣我們大家扯平！」傑勒德說著，隨隨便便和妹妹擁抱了一下。

「你是怎麼使自己看得見的？」吉米問。

「她一叫我，我就看得見了——指環脫落了。」

「把所有一切事情都告訴我們吧！」凱撒琳說。

「現在還不能。」傑勒德神秘兮兮地說。

「指環在哪裡？」吃罷早餐，吉米問道：「我想把它戴上試試。」

「我——我忘啦！」傑勒德說：「也許是在床上的什麼地方吧！」

可是床上沒有指環。伊萊澤已經把床整理好了。

大家去問伊萊澤，她說：「我保證床上沒有指環。要是有的話，我一定會看見的。」

第五章

「找了又找，可還是白搭！」當臥室的每個角落都翻了個底朝天，指環還是找不到時，傑勒德開了腔：「我們故事中卓越的偵探英雄說，他一會兒還有一條魚要煎❶，如果你們各位要聽昨晚的事兒……」

「還是等我們到了梅布兒那兒再聽你講吧！」凱撒琳壯起膽子說。

「約好十點半鐘見面是不是？幹嘛不邊走邊聽傑勒德吹呢？不過，我想反正也沒有什麼大不了的事兒。」說話的不用說是吉米。

「從你這句話，就可以知道你對情況一點也不了解。」傑勒德好心地說：「就這個人來說，梅布兒會白白地在約會地點等候。『魚，魚，另一條魚——另一條我要煎的魚？』」他用柔和的顫音唱著《櫻桃熟了》的優美曲調，直到凱撒琳擰了他一把。

吉米冷冷地走了開去，說：「等你唱完，我再回來。」

---

❶「還有一條魚要煎」是英國人的口語，意思是說：另外還有一件要緊的事要做。

可是，傑勒德還是一個勁地唱——

約翰遜的嘴唇在那兒笑，
那兒就是櫻桃島的土地。
另一條魚，另一條魚，
我要煎魚。
好人約翰遜，快來買啊！

「你怎麼可以這樣捉弄人？」凱撒琳說。

「我不知道。」傑勒德說，又回到詩歌上，「缺少睡眠或者刺激——我是說成功的刺激。到沒人能偷聽我們說話的地方去吧……

啊，到沒人能偷聽的島上去，
提防貼在鑰匙眼上的耳朵。

他冷不防地把門拉開。果然，伊萊澤正彎著腰從鑰匙眼裡偷聽。她假意拿揮帚輕輕撣著壁爐板上的灰。可是，掩飾是沒有用的。

「你知道偷聽是沒有好下場的！」吉米厲聲說。

「我沒有……沒有偷聽！」伊萊澤說，臉一直紅到耳根。

於是，他們就撇下她走了，一直走到大路上，大家坐在教堂庭園的矮牆上，腿在半空中蕩來蕩去。傑勒德嘴巴一直閉得緊緊的，一言不發。

「哎，傑瑞，」凱撒琳說：「別嘔氣啦！我等著聽你講昨晚的事兒，都快急死了。」

「那才對啊！」傑勒德樂了，於是他就開始講了。

他講啊講的，月光照耀下的花園中某些神秘和魔力進入他的聲音和話語，因此當他講到神像以及石頭怪獸都活了時，凱撒琳緊張得把他的胳膊緊緊抓住，就連吉米也不再用他的皮鞋後跟朝牆上踢，而是張大嘴巴聽著。

接下來，就是關於竊賊的驚險故事，還有扔在正共享天倫之樂的梅布兒和姑媽及奶油布丁中間的警告信。傑勒德講得津津有味，有聲有色，一個細節也不漏掉，以致教堂的鐘敲了十一下半，他才說：「做了人力所能做的這一切以後，由於對進一步的援助不抱任何希望，我們英勇的小偵探——嗨，梅布兒來了！」

果然是梅布兒。她從一輛馬車上跳下來，差點撞在他們腳上。

「我實在等不及了！」她解釋道：「你們不來，我就自己搭車來了。有什麼新情況嗎？貝楚趕到保險庫，竊賊已經逃走了。」

「你是說，所有這一切都是眞的嗎？」吉米問。

「當然是眞的囉！」凱撒琳說：「傑瑞，請你說下去。他剛說到他把石頭扔到你們的奶油布丁裡面，梅布兒。快說下去！」

梅布兒爬上牆，「你又看得見了，比我快。」

傑勒德點點頭，又往下說：「由於十二點鐘有要緊事兒，而現在已經十一點半過了，所以我們的故事要盡可能講快點兒。傑勒德大偵探讓他發出的信去完成它的警告任務，自己快步回到現場。那兒竊賊們還在藉著提燈的光，準確利落地行竊。我以爲冒險沒有意義，所以只是守在過道外面。那兒有台階通向——你知道嗎？」

梅布兒點點頭。

「他們很快就出來了，不用說是賊頭賊腦，東張西望。他們沒有看見我。他們自以爲沒有人看見，就排成縱隊，沿著過道走去——有一袋銀器從我身前擦過——走到外面的黑夜裡去了。」

「他們從哪一條路走的？」

「就是那個有鏡子的小房間，你隱身的時候在那裡照過鏡子。英雄穿了他的網球鞋迅速跟在後面。三個歹徒立刻藉著樹叢作掩護，鬼鬼祟祟地從杜鵑花中經過，橫穿過花園，然後再——」

他放低聲音，眼睛筆直望著大道上滾滾塵土外像網似地覆蓋著一堆石頭的粉紅色牽牛花——「再從活了的石頭怪獸旁邊經過。他們不時從灌木中，從樹底下向外張望——我看他們看得清清楚楚，他們卻看不見我。石頭的東西看見竊賊，可是竊賊看不見它們。奇怪，是不是？」

「石頭的東西？」梅布兒要求他向她說清楚。「我晚上經常在花園裡玩，可是我從來沒有看見它們活過。」

「可是我看見的。」傑勒德生硬地說。

「我知道，我知道。」梅布兒連忙改口，「我是說他們看得見，而你看不見——我是說它們是活的，不是石頭的。」

傑勒德理解，我希望你們也理解。

「我想你是對的。」他說：「城堡的花園眞的是被施過魔法的。可是我想知道它是怎麼施魔法的，爲什麼要施魔法？走吧，我必須在十二點鐘之前找到約翰遜。我們一直走到市場，然後撒腿跑吧！」

「冒險故事繼續往下講吧！」梅布兒說：「你可以邊走邊講。啊，講吧！太有勁了！」

這當然使傑勒德感到高興。

「噯，你知道，我只是做夢似的跟在他們後面。他們跑下一條小路，我以爲找不到他們了。我等他們跑得遠遠的，聽不見我的腳在石子上發出的聲音，然後沒命地追。我把皮鞋脫掉——我的襪子肯定完蛋了。我追啊，追啊。他們穿過一個貧民區，一直跑到一條小河邊。唷——我們得

「聽著，約翰遜！」傑勒德說：「要是我讓你到手那五十鎊賞金，你打算怎麼謝我？」

趕快跑了。」

於是，故事到此停止，大家開始奔跑。

他們發現約翰遜正俯身在他自己家後院的一張矮凳子上洗臉。

「聽著，約翰遜，」傑勒德說：「要是我讓你到手那五十鎊賞金，你怎麼謝我？」

「一人一半。」約翰遜不加思索地回答：「如果你是在跟我尋開心，我保證給你顏色看。」

「這不是尋開心。」傑勒德一本正經地說：「要是你讓我們進來，我就把全部情況講給你聽。等你捉住竊賊，把贓物追回，你只要給我一英鎊圖個吉利就好了。」

「好，那就進來吧！」約翰遜說：「我的洗臉毛巾髒，請小姐們原諒。不過我敢打賭，你們對我還有更多的要求，不然，這筆酬金你們自己爲什麼不要呢？」

「約翰遜眞聰明——口才好。」孩子們都已進了屋，門關上了。「你千萬別對人家說是誰告訴你的，要讓人家以爲這是你自個兒的膽識和遠見。」

「坐下！」約翰遜說：「如果你在開玩笑，在我揍你以前，最好還是讓兩個小妞兒先回去。」

「我不是在開玩笑，」傑勒德高傲地回答，「絕對不是！只有一個做警察的才能懂得爲什麼我不想讓任何人知道是我告訴你的。這件事我是深更半夜發現的，在一個我不該去的地方；如果家裡人發覺我幾乎整個晚上都在外面，會把我大罵一頓的。現在你懂了吧，我的漂亮妞兒？」

這時，約翰遜，正像吉米後來所說，已經太感興趣，顧不得人家罵他什麼名堂了。他說他眞的懂了，而且還想懂得更多。

「好，那就別再問長問短了。我要把對你有好處的事兒統統講給你聽。昨天晚上，大約十一點鐘，我在耶爾丁城堡。不——我是怎麼到那兒去的，或者去那兒幹什麼，都跟你沒有關係。我到了那裡，看見一扇窗開著，就從窗子爬了進去。裡面有燈光。那是保險庫，有三個人正把銀器裝進一個袋子裡。」

「是你發出警告，讓他們去叫警察的嗎？」約翰遜熱切地向前探出身子，一手按住一隻膝蓋。

「是的，是我。你願意的話，可以讓他們認爲警告是你發出的。當時你已經下班了，是嗎？」

「是的。」約翰遜說。

「哎！警察行動太慢了。不過我在場——就我一個光棍偵探。我跟蹤了他們。」

「你跟蹤了？」

「我看見他們把贓物藏起來，還聽見他們商量什麼時候把贓物取走。」

「你指給我看，是在什麼地方，」約翰遜說著，騰地跳了起來，速度那麼快，他的溫莎靠椅❷劈啪一聲，傾倒在紅磚地上了。

「不行！」傑勒德冷靜地說：「如果你在約定時間以前去那兒的話，你會找到銀器，可是你決計抓不到賊。」

「你說得對！」警察把他的椅子扶起來，重新坐下，「那怎麼辦呢？」

「今晚一點鐘將會有一輛汽車去船塢接應他們。他們將在十二點半把東西拿出來，乘船逃走。所以，你現在有機會把你的口袋裝滿硬幣，名利雙收。」

❷溫莎椅：十二世紀流行於英國和美國的一種高背靠椅。

吧？」

「皇天在上！」約翰遜心事重重，還是將信將疑。「皇天在上！這一切不會是你編造的吧？」

「我當然能編造，可是我沒有編造。現在，聽著，這是你千載難逢的好機會，約翰遜！給我一英鎊，你閉住嘴巴，事情就成了。你同意嗎？」

「啊，當然同意！」約翰遜說：「我同意。不過你若是騙我——」

「你難道還看不出來他並不是騙你的嗎？」凱撒琳聽得不耐煩了。「他不撒謊——我們都不撒謊。」

「你要是不願意就實說，」傑勒德說：「我可以另外去找一個更有頭腦的警察。」

「可是——你不應該這樣小心眼兒！」梅布兒開門見山地說：「我們想讓你撈點外快，你偏偏不要。」

「我如果是你的話，」傑勒德提出忠告，「就會帶兩個人到藏銀器的地方去。你可以在堆木場設埋伏——銀器就藏在堆木場附近。我還會再派兩、三個人埋伏樹上，等汽車開到。」

「你應該當警察，應該！」約翰遜讚嘆道：「但如果那是個騙局，又怎麼辦呢？」

「唔，那你就只好自認倒楣——我想這不會是第一次吧！」吉米說。

「你到底幹不幹？」傑勒德不耐煩了，「別再囉嗦了，吉米，你這個笨蛋！」

「我幹！」約翰遜回答。

「那好。你上班時到堆木場去一下。你看見我在哪兒擤鼻涕，哪兒就是藏銀器的地方。麻袋是用繩子縛在柱子上，吊在水裡的。你只要大模大樣地走到那裡，把那個地方記下來。等你出足了風頭，榮升警佐，可別忘記我呀！」

約翰遜說他一跤跌在青雲裡了。

他說了不止一次了。然後，又說他願意幹，並說他馬上就得走了。

約翰遜的小屋就在城外，鐵匠鋪旁邊，孩子們是穿過樹林到那裡的。他們循原路回去，穿過市鎮那狹窄、破破爛爛的街道，來到木場附近的縴路❸。這裡，他們繞著大樹的樹幹奔跑，向鋸木坑❹裡望了望——工人都吃飯去了。附近一帶的孩子都喜歡在這裡玩。他們用一塊剛鋸下來、香噴噴的松木板和一株榆樹根做了一個蹺蹺板。

「這個地方眞好！」梅布兒坐在蹺蹺板一頭，樂不可支。「這比我平常玩的遊戲甚至魔法都更帶勁。」

「我也一樣。」吉米說：「傑瑞，別老是縮鼻涕——你的鼻子都快掉下來了。」

「沒有法子啊！」傑勒德回答，「我不敢用手帕擤鼻子，生怕約翰遜就守候在旁邊什麼地

---

❸ 縴路：沿河岸拖船時走的小路。

❹ 鋸木坑：雙人拉大鋸時下方操鋸的人站立的坑。

傑勒德在一個木板已經爛掉的小浮動碼頭上站定。

方。我要是另外想一個信號就好了。」他又縮了一下鼻涕。「也真怪，我一來到這裡，想起我給他的信號，就感冒了——謝天謝地！他總算來了。」

孩子們依依不捨地離開了蹺蹺板。

「大家跟我走！」傑勒德喊了一聲，就向一棵樹皮剝得光光的橡樹奔去，另外幾個孩子跟在後面。孩子們列成一行，忽而從一堆堆木頭上跳過去，忽而從一疊木板下面鑽過去。

當警察那兒沈重的皮靴聲在縴路上響起時，傑勒德立刻在一個木板已經爛掉、扶手搖搖欲墜的小浮動碼頭上站定，大叫一聲：「別吵啦！」然後，用足力氣擤了一下鼻涕，向約翰遜說：

「早！」

「早！」約翰遜回答，「感冒了嗎？」

「唉，我要是有一雙像你那樣的靴子就不會感冒了。」傑勒德不勝豔羨地回答，「瞧你的靴子，任何人在一哩外就知道是你的腳步聲。你是怎麼走到壞人身旁把他們抓住的？」他從浮碼頭上跳下來，小聲對約翰遜說；「勇氣、果斷和膽識。就是這個地方。」說罷，這位精力充沛的隊長就率領他的那支英姿勃勃的隊伍回家去了。

伊萊澤來開的門。凱撒琳對她說：「我們帶了個朋友來吃飯。小姐呢？」

「去耶爾丁城堡了。你知道，今天有展出。請你們飯吃得快一點，下午我要出去。要是讓我的男朋友苦等，他會不高興的。」

「好的，我們儘量吃得快。」傑勒德答應，「請你添一副刀叉，有個小天使跟我們一塊兒吃。」

他們說話算話。一頓飯——碎牛肉、土豆和大米布丁，這也許是天底下最難吃的——不到一刻鐘就報銷了。

「現在，」當伊萊澤拿了一壺熱水上樓去以後，梅布兒說：「指環在哪裡？我得把它放回去。」

「我還沒有輪到呢！」吉米嘀咕著，「指環找到之後，應該輪到卡賽和我。你和傑勒德已經輪過了。」

「什麼時候能找到——？」梅布兒蒼白的臉在烏黑的頭髮襯托下變得更加蒼白了。

「我非常抱歉——我們都非常抱歉！」凱撒琳把指環不見的經過情形說了一遍。

「你們一定找得不夠徹底，」梅布兒提出抗議，「指環不會自己飛走的。」

「我們不知道指環的能耐——你也不知道。發脾氣是沒有用的，小姐。也許它眞的是自己飛走的。你瞧，我在床上的時候，它就從我的手裡溜了。我們到處找遍了。」

「我再找找，你介意嗎？」梅布兒用眼光向她的小女主人懇求，「如果指環丟了，那是我的過錯。這就跟偷一樣。約翰遜會說這是一樣的；我知道他會說的。」

「我們大家再一起找找吧！」凱撒琳跳起身，「今天早晨我們是太匆忙了點。」

於是，他們就找起來了，床上、床下、地毯底下、家具底下，全都找遍了。他們抖動窗帘，在角落裡尋找，找到一些灰塵和絨毛球，指環卻連影兒也沒有。他們找呀找的，每個地方都找遍了。吉米甚至兩眼死死盯住天花板，好像指環可能蹦得老高，在那裡卡住了。可是並沒有。

「那麼，」臨了，梅布兒說：「它一定被你們的女傭人偷走了。肯定是的。我會把我的想法告訴她。」

她是說到做到的。可是，就在這個節骨眼上，前門「砰」的一聲。他們知道伊萊澤已經打扮得花枝招展，會她的男朋友去了。

「沒有用！」梅布兒差點哭出來了，「你們讓我一個人待一會兒好嗎？你們在旁邊會讓我分心的。我要獨自把房間的每一吋地方都找遍。」

「以客人的感情爲重，友好的燒炭人離開了。」傑勒德說。他們走到外面，把門輕輕關上，讓梅布兒獨個兒去找。

他們在外面等她。當然，這是出於禮貌；何況他們也不得不待在家裡，等法國女教師回來爲她開門。儘管這天陽光燦爛，吉米又剛剛想起傑勒德口袋裡裝滿了集市上賺來的錢，那些錢啥都沒買過，只買了一些小圓麵包。可是，就連那些小圓麵包也沒有他的份。當然，他們是等得極其不耐煩的。

好像已經過了一個鐘頭，其實只不過十分鐘，他們聽見臥室的門開了，樓梯上響起梅布兒的腳步聲。

「她沒有找到。」傑勒德說。

「你怎麼知道？」吉米問道。

「聽她走路的聲音就知道了！」傑勒德說。

實際上，人們去找一樣東西，這樣東西有沒有找到，只要聽他們回來時的腳步聲就準能知道個八九不離十。梅布兒的腳步聲說：「沒有找到！」就像它們能說話一樣清楚。她臉上的表情也證實了這個不快的消息。

猛然間，後門被敲得震天響。這樣一來，誰都不用假客氣，說是他們因爲找不到指環多麼難過，或者假裝相信指環很快就會找到。

所有的僕人，除了伊萊澤，都放假回去了，所以孩子們一起去開門。傑勒德說，如果是麵包店老板，可以向他買一個蛋糕，當飯後的甜點心吃。「吃那種飯菜，得來點兒甜食。」他說。

可是，來者並非麵包店老板。他們開了門，看見放幫浦、垃圾箱和水桶的天井裡站著一個男青年，歪戴帽子，兩撇漂亮的八字鬍下面的嘴巴張開著，一雙眼睛圓得異乎尋常。他身上穿著一套淡黃色西裝，繫著一條藍領帶，西裝背心上橫掛著一根金錶鏈。他的身體向後仰，右臂向門伸出，表情像是一個人被滿不情願地拖往什麼地方。他的模樣那麼怪，凱撒琳嘴裡嘀咕著：「瘋人院逃出來的。」想當面把門關上。可是，門就是關不上。門裡卡著一樣東西。

「放開我！」男青年說。

「啊，我會放開你的！」那是伊萊澤的聲音——可是伊萊澤的人卻看不見。

「是誰把你抓住了？」凱撒琳問道。

「是她，小姐。」不快樂的陌生人回答。

「她是誰？」凱撒琳說。她事後解釋道，她這樣做是爲了拖延時間，因爲她此時已經清楚地知道，門關不上是因爲伊萊澤一隻看不見的腳軋在裡面了。

「我的未婚妻，小姐。至少聽上去像她的聲音，摸上去像她的骨頭，可是有一樣東西附在我身上，小姐，我看不見她。」

他搖搖擺擺地向後傾跌在水桶上。

「他就這樣沒完沒了地說。」伊萊澤的聲音說：「他是我的男朋友。他瘋了；或者難道是我瘋了？」

「一點也不奇怪，你們兩個都瘋了！」吉米說。

「嘿，」伊萊澤說：「你還算是個男子漢哩！你看著我的臉，卻對我說你看不見我。」

「哎——我看不見你！」倒楣的男朋友說。

「要是我偷了個指環，」傑勒德說，兩眼望著天空，「我就應該到屋裡去，乖乖待著，而不是站在後門口出洋相。」

「她不是存心出洋相，」吉

米小聲說：「這是指環的功力！」

「我什麼都沒偷！」伊萊澤的男朋友說：「放開我！我的眼睛出了毛病啦。放開我，你到底聽見了沒有？」

猛然間，他伸出的手臂掉了下來，他搖搖擺擺地向後傾跌在水桶上。

伊萊澤把他放開了。她從孩子們中間穿過，用看不見的胳膊肘把他們推開。

傑勒德用一隻手抓住她的胳膊，另一隻手摸到她的耳朵，小聲對她說：「你好好站著，一句話也別說。如果你說話，我就要叫警察了。」

伊萊澤不知道怎樣使他不叫警察。所以她聽從傑勒德的話，一聲不響地站著，只是鼻子裡不住哼著。這是她情緒緊張時獨特的表現。

男青年的身子已經恢復平衡，站在那裡望著孩子們，眼睛比以前更圓了。

「什麼事？」他軟弱地喘著氣，「出了什麼事啦？到底是什麼事？」

「你要是不知道，我們恐怕無法告訴你。」傑勒德客氣地說。

「我剛才說的話是不是很怪？」青年問道，摘下帽子，手在腦門上捋了一把。

「是很怪。」梅布兒回答。

「但願我沒有說過任何失禮的話。」他不安地說。

「哪裡，哪裡！」凱撒琳說：「你只不過說你的未婚妻抓住了你的手，又說你看不見她。」

「我再沒有別的話可說了。」

「我們也沒有話可說了。」梅布兒說。

「可是我不會是做夢，到這裡來出洋相吧？」

「你知道得最清楚。」傑勒德有禮貌地說。

「可是，」穿淡黃色西裝的受害者差點尖聲叫起來，「你是想告訴我……」

「我並不想告訴你什麼。」傑勒德相當老實地說：「不過，我要給你一個忠告。你回家去躺一會兒，頭上蓋一塊濕布頭。明天你就會沒事的。」

「可是我並沒有——」

「我知道，」梅布兒說：「陽光太毒了。」

「我現在覺得很好了。」他說：「可是——呃，我只能說我感到十分抱歉。這是我唯一能說的。我以前從來沒有這樣被人作弄過，小姐。我受不了啦！可是我可以對伊萊澤起誓——她沒有出去和我見面嗎？」

「伊萊澤在屋裡，」梅布兒說：「她今天不能出去跟任何人見面。」

「你不會把出洋相的事兒告訴她吧，小姐？要是她認爲我愛發脾氣，會跟我過不去的。我從小就不愛發脾氣。」

「我們不會把任何有關你的事兒告訴伊萊澤的。」

「你們會原諒我的失禮嗎？」

「當然！我們知道你是迫不得已。」凱撒琳說：「你快回去躺下。我相信你需要臥床休息。再見。」

「再見！我完全相信，小姐。」他迷迷糊糊地說，「可是，我這會兒說話的時候還是能感到她的手指捏緊我的手。你不會讓這件事傳到我老板——我是說我的雇主——的耳朵裡吧？發脾氣對任何行當中的人都是不利的。」

「不，不，不，沒事兒——再見！」四個孩子齊聲說。

男青年慢慢繞過水桶走出去，綠色的天井門在他的後面關上。

一陣靜默。

伊萊澤打破了靜默，她說：「告發我！你們去告發我，讓我在牢房裡傷心吧！」

突然滴答一聲，一滴水沾濕了門階。

「雷雨來啦！」吉米說。其實那是伊萊澤掉下的淚水。

「告發我！」她不停地說：「告發我！」滴答——「可是別在這個城裡抓我。這裡大家認識我，尊重我。」——滴答。「我要出城十哩，讓一個陌生的警察把我抓起來——別讓約翰遜抓我，他跟我表姊妹相好。」——滴答。「可是有一件事我真的要感謝你們。你們沒有把我偷指環的事兒告訴埃爾夫。我沒有偷，」——滴答——「我只不過把它借來戴戴罷了。今天是我休假，我的男朋友是個上流人，你們大家都看見的嘛！」

孩子們注視著眼淚從可憐的伊萊澤那看不見的鼻子上滾下來，變出了影兒。這有趣的眼淚讓他們入迷了。

傑勒德鼓了鼓勁。「你再說也沒有用；」他說：「我們看不見你呀！」

「他就是這樣說的，」伊萊澤的聲音說：「可是——」

「你看不見你自己。」傑勒德說：「你的手在哪裡？」

伊萊澤確實想看自己的手。當然看不見，因而她發出一聲尖叫——周圍如果有警察的話，這種尖叫聲肯定會把他們引過來——頓時歇斯底里大發作。

孩子們盡了最大的努力，凡是書上看過的適合這種情況的事他們都做了，可是對於一個精神病大發作、穿著最好的衣服的隱身女僕，要做得合適卻比登天還難。此所以後來發現最好的一頂帽子完全毀了，最好的一套藍衣服也從此走樣了。他們從撣帚上扯下幾根羽毛，在他們自以爲離伊萊澤鼻子底下最近的地方燒。突然冒出一股火焰，一股難聞的氣味。傑勒德趕緊用雙手把火弄滅。這清楚地說明伊萊澤的羽毛披肩也想幫忙了。

果眞幫上了忙。伊萊澤重重地哼了一聲，她甦醒過來了。她說：「不要把我的眞駝毛披肩燒掉。我現在好點了。」

他們扶她起來，讓她在最末一級台階上坐下。

孩子們非常小心和親切地向她說明她眞的是變得看不見了。如果你偷了指環——或哪怕暫時借來戴戴——你就保不定什麼事情會發生在你身上。

「可是，我難道就永遠這個樣子，」當他們拿下一面掛在廚房水槽高頭的小鏡子，使她相信她眞的看不見時，她苦惱地說：「永永遠遠？我們約定下一個復活節結婚。誰都不會要一個看不見的女人做妻子的。」

「不，不是永永遠遠！」梅布兒安慰她，「不過你得忍著點兒——就像出痲疹。我想你明天就會沒事的。」

「我想今晚就沒事了。」傑勒德說。

「我們會盡力幫助你，對誰也不說！」凱撒琳說。

「連對警察也不說！」吉米補充一句。

「現在我們去準備法國小姐吃的點心吧！」傑勒德說。

「還有我們的。」吉米最關心吃。

「不！」傑勒德說：「我們到外面去吃。我們去野餐，把伊萊澤也帶去。我去買蛋糕。」

「我不吃蛋糕，傑瑞少爺，」伊萊澤的聲音說：「所以你別買。你會看見蛋糕順著我胸口下去。光天化日下，讓人家看見蛋糕在我的肚子裡曲曲彎彎地滑下去，我以爲是很丟臉的。啊！只不過借來戴戴就遭到這種報應，眞是太可怕了！」

他們又安慰了她，把茶點準備好，派凱撒琳去開門讓法國女教師進來——女教師到家已累壞了，神情有點憂鬱——然後大家一起出發去耶爾丁城堡。

「野餐是不允許開派對的。」梅布兒說。

「我們的野餐可以。」傑勒德脫口而出，「伊萊澤，你挽住凱撒琳的胳膊，我走在後面，把你們的影子遮住。天哪！快把帽子脫掉。帽子使你的影子變得不知像什麼啦！人家準以爲我們是從瘋人院逃出來的呢！」

就在這時，帽子在凱撒琳手裡顯現出來了。

「我最好的帽子。」伊萊澤說。接著是一陣靜默夾雜著吸鼻子的聲音。

「你要打起精神來。」梅布兒說：「你就把所有的這一切當作是個夢好了。你要是爲指環的事兒感到難過，就會做這樣的夢。」

「可是我還會醒嗎？」

「會的，當然會醒。現在我們要用布把你的眼睛矇住，帶你走進一扇很小的門。你不要反抗，不然我們馬上叫一個警察到夢裡來。」

我沒有功夫詳細描繪伊萊澤進入洞穴的情景。她頭先進去；兩個女孩在後面推，兩個男孩在裡面接應。要不是傑勒德預先想到把她的手縛住，肯定會有人被她抓傷的。實際上，梅布兒的手就在冷絲絲的岩石和亂踢亂動的靴後跟之間擦傷了。當他們帶著她沿著邊緣長滿青苔的峽谷穿過拱門，進入意大利風景的仙境時，她所說的一切，我也不準備向你們介紹了。當他們在一枝垂柳下拿掉她的矇眼布時，她已經不會說話了。垂柳旁有一尊黛安娜❺像，手裡拿著弓箭，穩穩當當地站在一個腳趾上。我老是認爲這種姿勢對射箭是最不合適的。

「現在一切都過去了！」傑勒德說：「現在一切都好了，可以吃點心了！」

「現在我們可以喝下午茶啦！」吉米說。

伊萊澤確信她的胸腔儘管看不見，卻不是透明的，她的伴侶們不能望穿胸腔，數她一共吃了多少個葡萄乾麵包，於是她就放開肚子，美美地吃了一頓。其他幾個孩子也都放開懷吃了一頓。如果你們眞想好好享受你們的下午茶，午飯就應該吃碎牛肉、馬鈴薯和大米布丁，然後興奮幾個小時，老晚老晚才喝茶。

花園裡清新涼爽的綠色和灰色變了——綠色變成金色，陰影變成黑色。福玻斯❻神殿下有一口湖，天鵝倒映在湖裡，在落日對面棉絮似的白雲反照下，湖沐浴在玫瑰色的光輝裡。

「眞美啊！」伊萊澤讚美道：「就像一張風景明信片，兩便士一張的，是不？」

「我該回家了。」梅布兒說。

---

❺ 黛安娜：羅馬神話中的月亮和狩獵女神。

❻ 福玻斯：希臘神話中的太陽神，即阿波羅的另一個名字，代表發光、燦爛的意思。

「我可不能這樣回去。要是那座白色的小屋有牆壁又有門，我情願做個野蠻人住在裡面。」伊萊澤說。

「她是指狄俄尼索斯❼神殿。」梅布兒指著白色小屋說。

太陽突然落到斜坡頂上成行的黑樅樹後面。白色神殿剛才是粉紅色的，現在變成灰色的了。

「即使這個樣子，住在裡面也挺不錯！」凱撒琳說。

「穿堂風太大了，」伊萊澤說：「而且有那麼多的台階兒要清洗！這種房子沒有牆壁，造它幹嗎？誰願意住——」她的話戛然中止，瞪大眼睛望了一會兒，又補充一句：「那是什麼呀？」

「什麼？」

「那個從台階上下來的白色東西。唷！那是個男青年的塑像。」

「太陽一落山，這兒的塑像就都活了。」傑勒德的口氣非常堅定。

「我看也是的。」伊萊澤一點沒有奇怪或驚嚇的樣子。「又來了一個。瞧他腳上的小翅膀，就像鴿子似的。」

「我想那是麥丘利❽。」傑勒德說。

---

❼ 狄俄尼索斯：希臘神話中的酒神。

❽ 麥丘利；羅馬神話中衆神的使者。

「他跳進水裡啦！」伊萊澤興奮地說：「喔唷唷，他游得多帶勁！」

「那是赫密士❾，腳上生了翅膀。」梅布兒說：「可是——」

「我沒有看見什麼塑像。」吉米說，「你捏我幹什麼？」

「你難道不明白嗎？」傑勒德小聲兒說。但是他不必擔心，因為伊萊澤的眼睛跟著那些塑像的飛快動作滴溜溜轉，她的全部注意力都集中在上面了。「你難道不明白嗎？太陽一下去，塑像就活了——你除非隱了身，否則就看不見它們——你要是看見它們，也不會害怕——除非你碰了它們。」

「讓她碰一個瞧瞧！」吉米說。

「他跳進水裡啦！」伊萊澤興奮地說：「喔唷唷，他游得多帶勁！那個有一對鴿子翅膀的在湖上飛來飛去，跟他鬧著玩兒。眞是美極了！就像你在結婚蛋糕上看見的小愛神。這兒又有一個，是個小傢伙，生著一對長長的耳朵，一隻小鹿跟他一起跑！再看看那位女士跟嬰兒，她把他拋上去又接住，就好像他是個球似的。眞奇怪她怎麼不怕。可是瞧著他們眞有意思。」

偌大的花園伸展在孩子們前面，灰色越來越濃，氣氛越來越靜。在逐漸變黑的陰影裡，他們能看見許多塑像閃發出白色的光，一動也不動。但是伊萊澤能看見別的東西。她默默地注視著，他們也默默地注視著。暮色像張面紗似地降落下來，越來越重，越來越黑。夜來了。一輪明月慢

❾ 赫密士：希臘神話中衆神的使者，相當於羅馬神話中的麥丘利。

慢在樹梢升起。

「啊！」伊萊澤突然叫起來，「這是小男孩和小鹿——他筆直地向我衝過來了。我的天哪！」

轉眼功夫，她已經尖叫連聲。她的尖叫聲逐漸低了下去，碎石地上響起一陣迅速的皮鞋聲。

「快追！」傑勒德大叫一聲，「她碰了它，就害怕了。跟我上回一樣。快追！要是她像那個樣子跑進城，會使全城的人都發瘋的。想想看，看不見人，只聽見說話聲和腳步聲!!快追！快追！」

他們追了。可是伊萊澤是比他們先起跑的。何況當她在草地上跑的時候，他們聽不見她的腳步聲，只能等著皮鞋聲在遠處的碎石上響起。更何況她是受恐懼驅使的，而恐懼使人跑得最快。她似乎是從最近的路跑的，隱著身子穿過正在逐漸變亮的月光，眼睛只看到林中空地和樹叢中間的東西。

「我就在這裡停下了。明天見！」梅布兒喘著氣說。

這時，一批喧鬧的追趕者正緊跟著伊萊澤的腳步聲越過庭院的一塊台地。「她穿過馬廄去了。」

「快從後面包抄上去，」傑勒德上氣不接下氣地說。他們拐了個彎，進入他們自己住的那條街。他和吉米大步流星地從收集屋頂雨水的桶子旁跑過。

伊萊澤呼吸急促，披頭散髮，衣衫凌亂，突然伸出一隻手。

一個看不見然而激動的鬼彷彿在摸索上著鎖的後門。教堂的鐘敲了半點。

「九點半鐘。」傑勒德氣喘吁吁地說：「用力脫指環；現在也許能脫下來了。」

他是向空蕩蕩的門階說的。可是伊萊澤——呼吸急促、披頭散髮，衣衫凌亂——突然伸出一隻手——這隻手他們看得見了；在這隻手裡，在明亮的月光下，赫然呈現出那枚黑黝黝的魔指環。

*

「天哪！」第二天早晨，伊萊澤的男朋友說。當她拎了一桶水和磨台階用的磨光石開門出來時，他正在等她。「昨天你不能出來，我心裡眞難過。」

「我也很難過！」伊萊澤用絨布沾著水，從上面最高一級台階開始洗擦起來。「你昨天做了些什麼？」

「我有點頭痛，」男朋友說：「下午大部分時間都躺在床上。你呢？」

「噢，沒有什麼大事情！」伊萊澤回答。

男朋友走了以後，她自言自語：「那麼，這一切都不過是個夢罷了。可是，這對我是個教訓：別人的東西，以後決不可以亂拿。」

「這樣看來，他們沒有把我昨天的行爲告訴她。」男朋友邊走邊對自己說：「我想是陽光太毒的緣故——就像我們駐在印度的士兵。但願我以後永遠不當兵！」

第六章

約翰遜一下子成了英雄。是他追蹤了竊賊，訂下了行動計畫，追回了被盜的銀器。他沒有扔石頭——梅布兒和她的姑媽認爲有一塊石頭扔進去，輿論斷定她們一定是搞錯了。可是報警信他卻沒有否認是他寫的。

傑勒德吃好早餐，出去買了份《利德爾斯比觀察報》，向大家朗讀了報紙關於這件事的兩極報導。在他讀的時候，每張嘴都張得越來越大。當他最後讀到「這位偵破案子的才能勝過萊科克❶和福爾摩斯❷兩位先生的天才鎮民現在將肯定獲得晉升」時，大家都默不作聲。

「唔！」最後，吉米打破了沈默，「他在哪一點上都沒有言過其實，對嗎？」

「我覺得這好像是我們的不是，」凱撒琳說：「好像所有這些彌天大謊都是我們說的；因爲傑瑞，要不是因爲你，就根本不會有這種謊言。他怎麼能那樣說呢？」

「唉！」傑勒德說，盡力顯得公正，「你知道，說到底，那傢伙總得說些什麼呀！我很高

---

❶萊科克是法國著名的化學家，是他發展了化學分析的分光鏡技術，發現了鎵、釤、鏑等元素。

❷福爾摩斯是英國作家柯南道爾創作的一系列偵探小說中的主人公，一位推理本領高強的私家大偵探。

興。我——」他突然住口。

「你高興什麼？」

「算了吧！」他說，神情好像把一些重大的事兒拋在腦後似的。「我們今天做些什麼？忠心的梅布兒快來了，她會要回她的指環。你和吉米也要指環。唷！我們已經有好多天沒有向老師獻殷勤了。我們的英雄認爲這太不應該了。」

「我希望你不要老是管自己叫『我們的英雄』。」吉米說：「至少你並不是我的英雄。」

「你們兩個都是我的英雄。」凱撒琳忙不迭地說。

「好妹妹！」傑勒德笑得有點尷尬，「讓哥哥快活，等阿媽回來。」

「你不會扔下我們，自己一個人出去吧？」凱撒琳急忙問道。

傑勒德唱了起來——

我急匆匆趕去？
今兒是集市日。

在那個集市裡，

買玫瑰花送我情人。

「要是你也想去，就把鞋穿上，動作要快。」

「我不想去。」吉米說著，縮了一下鼻涕。

凱撒琳失望地向傑勒德瞅了一眼。

「啊，詹姆斯，詹姆斯！」傑勒德憂傷地說：「你使我眞難忘記你是我的小弟弟！要是我待你像待別人，像我取笑特納或莫伯利或任何一位同學一樣地取笑你——你才可以這樣對待我。」

「你並不管他們叫你的小弟弟。」吉米說。這可是實話。

「不叫！我以後一定多多注意，不再叫你小弟弟了。來吧，我的英雄和女英雄！忠心的梅斯魯爾是你們忠順的奴僕。」

正巧，三個孩子在廣場拐彎角上碰到了梅布兒。每個星期五，廣場上設下了許多攤位，搭起了帳篷，撐起了綠色的洋傘，擱板上攤放著雞鴨魚肉、陶瓷器皿、蔬菜、布料、糖果、玩具、工具、鏡子以及其他各種各樣有意思的貨物，，這些東西也裝載在貨車上，拉車的馬拴在馬棚裡，車把手用堆得高高的木箱夾住。有些貨色，比方瓦器和五金器具，就乾脆陳列在集市光禿禿的石板上。

太陽和藹地照耀著，正像梅布兒所說：「大自然好像在微笑，喜氣洋洋。」蔬菜中有幾束鮮花，孩子們遲疑不決，不知道挑哪一束好。

「樨草香。」梅布兒說。

「玫瑰花美。」凱撒琳說。

「康乃馨便宜！」吉米說。

傑勒德把鼻子湊到一束紮得緊緊的香水月季上聞著，同意吉米的話，解決了問題。

於是他們就買了三束康乃馨：一束是黃的，黃得像硫磺；一束是白的，白得像奶油皮；一束是紅的，紅得像凱撒琳那個從來也不玩的布娃娃的臉蛋兒。他們把康乃馨拿回家，在門階上匆匆用凱撒琳頭上那根綠緞帶一紮，花兒就顯得更美了。

於是，傑勒德在客廳門上輕輕敲了一下。法國女教師彷彿整天都坐在客廳裡似的。

「進來！」響起了她的聲音，傑勒德就進去了。女教師沒有像往常那樣在看書，而是俯身在一本素描簿上。桌子上有一盒打開著的顏料，不像是英國產品；另外還有一瓶深藍色的液體，同最偉大的水彩畫家用的十分相似，同小孩用的六便士一盒的最彆腳的顏料也十分相似。

「我們以我們全部的愛，把這束花獻給您！」傑勒德說著，突然把花放在她面前。

「你眞是個討人喜歡的小寶貝。爲了這個，我必須擁抱你——不是嗎？」傑勒德還來不及解釋他年齡太大了，擁抱不合適，女教師已經在他的兩個臉頰上飛快地親了好幾個法國式的吻。

「您在畫畫嗎？」傑勒德忙不迭地問，以掩飾他被女教師當娃娃那樣對待的氣惱。

她在他的臉頰上親了好幾個法國式的吻。

「我畫了一張畫，題材是明天。」她回答。他還來不及思忖，在一張畫裡，「明天」是什麼樣的，她已經把一張耶爾丁城堡美麗而逼眞的速寫拿給他看了。

「啊，畫得好極了！」這是評論家的評論，「能不能讓他們也來看看？」他們來了，梅布兒也在內：她畏畏縮縮地站在大夥兒後面，從吉米的肩膀往下看。

「我說，您眞聰明。」傑勒德恭恭敬敬地說。

「一個人非得教娃娃過日子，天才又有什麼用呢？」女教師說。

「這眞是太糟糕了！」傑勒德承認。

「你也看見畫了嗎？」女教師問梅布兒，然後又加上一句：「你是城裡來的一個朋友嗎？」

「您好！」梅布兒有禮貌地回答，「我不是從城裡來的；我住在耶爾丁城堡。」

這個名字好像深深觸動了法國女教師的心。傑瑞德打心裡希望她不是一個勢利鬼。

「耶爾丁城堡！」女教師重覆了一遍，「這眞新鮮！這麼說，你不會是耶爾丁勛爵的女兒吧？」

「他沒有女兒；」梅布兒說，「他沒有結過婚。」

「那麼，你是他的——英國話是怎麼說的？——堂兄妹——妹妹——侄女？」

「都不是。」梅布兒說，臉脹得通紅，「我壓根兒不是大戶人家的子女。我是耶爾丁勛爵的女管家的侄女。」

「可是你認識耶爾丁勛爵，是不是？」

「不！」梅布兒說：「我從來沒有見過他。」

「那麼，他從來不到他的莊園來嗎？」

「打從我住在那裡起就沒有來過。不過，他下星期要來了。」

「他爲什麼不住在那裡？」女教師問道。

「姑姑說他太窮了。」梅布兒說，然後就把她在女管家房裡聽來的故事一五一十講了一遍：耶爾丁勛爵的叔叔怎樣把所有該給耶爾丁勛爵的錢都給了耶爾丁勛爵的一個遠房堂兄弟，可憐的耶爾丁勛爵得到的錢只夠付老房子的維修費，自己一個人無聲無息地住在別的地方。如果把房子開放，或者住在那裡，錢就不夠了。梅布兒還說耶爾丁勛爵不能把房子賣掉，因爲那筆財產是留了條尾巴的。

「什麼尾巴呀？」女教師感到莫名其妙。

「就是律師寫的『限定繼承』這條尾巴，」梅布兒說，爲自己的知識感到驕傲，又因爲法國女教師深感興趣而高興。「一旦他們給你的房子添了這條尾巴，你就不能把它賣掉，也不能把它送人，而只能把它傳給你的兒子，即使你並不願意。」

「可是他的叔叔怎麼能這樣無情無義——把莊園給他，錢卻一個也不給？」女教師問道。

凱撒琳和吉米站在一旁，由於女教師忽然對在他們看來最乏味的事情上感到濃厚的興趣而覺得好生奇怪。

「噢！這個我也可以告訴您。」梅布兒說：「耶爾丁勛爵想娶一個女人，可能是個吧女或芭蕾舞女；他叔叔不許他娶，可是他偏要。他叔叔就說：『那好吧！』於是就把所有一切都給了那個遠房堂兄弟了。」

「你說他沒有結過婚？」

「是的。那女人進了修道院。我想，她現在一定在蹲牢房。」

「蹲牢房？」

「關在大牆裡邊。」梅布兒說，用手指著牆紙上粉紅色和金色的玫瑰花進行解釋，「把她們關起來殺死；修道院就是這樣幹的。」

「絕對不是！」法國女教師表示反對，「修道院裡的女人都是非常和善，非常好的。修道院只有一樣東西最可惡，那就是門上的鎖。修女常常出不去，特別是如果她們非常年輕。她們的親人為了她們的快樂和幸福才把她們送進修道院。可是蹲——你怎麼說的？——把女人關在大牆裡邊把她們殺死。不！絕不是的。那麼，這位勛爵——他沒有去找他的愛人嗎？」

「噢，找啦——找得好苦！」梅布兒向女教師保證，「可是您知道，修道院有成千上萬，他不知道上哪兒去找；他寄出的信都被郵局退回了——」

「哎喲！」女教師叫了一聲，「這樣看來，女管家是無所不知的啦！」

「那還用說？」梅布兒隨口應了一句。

「你認為他會找到她嗎？或者不會？」

「噢！他總有一天會找到她的。」梅布兒說：「那時他已經老了，身體垮了，快要死了。仁愛會的一位修女會在他的枕邊用好話哄他，就在他咽氣的當口向他吐露自己的身分，並且對他說：『我自己的失去的愛！』他的臉上會露出一種異樣的喜悅，他那乾裂的嘴唇會說出她那熱愛的名字，然後含笑死去——」

法國女教師驚訝說得不出話來，最後才喃喃道：「這是你的預言，是不是？」

「啊，不是的！」梅布兒說：「這是我從書上看來的。您愛聽的話，我隨時可以跟您講更多命中注定的愛情故事。」

法國女教師身子抖動了一下，好像突然想起一件什麼事似的。

「午餐時間快到了，」她說：「你們的朋友——梅布兒——不錯——跟你們一塊兒用餐，我們擺一小桌酒筵款待她。凱撒琳，你過來把我美麗的花插在花瓶裡，我趕緊去買蛋糕。你們大家把手洗乾淨，等我回來就可以入席。」

她笑咪咪地向孩子們點點頭，就離開他們，奔上樓去了。

「就像她還年輕一樣。」凱撒琳說。

「她本來就年輕嘛！」梅布兒說：「好多不比她年輕的女士都有男人向她們求婚。我也看過不少婚禮，新娘比她老得多。還有，她這麼美！你事先爲什麼不告訴我？」

「她美？」凱撒琳感到奇怪。

「當然美囉！她想著爲我買蛋糕，請我吃飯，眞是太好了！」

「聽著！」傑勒德說：「我認爲她眞不錯。要知道，女教師掙的錢一向少得可憐，只夠維持生活，可是現在她把她的那一點錢都花在我們身上了。要是我們今天不出去，陪她在家裡玩一天，你們認爲怎樣？我想她一定煩透了！」

「她眞會喜歡跟我們一塊兒玩嗎？」凱撒琳有點懷疑，「愛蜜莉姑姑說大人從來不眞正喜歡跟小孩玩。他們跟我們玩是爲了讓我們開心。」
「他們不懂！」傑勒德回答，「我們跟大人玩，才往往是爲了讓他們開心呢！」
「我們反正得穿上那些公主服打扮得漂漂亮亮——我們說過要這樣做的。」凱撒琳說：「就演戲來招待她吧！」
「最好是在將近喝下午茶的時候演出。」吉米說：「這樣就可以有個空檔，戲就不至於永遠演下去了。」
「衣服大概都安然無恙吧！」梅布兒問道。
「當然！我告訴過你我把它們放哪兒了。好啦，吉米，大家來幫忙擺餐具。叫伊萊澤把最好的瓷器拿出來。」
「眞運氣！」傑勒德突然產生一個念頭，「竊賊沒有到保險庫裡去偷鑽石。」
「他們偷不了！」梅布兒的聲音低得幾乎聽不見，「他們不知道有鑽石。我認爲，除了我和你，沒有第二個人知道——你發過誓要保守秘密。」這一點想必你們記得，幾乎一開頭就做了。
「我知道連姑姑也不知道。我是無意中才發現暗門的。耶爾丁勛爵把秘密保守得很好。」
「我眞希望自己也有一個那樣的秘密可以保守。」傑勒德說。
「如果竊賊們眞的知道，」梅布兒說：「審判時就會水落石出的。律師在審判時會讓你把你所知道的一切都說出來。當然，也有一大堆謊言。」

「不會有審判的。」傑瑞德說，若有所思地踢著鋼琴腳。

「不會有審判？」

「這是報上說的。」傑勒德慢吞吞地唸著報紙：「歹徒必定從同黨那裡獲得警告，因爲當他們回來取不義之財時，將他們一舉擒獲的精心準備俱已落空。但警察已經獲得線索。」

「眞可憐！」梅布兒說。

「你不必擔心——他們沒有獲得任何線索。」傑勒德說，仍舊一門心思踢著鋼琴腿。

「我不是指線索，我是指同黨。」

「你認爲他可憐眞是太糟糕了，因爲我就是那個同黨。」傑勒德說，站起身不理會鋼琴腳了。他眼睛直楞楞望著前面，神情活像一個在起火燃燒的甲板上的孩子。

「我克制不住自己。」他說：「我知道你會認爲我是個罪犯，可是我實在沒有辦法下毒手。我不明白偵探們怎麼下得了毒手。我曾經和父親一同去過一所監獄。我向約翰遜透露消息以後，忽然想起了那所監獄，就實在忍不住了。我知道我是畜生，不配做一個英國公民。」

「我倒以爲你心腸很好。」梅布兒親切地說：「你是怎麼警告他們的？」

「我只是從那個人的門底下塞進一張紙條——我知道他的住址——叫他避風頭。」

「啊!?告訴我——紙條上是怎麼說的？」梅布兒勁頭來了。

「我在紙條上寫道：『警察已知道一切，就是不知道你們的名字。你們只要規規矩矩，就會平安無事。但如果你們再去偷，我就要揭發你們。我這個人是說到做到的。』我知道我做得不對，可是我克制不了自己。請不要告訴別人。他們不會懂得我爲什麼要這樣做。就連我自己也不懂呢！」

「可是我懂，」梅布兒說：「那是因爲你有一顆仁愛和高尙的心。」

「標準的廢話，我的好妞兒！」傑勒德說。一剎那間，男孩的強烈表情沒了，又現出了本來面目。「孩子們，快去洗手，你們髒死了！」

「你自己也髒死了！」梅布兒說：「我可不髒。我身上是染料。今天早晨，姑姑把一件襯衫染色。《家庭瑣話》教你怎樣染色。結果她兩隻手弄得墨黑，襯衫白一塊、黑一塊，像大花臉。可惜指環不會使你身上的一部分——比方灰塵——變沒了。」

「也許吧！」傑勒德出乎意料地說：「它甚至不會再使你們大家變沒了。」

「爲什麼不？你沒有對它做什麼手腳吧？」梅布兒厲聲問道。

「沒有。不過，你有沒有注意到你變沒了二十一個小時，我變沒了十四個小時，伊萊澤只有七個小時——就是說，每次少七個小時。現在輪到——」

「你做心算眞快！」梅布兒滿懷敬畏地說。

「每次少七小時，七減七等於零；這次肯定和前幾次不一樣。再往後呢——不可能是負七，我猜不出會怎麼樣——要嘛你會變得更清楚——更起眼！你明白我的意思。」

「別說啦！」梅布兒說：「我的頭都發暈啦！」

「還有一件怪事兒。」傑勒德繼續說：「你一變沒了，一變得看不見，你的親人就不愛你了。你的姑姑就是這樣。我和小偷打交道時，卡賽一點都不在乎。那隻指環的底細我們還不了解。哎呀！老師買蛋糕回來了。膽大包天的強盜們，快去拼命洗手吧！」

他們就飛快地跑去洗了。

法國女教師買回來的不光是蛋糕，還有李子、葡萄、水果餡餅、汽水、草莓糖漿，還有裝在漂亮盒子裡的巧克力糖、盛在棕色罐子裡的「純濃芳香」奶油，另外還有一大束玫瑰花。就一個女教師來說，法國女教師是出奇地快活。她把蛋糕和餡餅大塊大塊地分給孩子們，用玫瑰花做花冠，戴在大家的頭上——她自己吃得不多——爲當天的佳賓梅布兒的健康乾杯，乾杯的酒是草莓糖漿和汽水混合成的，粉紅色，漂亮極了。女教師還勸吉米把花冠戴在頭上，理由是希臘男神和女神一樣，在宴會上總是戴花冠的。

自從法國有女教師以來，從來沒有一位女教師舉行過這樣盛大的宴會。宴會上大家說笑話，講故事，歡聲不絕。吉米用叉子、軟木塞、火柴和蘋果變了好幾套戲法，受到熱烈的歡迎。

女教師向他們講了她自己學生時代的故事，那時她還是「一個小女孩，紮得緊緊的梳兩根髮辮」——由於大家不懂什麼叫髮辮，她還要求拿來紙和筆，畫兩根又短又粗的小辮子，從頭上突出，像兩根毛衣針插在一只黑色的毛線球裡。然後，大家要求畫什麼，她就畫什麼，直到梅布兒扯了一下傑勒德的夾克，小聲兒說：「可以開演了！」

「請爲我們畫一座戲院的正面，」傑勒德乖巧地說：「一座法國的戲院。」

「法國戲院和英國戲院都一樣。」女教師告訴他。

「您喜歡表演——我是說，喜歡演戲嗎？」

「噢，是的——我喜歡演戲。」

「好！」傑勒德爽快地說：「我們來爲您演一齣戲——您喜歡的話，就在今天下午演出。」

「餐具伊萊澤會洗的，」凱撒琳小聲說：「我們答應讓她來看演出。」

「要嘛今天晚上也可以。」傑勒德說：「對不起，老師！伊萊澤可以來看戲嗎？」

「當然可以囉！」法國女教師說：「孩子們，你們自己消遣吧！」

「可是我們要讓您消遣，」梅布兒突然說：「因爲我們非常愛您——你們大家說，對不對？」

「對！」大家異口同聲地回答，儘管另外幾個孩子過去絕對不會主動想到說這樣的話。可是現在梅布兒說了，他們驚奇地發覺那是事實。

「怪了！」法國女教師說：「你們愛我這個法國老教師？不可能！」她說得有點含含糊糊。

「您不老！一點也不！」梅布兒說，「至少不太老！」她機靈地補充了一句，「您就像一位公主那樣可愛。」

「走吧，馬屁精！」法國女教師大笑起來。於是梅布兒就走了；其實，人已經上樓上了一半。

法國女教師和往常一樣坐在客廳裡。幸虧她沒有在認認眞眞地閱讀，因爲整個下午，門開了又關，關了又開，好像一直沒停過。他們可以借用一下繡花椅套和沙發靠墊嗎？他們可以借用一下洗衣房的晾衣繩嗎？伊萊澤說不可以，但是到底可不可以呢？他們可以借用一下鋪在壁爐前的羊皮地毯嗎？他們可以在花園喝茶嗎？因爲他們在餐廳裡已快把舞台搭好了，而伊萊澤偏偏要布置茶具了。老師可以借給他們一件花衣服嗎？——圍巾、晨衣，只要顏色花俏一點的都可以。行，老師可以借給他們，而且確實借給他們了——眞絲的。女教師有那麼漂亮的眞絲衣服眞是太令人驚奇了。教師有胭脂嗎？他們經常聽說法國婦女——不，老師沒有胭脂——而從她臉上的顏色判斷，老師是不需要胭脂的。老師可知道藥房裡賣胭脂嗎——或者她有假髮可以借用一下嗎？聽到這個要求，教師用蒼白的手指從頭上拔下十多個髮夾，一頭天下最美麗的深藍色頭髮就披散下來，一直垂到膝蓋上。

「不，你們這些小鬼頭，」她叫了起來，「我沒有假髮，也沒有胭脂。我的牙齒——你們一定也要吧！」她笑著露出了牙齒。

「我說過您是位公主，」梅布兒說；「現在我明白了。您就是您，拉龐澤小姐。請永遠把您的頭髮保留成這個樣子！對不起，我們可以借用一下壁爐架上的孔雀羽毛扇，還有那些東窗帘的東西；還有，把您的手帕統統借給我們好不好？」

法國女教師來者不拒。他們借到了扇子和手帕，拿到了幾大張藏在學校小櫥裡的價錢很貴的

一頭天下最美麗的頭髮披散下來。

繪畫紙，還有法國女教師最好的貂毛製畫筆和顏料。

「誰能料到竟會是這樣一個喬裝改扮的好心人？」傑勒德沈思地吮著畫筆，凝視著他剛畫好的假面具。「我不明白爲什麼深紅色的顏料味道總是像李比希牌牛肉精。」

那天，樣樣事情都稱心如意。你知道，人的一生中總有些日子是這樣的，一切事情從一開始就順順當當，你要做的一切都井然有序，沒有人誤解你，你做的每一件事都圓圓滿滿。這些日子跟我們大家都熟悉不過的那些日子是多麼不同啊！在那些日子裡，你的皮鞋帶斷了，木梳不知道放哪兒了；你的刷子掉在地上，背朝天滴溜溜轉，轉到床底下你拿不到的地方——你的肥皀落地上了，鈕釦掉了，一根睫毛跑到眼睛裡去了；你的最後一塊乾淨手帕用完了；你的襯衫領圈磨破了，戳痛你的脖子；而在最後一分鐘，你的背帶忽然斷了，繩子卻一根也沒有。在這樣的一天中，你早飯不用說，當然遲到了；大家都以爲你是故意遲到的。一天慢慢地過去，情況越來越糟——你的練習簿丟了，算術課本落在爛泥裡了，鉛筆頭斷了；你打開小刀要削鉛筆，偏偏又把指甲折了。在這樣的一天，你的大姆指夾在門裡；大人叫你去送幾張便條，你把它們都攪和了。你喝茶把茶打翻，奶油在麵包上怎麼也塗不牢。最後當你上床睡覺時——往往是氣呼呼的——你發覺所有這些事情中沒有一件是你自己的錯，可是你壓根兒沒感到安慰。

這一天不是那些天中的一天，這你就會看到的。甚至在花園裡喝茶——花園裡有一小塊磚砌的地，放茶几四平八穩——也喝得挺開心，儘管五人當中有四人正忙著想就要開演的戲，而第五個人在轉她自己的念頭，這些念頭跟喝茶或演戲毫不相干。

接下來，是短暫的休息時間，夾雜著砰砰彭彭的關門聲，上樓下樓的腳步聲。

開飯鈴響的時候，還是大白天——用開飯鈴做信號是大家在喝茶的時候一致同意的，而且仔仔細細解釋給了伊萊澤聽。法國女教師放下手中的書，走出被陽光照得一片金黃的客廳，走進了餐廳昏暗的煤氣燈光裡。伊萊澤吃吃地笑著爲她開了門，並且跟她一同進去。百葉窗已經關上——縷縷光線從窗縫裡射進來，照在她們身上。晾衣繩上掛著學校餐桌上鋪的綠、黑兩色抬布。繩子中間蕩下來，成爲優美的弧形，但是總算起到了支撐帷幕的作用，把餐廳作爲舞台的那個部分遮蔽起來。

正對著舞台放了一排排椅子——好像屋子裡所有的椅子都搬來了——法國女教師看見這些椅子有六、七張坐著人，不由得嚇了一大跳。椅子裡坐的都是些最希奇古怪的人——一個老太婆，下巴底下用紅手帕繫著一頂有撐邊的帽子；一位夫人戴著一頂綴滿鮮花的大草帽，一雙最古怪的手擱在她前面的椅子背上；另外幾個男人體態怪異、臃腫，頭上都戴著帽子。

女教師向掛著的抬布縫裡小聲說：「你們邀請了別的朋友嗎，孩子們？你們應該先問我一聲才對啊！」從重重疊疊的抬布帷幕後面發出一陣笑聲和歡呼聲。

「好吧，拉龐澤小姐！」梅布兒叫道：「把煤氣燈開大點。這不過只是招待會的一部分呀！」伊萊澤還在吃吃笑著，從一排排椅子中間擠過去，走的時候把一位來賓的帽子碰落了。她把三盞煤氣燈開大。

法國女教師向坐得離她最近的人望了望，彎下腰看得更仔細些，突然一屁股坐下，笑著尖叫起來：「哎喲，他們不是眞的！」

伊萊澤叫得更響。她發現了同樣的事情，可是表達的方式不一樣。「他們沒有五臟六腑！」她說。眞的，觀衆席上七位最古怪的觀衆都是沒有五臟六腑的。他們的身體是長枕和捲起來的毯

她看見這些椅子有六、七張坐著人，而且都是些最稀奇古怪的人。

子，脊椎骨是掃帚柄，胳膊和腿是曲棍球棒和雨傘。他們的肩膀是法國女教師用來掛她的短上衣，使它們不走樣的木橫檔，手是裡面塞滿手帕的手套，臉是這天下午傑勒德無師自通畫的假面具，縛在裡面塞滿東西的枕套尖端做的圓頭上。臉委實是相當可怕的。傑勒德已經盡了他的全力，但即使他已經盡了全力，其中有幾張假使不是處在臉通常所處的地位——領子和帽子當中——就簡直認不出是臉。他們的眉毛是用黑顏料畫的，一副凶神惡煞的樣子；眼睛有五先令銀幣那麼大，形狀也和五先令銀幣一樣；嘴唇和臉頰塗成深紅色，朱紅顏料差不多用掉半盆之多。

「原來觀衆是你們自己做的。要得！」法國女教師叫了起來，情緒恢復正常，開始鼓起掌來。掌聲一響，幕徐徐上升——或者不如說拉開了。一個聲音結結巴巴地說：「《美女與野獸》❸現在開演！」舞台就展現在大家眼前了。

舞台也是貨眞價實的——許多張餐桌拼起來，上面鋪著粉紅色和白色的床罩。台不大牢靠，走在上面咯吱咯吱響，但是看上去挺神氣。布景很簡單，但是別具匠心。一大張硬紙板，彎成正方形，上面開了許多口子，紙板後面點了根蠟燭，透出亮光，表示家庭的火爐邊。伊萊澤的一個圓帽盒放在凳子上，下面點了一盞長明燈。除非是存心作對，否則準會認爲它是一只洗衣服用的大銅鍋。一只廢紙簍，裡面插著兩、三把撣子和一件大衣，椅子背上還擱著一件天藍色睡衣，完

---

❸美女與野獸：歐洲民間傳說，美女為救父親，同意嫁給野獸；野獸因為美人的愛情而擺脫魔法的束縛，重新變成英俊的王子，與美人結婚。

成了布景的最後一道程序。不需要從舞台側面宣布這是「美人家的洗衣房。」它清清楚楚就是個洗衣房，不可能是別的。

在舞台側面，梅布兒小聲說：「他們看上去就像一批真正的聽眾，是不？上場吧，吉米——別忘記商人愛炫耀，說話喜歡長篇大論。」

吉米穿了傑勒德的最好的大衣——這件大衣打算穿兩年，買的時候估計他在兩年裡會長個兒，尺碼特別大——裡面再塞了幾個枕頭，所以身體變得大大的。他頭上纏了一塊土耳其人的包頭巾，手裡撐著一把傘，用一段簡單迅速的獨白開始了第一幕：

「我是天下最倒楣的商人。我曾經是巴格達最有錢的商人，可是我失去了我所有的船。如今住在一間破房子裡，雨從室頂漏下來，我的女兒們就用雨水洗東西——」

停頓得好像長了一點，可是傑勒德疾步上場。他身上穿著法國女教師的一件粉紅色晨衣，扮演大女兒這個角色，顯得落落大方。

「今天是曬衣服的好天氣。」他嗲聲嗲氣地說：「親愛的爸爸，請你把雨傘倒過來放，這樣我們就可以不必到雨中取水了。來吧，姊妹們！老爸給我們買了個新洗衣盆。太棒啦！」

雨傘被倒過來放了，三姊妹跪在雨傘四周，開始洗想像中的衣服。凱撒琳穿一件伊萊澤的紫色襯衫，一件她自己的藍色寬上衣，頭上紮了一塊手帕。梅布兒穿一件白睡衣，繫一條白圍裙，黑色頭髮裡插著兩朵紅康乃馨，一望而知三姊妹中哪一個是美人。

演出進行得相當順利。法國女教師說最後一個揮動毛巾的舞蹈是最動人的。伊萊澤看得開心極了。據她說，她拼命笑，笑得肚子都痛了。

四個孩子一下午都在製作服裝，沒有功夫排練台詞，所以《美女與野獸》這場戲演出得怎麼樣，也就可想而知了。可是他們都爲演出感到快樂，觀衆也被深深吸引住了。哪一齣戲能和它一爭長短，哪怕是莎士比亞的？梅布兒穿了公主服，是個艷光照人的美女；傑勒德是野獸，身上披了一條客廳爐前的地毯，氣派是難以形容的威武。儘管吉米扮演的商人話不夠多，但是他用非常肥胖的體形彌補過去了。凱撒琳則一人扮演許多小角色——仙女、僕人和信使等等——角色轉變速度之快，連她自己也感到驚奇和得意。

第二幕，梅布兒的服飾優雅到無以復加的地步，沒法再好了，因此用不著再換了。她在第二幕快結束時，對披著沈重的獸皮，熱得汗流浹背的傑勒德說：「喂，你還是替我把指環弄回來吧！」

「我這就去。」傑勒德說。其實他早已把指環這回事丟在腦後了。一下一幕我就把它還給你。不過，千萬別丟失，也不要把它戴上。你可能會完全變沒了，人家再也看不見你；或者你看得見七倍，我們其餘的人在你身旁會像一些影子；你會變得那麼鮮明，或者——」

「預備！」凱撒琳匆忙上場。這次她又變成一個惡毒的姊姊了。

傑勒德好不容易把手伸進地毯下面的衣袋裡，萬分痛苦地轉著眼珠兒，對梅布兒說：「再見吧，親愛的美人！快快回來！因爲你要是迢迢離開你忠心的野獸，他肯定會死掉的。」同時把一枚指環塞在她手裡，又補充說：「這是一枚魔指環，你要什麼，它就能給你什麼。當你想回到你自己的野獸身邊時，只要戴上指環，說出你的願望，你馬上就會在我身邊。」

美人梅布兒接過指環一看，果然就是那枚指環。

幕徐徐落下，兩雙手熱烈鼓掌。

下一幕戲演得精彩極了。兩個壞脾氣的姊姊演得唯妙唯肖。當她們把眞的肥皀水潑在美女的公主服上時，美女惱怒的表情眞是出神入化。甚至商人也不只是枕頭，而是變成了血肉之軀。當他動情地說他親愛的美人不在，他將瘦成皮包骨頭時，幕落下了。兩雙手又熱烈地鼓起掌來。

「梅布兒，快幫忙！」傑勒德叫救命。他被壓在毛巾架、茶炊、茶盤以及綠色桌面呢圍裙下面，這些東西，再加上從平台上拿來的四支紅天竺葵、從客廳壁爐上拿來的銀葦、從客廳窗台上拿來的橡皮樹，代表最後一幕的噴泉和花園。掌聲已經平息。

「我希望，」梅布兒接近沈甸甸的茶炊說：「我希望我們製造的那些傢伙是活的。這樣我們就可以從他們那裡獲得一些掌聲了。」

「我倒覺得他們幸虧不是活的。」傑勒德說，一面把桌面和毛巾架整理好。「畜生！我一看見他們的紙眼睛，就覺得不是味兒。」

幕拉開了。披著地毯的野獸奄奄一息地躺在花園的熱帶美景裡——銀葦、橡皮樹、紅天竺葵和茶炊噴泉裡。美女剛準備進入這令人震懾的輝煌，猛然間，怪事發生了。

這是法國女教師引起的：她爲花園的景色鼓掌——兩隻靈巧的紅手掌跟著重重地拍。於是——另外一些人也鼓起掌來，一共六、七個人。他們的鼓掌發出一種沈悶、包著襯墊的聲音。九張而不是兩張臉一起轉向舞台，九張臉都是活的。當梅布兒以輕盈的步伐走向前時，掌聲更響了；而當她停住腳步，望著觀眾時，她那恐怖和驚駭的姿態博得了更加響亮的掌聲，但是不夠響，壓不倒法國女教師和伊萊澤的尖叫聲：她們倆衝出房去，一路上把椅子撞翻；兩人在門口互相擠撞，老遠的兩扇門砰砰響——一扇是法國女教師的，另一扇是伊萊澤的。

「落幕！落幕！快！」美女梅布兒大叫。這聲音既不是梅布兒的，也不是美女的。「傑瑞，那些東西活了。啊，我們怎麼辦？」

披著地毯的傑勒德跳起身來。當吉米和凱撒琳拉幕時，那種沈悶的鼓掌聲又伴著幕布，在晾衣繩移動的刷刷聲中響了起來。

「什麼事？」他們一邊拉幕，一邊問道。

「這回是你幹的好事！」傑勒德向滿臉通紅、大汗淋漓的梅布兒說：「啊，這些繩子眞討厭！」

「你不會把它們剪斷嗎？是我幹的好事？」梅布兒反唇相譏，「我喜歡！」

「比我幹得還過分！」傑勒德說。

「啊，沒事兒！」梅布兒說：「好啦！我們得把那些東西扯碎——這樣他們就活不成啦！」

「這反正是你不好！」傑勒德說，騎士風度一點也沒了。「你難道不明白？這枚指環已經變成一枚魔指環，你只要戴上它，任何願望都能實現。我早知道會發生不同的事。把我口袋的刀拿出來——這根繩子纏住了。吉米，卡賽，那些醜八怪活了。因爲梅布兒希望他們活。快把他們扯碎！」

吉米和凱撒琳從幕後面窺視，臉色慘白，眼睛瞪得大大的，身體直往後退。吉米斬釘截鐵地回答：「我不幹！」凱撒琳則說：「決不！」大家都知道她這話是當眞的。

這當兒，傑勒德已經快從地毯裡掙脫出來。刀刃剛把他的大姆指甲割裂，幕外面發出一陣沙沙聲和笨重的腳步聲。

「他們出去了！」凱撒琳尖聲叫起來，「用他們的雨傘和掃帚柄腳走出去了！你攔不住他們的，傑瑞！他們太可怕了！」

「要是我們不攔住他們，到明天晚上，鎭裡所有的人都會發瘋的！」傑勒德大聲叫喊，「快把指環給我——我來收回你的願望。」

他從梅布兒那裡劈手把指環奪過來，高聲說了一句：「我希望醜八怪們不要活！」就衝出門去了。他在想像中看見梅布兒的願望被取消了，空空的大廳裡撒滿了枕頭、帽子、雨傘、外衣和手套——短促的生命從那些小道具當中永遠消失了。

可是，大廳裡卻充滿了活的東西，奇形怪狀的東西——就像掃帚柄和雨傘一樣短得出奇。一

一隻軟綿綿的手搭在他的胳膊上。

隻軟綿綿的手打了個手勢。一張臉頰紅紅的白臉抬起來望著他，寬闊的紅嘴唇說了些什麼，可是他不知道說的是什麼。那個聲音使他想起了橋旁那個沒有上顎的老叫化子。這些怪物當然也沒有上顎，它們沒有——

「抗唷雷拷米愛古霍爾？」

那個聲音又說了。它一連說了四遍，傑勒德才恍然大悟，原來這個怪物——活的，很可能無法管束——是在冷靜而有禮貌地不住說著：

「你能爲我介紹一家上等旅館嗎？」

第七章

「你能幫我介紹一家上等旅館嗎？」說話者腦袋裡是空無所有的。傑勒德有最充足的理由知道這一點。說話者的上裝裡面沒有肩膀——只有一個十字形的橫桿，是細心的女士們用來掛外套的。詢問時舉起的手壓根兒不是手，而是一只手套，裡面塞滿了手帕；同手連接的胳膊只不過是凱撒琳學校裡的雨傘。可是，這個東西卻活了，而且還提出一個明確的問題，這個問題對於任何一個眞正的人都是合情合理的。

傑勒德的心往下一沉，覺得機不可失，必須立即起來應付這種突如其來的情況。想到這兒，他的心愈發往下沉了，好像哪怕起來一點點也不可能。

「對不起，請再說一遍！」這是他唯一能說的話了。

那張紙畫的臉又一次轉向他，又一次說：「抗育雷拷米愛古霍爾？」

「您要找一家旅館？」傑勒德木頭木腦地重覆了一遍：「一家上等旅館？」

「愛古霍爾！」畫出來的嘴又說了一遍。

「我非常抱歉！」傑勒德說——當然，一個人無論在什麼情況下，都應該有禮貌。禮貌在他是天生的！「我們所有的旅館很早就關門了——我想大約是八點鐘。」

「諾克厄姆潑。」醜八怪說。傑勒德到現在還不明白，那個用帽子、大衣、假面具和軟綿綿的手匆忙做成的玩意兒怎麼會活了，成爲一個有身分的人，五十來歲，顯然很有錢，在郊區挺出名又受愛戴——這種人坐頭等車旅行，抽昂貴的雪茄煙。這回，用不著重覆，傑勒德知道醜八怪是說：「敲門，把他們喚醒。」

「不行！」傑勒德解釋道：「他們都是著地聾——這個城裡開旅館的統統是聾子。這是郡議會的一條法律：只有聾子才可以開旅館。那是因爲啤酒裡的啤酒花的緣故；」他又補充了一句：「您知道，啤酒花對耳痛很有好處。」

「艾奧威奧洛奧。」有身分的醜八怪說。

傑勒德發覺那東西「聽不大懂他的話！」——可是，他並不感到奇怪。

「開頭是有點兒難。」他說。

另外，幾個醜八怪都擁上前來。戴闊邊帽的夫人開了腔——傑勒德覺得自己變得很聰明，能聽懂那些沒有上顎的人說的話：「要是沒有旅館，公寓房間也行。」

「我的公寓房間是在冰冷的地上。」傑勒德耳邊響起一個自發但無用的聲音。可是且慢——眞的無用嗎？

「我倒是知道有個公寓房間，」他慢慢地說：「可是——」

醜八怪中個兒最高的一個擠上前來。他穿一件棕色的舊大衣，戴一頂大禮帽。這兩樣東西永遠掛在學校的衣帽架上，萬一有小偷光顧，就可以使他們誤以爲屋裡有一位男主人這時正在家中，從而不敢下手。他的樣子比第一位說話者更外向，少保守，任何人都能看出來他並不是一位紳士。

「瓦艾沃奧歐。」他開始說。

可是，那位帽子上插著花的女醜八怪打斷了他的話頭。她的口齒比其他人靈清。傑勒德後來發現，這是因爲她的嘴是畫得張開的，缺口的蓋向後折起來，因此的的確確有一個下顎似的東西，儘管那只不過是紙做的。

「我想要知道，」傑勒德聽明白她在說：「我們叫的馬車在哪裡？」

「我不知道，」傑勒德說：「不過我可以去問一問。可是咱們得走了。演出已經結束，他們要鎖門關燈了。咱們走吧！」

「埃——埃克伊奧格。」有身分的醜八怪又說了一遍，舉步向前門走去。

「奧昂奧。」帽子上插花的那位開口了，她那塗得鮮紅的嘴唇張開，形成一個笑。

「當然，我樂於爲你們效勞。」傑勒德謙恭有禮地說：「意想不到的尷尬事兒的確經常會發生的。我可以陪你們去，替你們弄一個公寓房間，只要你們在院子稍稍等一會兒。這個院子挺不錯的。」這時，他們那煞白的紙臉上露出驚奇而鄙視的神色，「你們知道，這不是一個普通的院子，裡面的幫浦剛剛全部漆成綠色，垃圾桶是塗琺瑯的。」

醜八怪們交頭接耳，商量了一番。傑勒德覺得，照他們看，幫浦的綠色和垃圾桶的琺瑯使情況大爲不同。

「我要各位稍候，實在抱歉！」他熱切地說：「可是我有一個叔叔，他精神錯亂，我九點半鐘得餵他吃麥片粥。只有我餵，他才肯吃，其他任何人餵，他都不吃。」

傑勒德並不在乎自己說了些什麼。你對誰都不可以說謊，但對醜八怪說謊是可以的，因爲它們是衣服做的，沒有五臟六腑，它們不是人，只不過是一種非常逼眞的幻覺，因此不能眞正受騙，儘管表面上看來是受騙了。

傑勒德領路，穿過有藍、黃、紅、綠玫塊的後門，下了鐵台階，來到院子裡。醜八怪們成群結隊跟在後面。有些醜八怪穿著靴子，但是有些醜八怪的腳只是掃帚柄或雨傘做的，他們在鏤雕鐵台階上走，看起來特別彆扭。

「你們要是不介意的話，」傑勒德說：「就在陽台下面等著吧！我的叔叔精神錯亂得厲害，他要是看見——看見陌生人——我是說，哪怕是貴族氣派的陌生人——我可不能對後果負責。」

「也許，」帽子上插花的夫人神經兮兮地說：「我們還是自己想辦法去找個公寓房間吧？」

「我勸你們不要這樣做。」傑勒德盡可能板著面孔說：「這兒的警察看到陌生人就抓。這是自由黨剛剛制訂的新法律。」他富有說服力地補充一句。「再說，你們就算借到了公寓也不會滿意——我不忍心看你們住在一個地牢裡。」他溫和地加上一句。

「艾阿威奧厄佩珀爾。」有身分的醜八怪說；然後又補充一句，聽起來像是：「這種事情眞可恥！」

儘管如此，他們還是在鐵陽台下排成一行。傑勒德向他們最後瞅了一眼，心中暗暗奇怪，爲什麼他居然一點不害怕，儘管表面上他爲自己的勇敢感到欣喜。因爲那些東西看上去的確很可怕。很難相信它們眞的不過是些衣服、枕頭和棍棒，裡面一無所有。當他走上台階時，他聽見他們在談話，用的是他們自己那奇怪的語言，盡是噢噢、啊啊的。他聽出有身分的醜八怪的聲音在說：「那孩子眞有教養。」頭上戴花冠的夫人親切地回答：「不錯，眞的。」

彩色玻璃門在他後面關上了。他後面是院子，院子裡有七個叫人受不了的人。他前面是寂靜的屋子，屋子裡有五個嚇得魂不附體的人。你也許以爲醜八怪是沒有什麼好害怕的，那只是因爲你從來沒有看過一個醜八怪活了。你應該動手做一個——你父親的隨便哪一套舊衣服，一頂他不戴了的帽子，一、兩個枕頭，一張紙畫的臉，幾根棒頭，外加一雙靴子，就大功告成了；向你的父親借一只魔指環，等它發揮了作用再還給他，然後看看那時你是什麼樣的感覺。

當然，傑勒德之所以不感到害怕，是因爲他手上戴著那只指環。你已經看到，戴指環的人是什麼東西都不怕的，除非他用手碰那樣東西。但是其他人是什麼感覺，傑勒德心裡很清楚，所以他在廳裡暫時停住腳步，腦子裡拼命想，如果他和他們一樣害怕，什麼事情最能對他起到鎭定作用。

「卡賽！喂！吉米！嘿！梅布兒！嗨嘿！」他用響亮和歡快的聲調叫道，這聲音他自己聽起來也覺得非常不眞實。

餐廳的門小心翼翼地開了一條縫。

「嗨——眞好玩！」傑勒德繼續說，用肩膀輕輕推著門。「你們把門關得緊緊的幹什麼？」

「你——就你一個人嗎？」凱撒琳提心吊膽地問。

「是的——當然是的。別傻啦！」

門開了，露出三張驚恐的臉，還有東倒西歪的椅子，是那些古怪的聽衆剛才坐過的。

「他們在哪兒？你把願望取消了嗎？我們聽見他們在講話。眞可怕！」

「他們在院子裡。」傑勒德說，儘量裝出快樂和興奮的樣子。「眞有趣！他們就像眞的人，挺和氣，也挺可愛。太有意思了！別把秘密洩露給老師和伊萊澤。我會用手段把她們拉過來的。凱撒琳和吉米應該去睡了，我送梅布兒回家。我們一到了外面，我還得爲醜八怪們找個住所——他們眞有趣！我恨不得你們大家都跟我一塊兒去。」

「有趣？」凱撒琳悶悶不樂地反問了一聲。

「有趣極了！」傑勒德說得鏗鏘有力，「現在你們只要聽著我怎樣對老師和伊萊澤說，幫我打氣就是了。」

「可是，」梅布兒說：「你意思是說，等我們出去之後，你就要撇下我跟那些可怕的人走？他們真像妖怪。」

「等你仔細看過他們再下結論吧！」傑勒德提出忠告，「嘿，他們和普通人一樣——他們當中的一個做的第一件事就是要我為他介紹一家上等旅館！我開頭聽不懂，因為他嘴巴沒有上顎。」

傑勒德馬上明白，他這樣說是錯了。

梅布兒和凱撒琳正握著手，握手的方式清楚地表明，不多一會兒前，她們曾經因為驚嚇而緊緊地抱在一起。此刻她們又緊緊地抱住了。吉米正坐在舞台邊上，用皮鞋踢著粉紅色床罩，聳了聳肩膀。

「沒事兒！」傑勒德解釋道：「我是指的上顎；你們很快就會明白的。我離開的時候，聽見他們誇我是個有教養的孩子。要知道，如果他們是妖怪，就不會注意這樣一件雞毛蒜皮的事兒了。」

「他們認為你多麼有教養是無所謂的；你要是不送我回家，你就根本沒有教養。你打算送我了嗎？」梅布兒嗓門提高了。

「當然送囉！我們一路上可以玩玩。現在我先得到老師那兒去。」

他在說話的當口已經把外衣穿上，這時就蹬蹬蹬上樓去了。其他幾個孩子聚集在廳裡，能聽見他漫不經心地敲著法國女教師的門。「是我啊——傑勒德，您認識的！」停了一會兒，門開了，接著是壓低聲音的談話，然後法國女教師和傑勒德走到伊萊澤的房門前，說了些安慰的話，伊萊澤的恐懼被巧妙地減輕了。

「不知道他對她們撒了些什叫麼謊。」吉米小聲說

「啊，不是撒謊！」梅布兒說：「他只是在對他們說實話。她們知道多少對她們有利，就對她們說多少。」

「不知道他對她們撒了些什麼謊。」吉米小聲說。

「你如果是個男人，」吉米尖刻地說：「你就會是個陰謀家，躲在陰暗的角落。」

「如果我是個男人，」梅布兒反擊，「我不會被一堆破衣服嚇掉了魂。」

「您受驚了，我真抱歉！」傑勒德蜜糖般的聲音從樓梯上飄下來，「我們沒有料到您會受驚

的。我們的戲法變得很精彩，是不是？」

「嗨！」吉米小聲說：「他對她說，那是我們變的戲法。」

「噯！可不是嗎？」梅布兒反問。

「戲法的確精彩。」法國女教師說：「那些小矮人你是怎麼使他們動起來的？」

「噢！我們經常這樣做的——用繩子。」傑勒德解釋。

「那也不假。」凱撒琳小聲說。

「這套戲法眞精彩！讓我們再看你們表演一次。」法國女教師說著，她已經走到樓梯最後一級的草墊上。

「噢！我已經把它們全都打發走了。」傑勒德說。（「他是把它們打發走了。」梅布兒向旁邊的吉米說。）「讓您受驚了，我們眞抱歉！我們還以爲您不願再看到它們呢！」

「那麼，」法國女教師愉快地說，向雜亂無章的餐廳裡望了望，發現怪物們眞的已經不見了。「我們吃晚飯，邊吃邊聊你們精彩的演出好嗎？」

傑勒德詳詳細細地解釋說，這將會使他的弟弟和妹妹十二萬分高興。至於他——老師會明白他有責任把梅布兒送回家。老師留她在這裡過夜，良心實在好，但是梅布兒的姑媽疼愛她，會著急的，所以難以從命。請不必提議讓伊萊澤送梅布兒回去，因爲伊萊澤除非有男朋友陪伴，晚上是不敢出門的。

於是，梅布兒就戴上她自己的帽子，披上一件不是她自己的斗篷，最後跟吉米他們說了一些客套話，約好第二天見面，就和傑勒德一同從前門出去了。

前門一關上，傑勒德立刻抓住梅布兒的胳膊，很快把她帶到那條通往院子的橫馬路轉角上，就在那兒停住。

「現在，」他說：「我想要知道——你是不是個白痴？」

「你自己才是白痴！」梅布兒說。

不過，她這樣說是無意識的，因爲她看出他是正經八百的。

「因爲我不怕醜八怪。它們跟兔子一樣無害。可是一個白痴可能會害怕，從而把整齣戲破壞掉。你如果是個白痴，就老實說出來，我馬上回去，對他們說你不敢走回家，我一個人去通知你姑媽，說你在這兒過夜了。」

「我不是白痴！」梅布兒說，「還有，」她以眞正害怕的目光，向四面掃了一下，「我什麼都不怕。」

「我要讓你分擔我的困難和危險，」傑勒德說：「至少我想要讓你這樣說。老實說，就連我的親弟弟我也不讓他這樣做。要是你破壞我的計畫，我就永遠不再和你說話，也不讓別人和你說話。」

「你是野獸，道道地地的野獸！我用不著別人威脅我，使我變得勇敢。我本來就挺勇敢。」

「梅布兒，」傑勒德用低而激動的聲調說，因爲他知道時機已經成熟，應該換一種口氣了。「我知道你很勇敢。我相信你。正因爲如此，我才做了這樣的安排。我確信，在你平凡的外表下，有一顆雄獅般的心。我能信任你嗎？能信任到底嗎？」

梅布兒感到，除了說聲「是」以外，說任何其他的話都等於是把寶貴的勇敢名聲斷送掉。所以她光是說了一聲：「是！」

「那你就在這兒等著。你離燈很近。當你看見我和他們一起走過來——請記住，他們就和蛇一樣無害——不，我是說，和鴿子一樣無害——你要跟他們講話，就像你跟隨便什麼人講話一樣。懂嗎？」

他轉身要走，但是聽見她的問題又站住了。她的問題是理所當然的：「你剛才說要把他們帶到哪一家旅館去？」

「哎喲！」傑勒德用雙手抓住自己的頭髮。「你瞧，梅布兒，你已經幫了我的大忙了。」甚至在這個時候，他還是相當機靈。「我完全忘了！我本來是想問你——城堡附近有沒有住所或任何其他地方可以讓他們過夜！魔法到時候會消失，就像隱身術消失一樣，它們會只剩下一堆衣服之類的東西，我們隨便哪一天都可以很方便地把它們拿回家。有住所嗎？」

「有一條秘密通道。」梅布兒開了腔。但就在這個節骨眼上，院子門開了，一個醜八怪伸出頭來，焦急地向大街遠處望著。

醜八怪成群結隊地走出了院門。

「行！」傑勒德迎上前去。

梅布兒盡最大的努力不朝反方向跑。這是她最怕做的，而她居然做了。她後來回憶那個晚上的事，總是感到自豪。

這當兒，由於一個瘋得厲害的叔叔就在近旁，醜八怪們悄悄地做好一切防範措施，成群結隊地走出了院門。

「親愛的，踮起腳走！」戴帽子的醜八怪低聲向戴花冠的醜八怪說。甚至在千鈞一髮的關頭，傑勒德也不懂她怎麼能踮起腳走，因為一隻腳的腳趾只不過是根高爾夫球棍的尖端，另一隻腳的腳趾只不過是根曲棍球棒的尖端。

梅布兒認為，退到街角的燈桿旁是不必難為情的，但是，退到那兒以後，她強使自己立定——只有梅布兒才知道那需要多麼大的努力。想想看——靜靜地、穩穩地站在那裡，等那些腹中空空、不可置信的東西來到她跟前，那些東西的粗短的腳在人行道上啪噠啪噠響，要嘛就是那位戴花冠的夫人，裙子在地上輕輕擦過，而裡面啥也沒有。

她一動不動地站著。她的手心冰涼、潮濕。可是，她硬是站著不動，一遍又一遍對自己地說：「它們不是眞的——不可能是眞的。那只不過是個夢——它們不是眞的，不可能是眞的。」可是傑勒德明明在面前，所有的醜八怪都擠在他周圍。

傑勒德說：「這是我們的一位朋友，梅布兒——戲裡的公主。」他壓低聲音又補充一句，只讓她一個人聽見：「要做個男子漢！」

刹那間，梅布兒混身每一根神經都像班卓琴❶弦似的繃得緊緊的，感到不自在，不知道自己到底能成爲一個男子漢呢，或者只不過是個尖叫著逃跑的小女孩。因爲那個有身分的醜八怪用軟綿綿的手同她握手（「他不可能是眞的！」她告訴自己），戴玫瑰花冠的醜八怪則用雨傘柄尖端一隻墊得厚厚的手套挽住她的胳膊說：「你這個聰明可愛的小東西，跟我一塊兒走吧！」話話的聲調像女孩子，幾乎完全沒有子音。

於是他們都沿著大街走去，就像傑勒德所說，身不由己。

這是一個奇怪的行列，可是利德爾斯比人早早就上床睡覺，利德爾斯比警察和大多數其他地

❶班卓琴：即五弦琴、班鳩琴，上部像吉他，下部像鈴鼓，有四根或五根絃，用手指或撥子彈奏。

方的警察一樣，腳上穿著皮靴。聽到皮靴聲，傑勒德就能及時折回來攔住他們了。此刻他聽到梅布兒客客氣氣地回答醜八怪們的客客氣氣的問話，對她的勇敢不禁深深地感到自豪。他並不知道她差點兒就尖叫出來了。尖叫聲會破壞整件事，使警察和居民出來，使大家都活該倒楣。

他們沒有遇到任何人，只碰見一個人，那人喃喃說了一聲：「蓋伊．福克斯❷，救救我！」就急急忙忙奔到馬路對面去了。

下一天，當這個人把他看到的情況告訴他的老婆時，他的老婆不相信，說這是對他的報應。她這樣說是沒有道理的。

梅布兒感到自己在做一個安排得井然有序的惡夢，傑勒德也在夢裡。傑勒德剛剛問她是不是白痴。嘿，她才不是哩。可是，她還是繼續回答那些難對付的人彬彬有禮的問話。她以前常常聽見她姑媽談起一些難對付的人，現在她知道難對付的人是什麼樣了。

夏日的黃昏逐漸轉化成夏日的月光。醜八怪們投在白色路上的黑影比他們本身可怕得多。梅布兒心想，假使這是個沒有月亮的黑夜就好了。但她哆嗦了一下，打消了這個念頭。

傑勒德被那個戴大禮帽的醜八怪盤問，問他的學校、他的體育活動、他的娛樂和志向。真不

---

❷蓋伊．福克斯：一六〇五年十一月十五日，英國發生舊教徒企圖炸毀議會大廈、炸死國王的陰謀事件，蓋伊．福克斯是這個事件的主謀。

明白魔法還會維持多久!?

指環似乎是以七的倍數起作用的。這些怪物會有七小時的生命、十四小時的生命，還是二十一小時的生命？他的頭腦被複雜的七乘法表（即使在最好的情況下，這也是個難題）搞糊塗了，直到隊伍來到城堡大門前，他才猛地清醒過來。

大門當然是鎖著的。

「你們看！」當醜八怪們用異乎尋常的手白白地搖動鐵門時，他解釋道：「時間已經很晚了。另外還有一條路。不過，你們必須從洞裡鑽進去。」

「女士們！」體面的醜八怪表示反對。

可是，女士們異口同聲地說，她們喜歡冒險。

「太刺激了！」戴玫瑰花冠的那位加上一句。

於是，他們繞道來到洞前——月光總是使最熟悉的東西變形，要在月光下找到洞是很不容易的。傑勒德拿著一盞自行車燈走在前頭。這燈是一幫旅行者走出院子時，他順手撈來的。梅布兒戰戰兢兢地跟在後面。醜八怪們的木頭腳在石頭上發出篤篤的響聲，他們表示驚訝的奇怪的母音，男子漢的勇氣，還有女性的神經過敏，跟在燈光後面，沿著過道，穿過長滿羊齒植物的拱門，鑽進了洞裡。

當他們在月光照耀下的意大利式花園美景前出現時，不止一張紙畫的嘴裡吐出一個清晰的

「啊！」字，表示驚奇和讚嘆。有身分的醜八怪說，這肯定是個遊覽勝地——千眞萬確！

那些大理石露台和蜿蜒曲折的碎石路想必從來沒有在那麼奇怪的腳步下發出過回響；那些光滑、灰色、帶露水的草地上想必從來沒有投下過那麼不可置信的影子。

傑勒德正在這樣想的時候，（他眞正想的是：「我敢說，世界上從未有過這樣的怪事，哪怕是在這兒！」）忽然看見赫密士的塑像從墊座上跳下來，向他和他的伴侶們奔過來，好奇的神情就像一個頑童急著要參加一場巷戰。

他還發現，只有他一個人看見那白色的東西向他逼近。他知道是那枚指環使他看見別人看不見的東西。他把指環從手上脫下。果不其然，赫密士好端端站在他的座墊上，就像你在聖誕假日堆的雪人一樣一動不動。他把指環戴上，赫密士又繞著大夥轉，眼睛盯著每一張沒有意識的醜八怪的臉。

「這好像是一家非常高級的旅館，」戴大禮帽的醜八怪說：「庭園布置得挺有風味。」

「我們應該從後門進去的；」梅布兒突然說：「前門九點半鐘就鎖了。」

一個矮胖粗壯的醜八怪，戴著一頂黃、藍兩色的板球帽，以前幾乎沒有開過口，這時就惡作劇似地喃喃說了些什麼，似乎是說：他又感到年輕了。

這時，他們已經繞著一個大理石池塘走了一圈，池塘裡的金魚游來游去，發出微弱的光，史前巨獸曾在那兒洗澡和飲水。月光下，池水閃著鑽石般的白色光芒，所有的人當中，只有傑勒德看到那隻滿身鱗甲的大恐龍甚至現在還在睡蓮的浮葉中打滾。

他們匆忙走上芙羅拉神殿的台階。神殿後面，那兒沒有優美的拱門指向天空，是一座陡削的小山，怪石嶙峋，使那個花園的景色與衆不同。梅布兒的手指一碰，門就慢慢地轉動了。

「這兒走！」她說，心怦怦直跳。她感到脖子背發冷，渾身起雞皮疙瘩。

「我的孩子，你拿著燈在前面帶路。」那個鄉巴佬氣的醜八怪虛張聲勢地說。

「我——我要留在後面關門。」傑勒德說。

「公主可以關門，我們會幫她的。」戴花冠的女醜八怪熱情洋溢地說。

傑勒德覺得她太多管閒事了。

傑勒德客客氣氣地堅持說，門必須由他負責關。

「你們一定不會願意我遇到麻煩吧！」他特別著重地說。

醜八怪們最後一次親切而通人情地對這一點表示遺憾。

「你來拿燈，」傑勒德把燈硬塞在有身分的醜八怪手裡，「你是天生的頭頭。一直往前走。

前面有台階嗎？」他小聲問梅布兒。

「不多了。」梅布兒小聲回答，「路一直向前，然後彎彎曲曲地穿過去。」

「咬耳朵是不禮貌的。」個兒最小的一個醜八怪突然開腔了。

「他自己才沒有禮貌！」女醜八怪小聲說：「別理他——他是個靠自己奮鬥成功的人。」說罷，她緊緊握住了梅布兒的胳膊。

有身分的醜八怪拿著燈領路，其餘的醜八怪信任地跟在後面，逐個消失在那個狹窄的門洞子裡。傑勒德和梅布兒站在門外，大氣也不敢出，生怕呼出一口氣會影響隊伍行進。等醜八怪們都進去以後，他們吊起的心才放下，高興得差點哭出來。

可惜爲時過早。因爲，猛然間，過道裡響起一陣雜亂的腳步聲。他們用力把門關上，醜八怪們又拼命把它推開。

醜八怪們到底是在黑暗的過道裡看見了什麼，受了驚嚇，還是他們空洞的頭腦認爲這條過道不可能通往任何一家眞正上等的旅館，還是一種突如其來的本能警告他們說他們受騙上當了，梅布兒和傑勒德永遠不會知道。但他們知道醜八怪不再友好，不再隨和，他們身上已經發生了強烈的變化。「不！不！」「我們不走了！」「讓他帶路！」這些叫聲衝破了長夜的夢一樣的寂靜。另外還有女人的尖叫聲，強壯的醜八怪們起來反抗的嘶啞和堅決的吼聲。更糟糕的是，他們用力推開石門。從門縫裡，藉著自行車燈光，能看見他們黑壓壓的一群，一隻包著襯墊的手伸向門；許多隻棒頭做的胳膊憤怒地伸向外界。如果門關上，他們就將永遠與外界隔絕。他們那沒有子音的語調不再是撫慰和平淡的，而是威脅性的，充滿令人難以忍受的恫嚇。

包著襯墊的手抓住傑勒德的胳膊。眨眼之間，他迄今僅僅在想像中了解的一切恐怖都變成眞的了；在向溺水者展現他們過去生活的瞬間，他看見了他曾要求梅布兒給予而她確實給予的東西。

「推，拼命推！」他大叫，同時把腳後跟頂住芙羅拉女神像的座墊，使出渾身勁兒地推著。

「我推不動了——啊，推不動了！」梅布兒哭叫著，想同樣使用她的腳後跟，可是她的腿太短了。

「不能讓他們出來，決不能！」傑勒德喘著氣說。

「等我們出去之後，要你們知道我們的厲害！」門裡面傳來一個聲音。由於暴怒和缺少上顎，隨便什麼耳朵都聽不懂，只有那些被生死關頭的無限恐懼變得敏銳的耳朵才聽得明白。

「那兒出了什麼事啦？」一個新的聲音突然叫了起來——這個聲音清脆響亮，子音清清楚楚。接著，一個新的影子突然投在芙羅拉神殿的大理石地板上。

「快來幫我們推！」傑勒德的聲音正好傳到新來者耳邊，「他們要是出來，會把我們都殺死的。」

一個強壯的，穿著棉絨衣服的肩膀突然在傑勒德和梅布兒的肩膀之間推著，一個壯漢的腳後跟尋找著女神像墊座的幫助；沈重狹窄的門慢慢動了，關上了，彈簧咔噠一響。傑勒德和梅布兒——啊，懸著的心放下了，輕鬆得難以置信——被關在門外了。梅布兒撲倒在大理石地板上，慢慢地，重重地啜泣著，因爲大功告成、精疲力盡而啜泣。要是我在場的話，我會把目光掉到別處，不去看傑勒德是不是也同樣感情用事。

新來者——傑勒德後來斷定他是個獵場看守人——眼睛往下望——呃，當然是望梅布兒囉。他說道：「喂，不要做個小笨蛋！（他也可能是說：「兩個小笨蛋！」）他們是誰？這到底是怎麼回事？」

「我不能告訴您。」傑勒德喘著氣說。

「我們應該談一談，是不？」新來者和藹可親地說：「我們到月光下面去，把出事的情況回顧一下。」

即使在那種混亂的情況下，傑勒德也有工夫認為一個說這種話的獵場看守人很可能有一段傳奇性的往事。但是在這同時，他也感到，要拿一個沒有說服力的故事「哄騙」這樣一個人，要比哄騙伊萊澤、或約翰遜，或甚至法國女教師難得多。事實上，要拿他們唯一能講的故事哄騙他，似乎是不可能的。

傑勒德站了起來，拉了一把嗚嗚哭著的梅布兒那軟弱、這會兒變得滾燙的手。當他這樣做的時候，那個哄騙不了的人抓住他的手，把兩個孩子領出芙羅拉神殿圓屋頂的陰影，進入鋪滿神殿台階的皎潔月光下。他在這兒坐下，身旁一邊一個孩子，把每人一隻手緊緊握住，然後用溫和親切的語調說：「好，現在你們說吧！」

梅布兒只是哭著。我們得原諒她。她曾經表現得十分勇敢。而我確信，所有的女英雄，從聖女貞德❸到天賜寶貝❹，都曾經哭過鼻子。

傑勒德說：「說也白搭。要是我編一個故事，您會拆穿的。」

「不管怎樣，這總之是對我眼力的讚揚。」陌生人說：「還是實話告訴我吧！」

「要是我們告訴您實話，」傑勒德說：「您不會相信的。」

「那就試試吧！」穿棉絨衣服的人說。他的鬍子刮得乾乾淨淨，眼睛大大的，月光一接觸，就閃閃發亮。

「我不能。」傑勒德說，顯然他說的是實話。「您要嘛會以爲我們瘋了，把我們關起來，要嘛——啊，這不行。謝謝您幫了我們，請讓我們回去吧！」

「我懷疑你有沒有想像力。」陌生人沈思地說。

「他們是我們創造出來的——」傑勒德剛憤憤地說了一句，又愼重地停住了。

「如果你所說的『他們』是指那些我幫你們把他們關在那邊墳墓裡的人，」陌生人說，鬆開

---

❸聖女貞德（一四一二～一四三一）：法國民族英雄，百年戰爭時率領六千軍隊解除英軍包圍。後被俘，用火燒死。

❹天賜寶貝（一八四二～一九一一）：原名艾達．路易斯，美國羅德島州燈塔女管理人，曾經從失事船隻中救過許多條生命。

梅布兒的手，用手臂摟住她，「那你應該記得，我見過他們，聽過他們講話。儘管我十分看重你們的想像力，我懷疑你們的創造發明會有很大的說服力。」

傑勒德把胳膊肘撐在膝蓋上，雙手托住下巴。

「鎮靜一下！」穿棉絨衣服的人說：「在你鎮靜下來的這當兒，我把我的看法說一說。我想你未必了解我的情況。我是從倫敦下來照看一大宗房地產的。」

「我還以爲你是個獵場看守人哩！」傑勒德插嘴。

梅布兒把頭靠在陌生人的肩膀上，「我知道了，你是個喬裝打扮的英雄。」

「絕對不是！」他說：「說是經理就有點兒像。這是我來這兒的第一個晚上，我出來呼吸一下新鮮空氣，走近一座白房子，忽然聽見一陣亂烘烘的扭打聲，夾雜著救命聲。我被這種熱氣沖昏了頭腦，就上前幫助。但天知道是誰關在石門裡面了。現在，我要知道被我關住——就是說我幫助關住的人是誰，我幫助的人又是誰，這難道不合理嗎？」

「完全合理。」傑勒德承認。

「既然如此……」陌生人說。

「既然如此，」傑勒德說：「事實上是——不！」他停頓了一下，又補充說：「事實上是，我就是不能告訴您。」

「那我就只好去問對方了。」陌生人說：「讓我走——我會打開那扇門，自己去弄個明白。」

「告訴他吧！」梅布兒說。這是她第一次開口。「不管他相不相信。我們決不能讓他把他們放出來。」

「好吧！」傑勒德說：「我來告訴他。現在，聽著，經理先生，您能不能以一位英國紳士的名譽向我們保證——因爲我看得出，無論是不是經理，您反正是位紳士——保證不把我們告訴你的事告訴別人，保證不把我們關進瘋人院，不管我們的話聽起來是多麼反常？」

「是的，」陌生人說：「我想我能保證。但如果你們曾經打過架，硬把對方推進洞裡，你們最好還是把他們放出來。你知道，他們會嚇壞的。說到底，他們還只是些孩子啊！」

「您還是等我講完再發表高見吧！」傑勒德回答，「他們不是孩子——絕對不是！我是只談他們，還是從頭談起？」

「當然是從頭談起囉！」陌生人說。

梅布兒從他的棉絨布肩膀上抬起頭：「那就讓我先來開個頭。我無意中發現一只指環，我說它會使我隱形。我是說著玩的，誰知它果然使我隱形了。我隱形了二十四小時。別管我指環是在哪兒找到的。現在，傑勒德，你接著往下說。」

於是，傑勒德就接著往下說。他說了好長的時間，因爲這個故事實在太精彩了。

「所以，」他最後說：「我們把他們關在那裡了；過了七個小時，或者十四個小時，或者二十一個小時，或者任何七的倍數，他們就又只不過是些舊外套了。他們是九點半鐘活的，我猜想他們七個小時後——也就是四點半鐘，就不活了。現在，您可以讓我們回家了嗎？」

「我送你們回去。」陌生人說，口氣變溫和了，「走——咱們走吧！」

「您不相信我們！」傑勒德說：「您當然不相信。誰也不會相信。可是如果我願意的話，就能使您相信。」

三個人都站了起來。陌生人望著傑勒德的眼睛，直到傑勒德回答了他的想法。

「我不像發瘋，對不對？」

「不，你沒有發瘋。你是個非常懂事的孩子。你會不會生病了，比方發燒什麼的？」

「卡賽，吉米，或者法國女教師，加上伊萊澤，還有那個『蓋伊．福克斯，救救我！』的人，接著是您，您看見他們動，聽見他們叫救命，難道您也生病了嗎？」

「不——我只不過想多了解一點情況罷了。走吧！我送你們回家。」

「梅布兒住在城堡裡。」當陌生人走上那條通往大門的車道時，傑勒德說。

「我不是耶爾丁勛爵的親戚，」梅布兒急忙聲明，「我是女管家的侄女。」

她一路上都抓住他的手。走到僕人住所的入口時，她抬起臉讓陌生人吻了一下，就自顧自進去了。

「可憐的小東西！」當他們順著車道向大門走去時，經理說。

他和傑勒德一直走到學校的大門口。

「聽著！」傑勒德在分別時說：「我知道您將會做些什麼——你會想法子把那扇門打開。」

「眞有眼力！」陌生人說。

才請不要開。或者，至少等到天亮，讓我們到了那兒再開。我們十點鐘可以到。」

「好吧——我十點鐘在那裡等你們。」陌生人回答：「咳！我碰到過的孩子當中，就數你們最古怪。」

「我們是古怪。」傑勒德承認，「可是您也會古怪，如果——晚安。」

＊

四個孩子穿過平整的草地，向芙羅拉神殿走過去。整整一個早上，他們淨是談著昨夜的冒險以及梅布兒的勇敢。這時不是約定的十點鐘，而是十二點半；因爲伊萊澤在法國女教師的支持下，硬要他們「清理」，徹徹底底清理昨夜遺留下來的「垃圾」。

「你是一個維多利亞十字勛章女英雄，」凱撒琳親切地說：「應該爲你立個像。」

「要是把像放在這裡，它會活的。」傑勒德冷冷地說。

「我才不怕黑哩！」吉米說。

「大白天所有的東西看上去完全不一樣。」傑勒德向他擔保。

「我希望他已經來了。」梅布兒說：「他是一個最最可愛，好得不能再好的經理，有一顆紳士的心。」

「可是他沒有來。」吉米說：「我猜想你一定是做夢時夢見了他，就像你夢見塑像活了一樣。」

他們走上陽光照耀下的大理石台階。很難相信，昨夜就在這個地方，在皎潔的月光下，恐懼曾經像一雙冰冷的手揪住梅布兒和傑勒德的心。

「我們打開門，把外套拿回家去好嗎？」凱撒琳還建議。

「我們先聽聽動靜！」傑勒德說：「或許它們沒有還原成外套哩！」

他們把耳朵貼在石頭門的鉸鏈上聽。昨天晚上，醜八怪們就在石門後面尖聲喊叫和恫嚇，現在，一切就和清新的早晨本身一樣寧靜。他們正要轉身離開，忽然看見了他們要來會面的那個人。他在芙羅拉神像座墊的那一邊。可是他並沒有站著，而是攤手攤腳，一動不動地朝天躺在地上。

「啊，看啊！」凱撒琳用手指著叫起來。他的臉綠幽幽的，腦門上有個傷口，傷口邊緣是青色的，一小滴血從上面流下來，流在白色的大理石上。

在這同時，梅布兒也用手一指——可是她沒有像凱撒琳那樣叫起來。她指的是一大叢杜鵑花，一張紙畫的尖臉正在花叢後面窺視——陽光下，那張臉非常白，非常紅——孩子們盯著它看時，它退避到亮晶晶的花葉後面去了。

一張紙畫的尖臉在花叢後窺視。

第八章

事情再明顯不過了——倒楣的經理一定是在魔法解除之前開了門，那時醜八怪們還不僅僅是些外套、帽子和棍棒。它們肯定衝出來，向他撲上去，釀成了這場悲劇。他人事不省地躺在那裡——他腦門上可怕的傷口是高爾夫球棍還是曲棍球棒造成的？傑勒德弄不明白。女孩子們奔到受害者跟前，梅布兒已經把他的頭擱在她的腿上。凱撒琳想把它擱在自己腿上的，可是梅布兒比她搶先了一步。

吉米和傑勒德都知道失去知覺的人需要的第一樣東西是什麼，但是梅布兒已經迫不及待地叫了起來：「水！水！」

「用什麼東西盛水？」吉米問道，眼睛疑惑地望著自己的手，然後順著綠油油的山坡望過去，一直望到那眼長滿睡蓮的大理石池塘。

「你的帽子——隨便什麼都可以！」梅布兒回答。

兩個男孩取水去了。

「要是他們來追我們，怎麼辦？」吉米又問道。

「什麼東西來追我們！」傑勒德與其說是問，倒不如說是訓斥。

「醜八怪嘛！」吉米小聲說。

「誰害怕？」傑勒德問道。

可是，他非常小心地向左右兩面望了望，並且選擇一條不必從灌木附近通過的路。他用草帽從池塘裡舀了一些水，小心翼翼地用雙手捧住帽子，回到芙羅拉神殿。他看見水很快從草帽裡漏掉，就用牙齒把胸袋裡的手帕叼出來，讓它落在帽子裡。女孩們就用這些水把經理腦門上的血洗乾淨。

「我們應該用嗅鹽❶，」凱撒琳眼淚汪汪地說：「我知道我們應該。」

「嗅鹽會有用處的。」梅布兒承認。

「你姑媽有嗎？」

「有的，可是——」

「別做膽小鬼！」傑勒德說，「想一想昨夜的事兒吧！他們不會傷害你的。他一定侮辱了他們。所以你快點去拿，我們負責不讓任何東西追你。」

沒法子，只好把那討人喜歡的病人的頭讓給凱撒琳。梅布兒這樣做了以後，向周圍長滿杜鵑

❶嗅鹽：一種芳香碳酸銨合劑，用來使人甦醒。

花的山坡掃了一眼，就向城堡飛奔去了。

其餘三個孩子向仍然昏迷不醒的經理彎下腰。

「他不會死了吧？」吉米焦急地問。

「不會的！」凱撒琳叫他放心，「他的心臟還在跳動。梅布兒和我搭過他的脈，就和醫生做的一樣。他長得多帥啊！」

「不含糊。」傑勒德承認。

「我向來不明白你們說的『帥』是什麼意思。」吉米說。

突然間，一條黑影落在他們旁邊的大理石上，第四個聲音開腔了。這不是梅布兒的聲音；梅布兒的身影儘管還看得見，已經走得很遠了。

「這年輕人長得很漂亮。」那聲音說。

孩子們抬頭一望，望見最年長的醜八怪那張臉；就是那個有身分的醜八怪。吉米和凱撒琳尖聲叫起來。我很抱歉，可是他們叫了。

「噓！」傑勒德怒沖沖地噓了一聲；他的手指上還戴著指環。「閉嘴！我會把他打發掉的。」他又小聲補充一句。

「這件事真不幸！」有身分的醜八怪說。他說話的腔調很奇怪，發的r有點奇怪，發的m和n就像患重感冒。可是，這不是上一夜那可怕的「嗅」和「啊」。

凱撒琳和吉米彎下腰去看經理。即使那是個攤手攤腳躺在地上的身體，由於是人，好像也能提供一點保護。傑勒德呢，儘管指環使他天不怕地不怕，可是他朝醜八怪的臉一看，卻嚇了一大跳。因爲，雖然那張臉和他親自在圖畫紙上畫的臉一模一樣，實際上卻不一樣了。因爲它不再是紙的了。那是一張眞正的臉，兩隻手儘管瘦而且薄得幾乎透明，卻是眞的手。它動了一下，以便把經理看得更清楚些。這時可以明顯地看出它有胳膊有腿——活的胳膊和腿，還有一根自己撐得住的脊椎骨。它地地道道是活的——而且下定決心要報復。

「這是怎麼發生的？」傑勒德竭力捺著性子問道。

「遺憾至極！」醜八怪說：「其他人昨夜肯定在過道裡迷路了；他們沒有找到旅館。」

「你找到了嗎？」傑勒德毫無表情地追問。

「當然找到了。」醜八怪說：「你說得一點也不錯，是一家最高級的旅館。當我離開的時候——我沒有從前面那條路走，因爲我想白天再來觀光一下這兒的田園景色，而旅館裡的人好像不認得路——我發現所有的人都擠在這個門口，非常憤怒。他們整個晚上都在這兒，想逃出去。於是，門開了——一定是這位先生開的——我還來不及保護他，那個戴大禮帽的無賴——你記得的——」

傑勒德記得。

「朝他的頭上打了一拳，他就倒在你們看見的那個地方了。其他人一哄而散。鄙人正要上去幫他，恰巧看到了你們。」

這時，吉米哭了，凱撒琳的臉像圖畫紙一樣白。

「哭什麼，我的小寶貝？」有身分的醜八怪親切地問。

吉米立刻止住了哭，大聲喊叫起來。

「快，把指環戴上！」傑勒德小聲說，同時把指環給戴在吉米那滾燙、潮濕和竭力掙脫的手上。吉米叫了一陣，突然停住。傑勒德猛地想起梅布兒昨晚的經歷。不過，這會兒是白天，傑勒德也不是膽小鬼。

「我們必須把其他那些人找回來！」他說。

「我猜想，」有身分的醜八怪說：「他們洗澡去了。他們的衣服在樹林裡。」

他僵硬地用手一指。

「你們兩個去看看，」傑勒德說：「我來幫這個人按摩頭部。」

吉米戴上指環，就變得如同獅子一樣無所畏懼了。

他在樹林裡發現四堆衣服，還有掃帚柄、曲棍球棒和假面具，所有那些上一夜製造男醜八怪的道具一樣不缺。兩個女醜八怪正坐在陽光下一張石椅上，凱撒琳輕手輕腳地走到她們跟前。我們大家都知道，人在大白天比黑夜膽子大。當她和吉米走近石椅時，看到兩個女醜八怪只不過是他們經常做的那種醜八怪。它們沒有生命。吉米拼命搖晃它們，使它們化成碎片。凱撒琳大大地

吉米拼命搖它們，使它們化成碎片。

鬆了口氣。

「魔法破除了！」她說：「那位老紳士是真的，他不過碰巧跟我們所做的醜八怪，有點兒像罷了。」

「他大概把那件掛在廳裡的外套給穿上了。」吉米說。

「不！不過有點兒像罷了。我們回那個失去知覺的陌生人那兒去吧！」

他們回去了。

傑勒德要求體面的醜八怪跟吉米躲到灌木叢裡去。「因為，」他說：「我想這個可憐的經理就快甦醒過來了，他要是看見陌生人會不高興的——

吉米可以陪你。我們當中，讓他陪你最合適了。」他急忙補充一句。

由於吉米手上戴著指環，這話當然沒錯。

因此，兩個人就消失在杜鵑花後面了。梅布兒拿嗅鹽回來，正好經理把眼睛睜開。

「我滿可以不去的。」她說。她馬上跪下來，把嗅鹽瓶放在受害者的鼻子底下，直到他打了個噴嚏，無力地把她的手推開，用微弱的聲音問道：「發生了什麼事？」

「您的腦袋受傷了。」傑勒德說：「請好好躺著。」

「嗅鹽——不要了！」他軟弱地說，躺著不動。

很快他就坐了起來，向四下張望。一陣揪心的靜默。這兒有一個大人，他知道昨夜的秘密。一些人，無論他們年紀多麼小，做了幾個醜八怪，給了它們生命——危險、好鬥和凶惡的生命——對於這樣一個案子，法律應該嚴厲到什麼程度，四個孩子誰也回答不出。他會怎麼說——他會怎麼做？可是他說：「多麼奇怪的事兒！我失去知覺的時間長嗎？」

「有好幾個鐘頭。」梅布兒鄭重地說。

「不長。」凱撒琳說。

「我們不知道。我們發現您的時候就是這個樣子了。」傑勒德說。

「我現在已經好了。」經理說。他的目光落在染血的手帕上。「哎，我腦袋上的確挨了一下。你們對我進行了急救。非常感謝你們！不過，這眞稀奇！」

「稀奇什麼？」傑勒德出於禮貌，不得不問。

「嗄！我想這其實並沒有什麼稀奇——我想我是在剛剛昏過去之前看到你們的——不過，我在失去知覺的時候做了一個最特別的夢，夢見了你們。」

「只有我們，其他什麼都沒有？」梅布兒屏住氣問道。

「哦！另外還有好多事情——好多不可思議的事情！而你們是千眞萬確的。」

每個人都如釋重負地鬆了口氣。正像他們後來承認的，確實幸運地被無罪開釋了。

「您肯定沒事嗎？」當他站起來的時候，他們齊聲問道。

「沒事兒，謝謝你們。」他邊說邊向芙羅拉神像後面瞅著。「你們知道，我夢見那兒有扇門，可是當然並沒有門。我不知道應該怎樣感謝你們。」他又補充了一句，用他的那雙被兩個女孩形容爲「美麗、溫柔」的眼睛望著他們。「你們來了，我眞幸運。你們任何時候想來都可以來，」他補充一句，「我給你們這兒的自由出入權。」

「你是新上任的經理，是嗎？」梅布兒問。

「是的。你們怎麼知道的？」他迅速問道。可是他們不告訴他他們是怎麼知道的，相反，雙方熱烈地握了手，並表示希望不久就能重新見面。然後，他們看見他朝哪個方向離開，自己就朝另一個方向走。

「我說，」目送著經理那高大、寬闊的身軀越過綠色山坡，變得越來越小，傑勒德說：「我們今天怎麼過，你們可有什麼主意嗎？因爲我倒有個主意。」

別的孩子沒有主意。

「我們必須擺脫那個醜八怪——我們得想個妙法——一擺脫了它，就立刻回去，把指環密封在一個信封裡，把它的牙齒拔掉，讓它沒法跟我們開玩笑。這樣我們就可以無憂無慮，太太平平地過一天。實話告訴你們，我對冒險已經厭倦了。」

另外幾個孩子也這樣說。

「現在，大家想吧！」他說：「要像你們從來沒有想過的那樣想——怎麼擺脫那個醜八怪。」

大家都動起腦筋來。可是他們的腦筋由於焦急和憂慮已經麻木了，他們想出來的法子，如梅布兒所說，是不值得想的，更甭提說出來了。

「吉米大概沒事吧？」凱撒琳焦急地說。

「啊，他沒事！他手上戴著指環哪！」傑勒德說。

「但願他不要提出什麼討厭的願望才好！」梅布兒說。

可是，傑勒德叫她閉嘴，讓他好好動腦筋。

「我坐著動腦效果最好。」他說，同時一屁股坐下了，「有時候出聲動腦筋效果也很好。那個醜八怪是眞的，這一點你們可別搞錯。他在那個過道裡變成眞的。我們要是能把他弄回那裡，他可能又會變回去，這樣我們就可以拿了外套和其他東西回家了。」

「還有別的辦法嗎？」凱撒琳問道。

梅布兒更加爽快，她乾脆說：「我不去那個過道，才不——」

「怕了！大白天也怕!?」傑勒德嘲笑她。

「過道裡不會是大白天。」梅布兒反駁。凱撒琳打了個哆嗦。

「也許我們可以走到他跟前，冷不防把他的外套扒下來。」梅布兒說：「他只不過是外套做的！這樣他就再也活不成了。」

「不行！」傑勒德說：「你不知道他脫了那件外套是什麼樣兒的。」

凱撒琳又打了個哆嗦。這整段時間，太陽在空中歡樂地照耀著，白的塑像啊，綠的樹木啊，還有噴泉和露台啊，全都像戲中的布景一樣明快且充滿浪漫色彩。

「不管怎樣，」傑勒德說：「我們要想法子把它弄回去，把門關住。我們能指望的就只有這個了。然後我們吃蘋果，讀《魯濱遜漂流記》和《瑞士家庭》，或隨便那一本你喜歡的裡面沒有魔法的書。我們非這樣做不可。眼下他並不可怕；真的不可怕。要知道，他是真的啊！」

「我想，差別就在這上面了。」梅布兒說，試著感受「真」是怎麼一回事。

「現在是大白天——看看太陽就知道了。」傑勒德堅持地說：「走吧！」

他抓住每人一隻手，他們邁著堅定的步伐向杜鵑花叢走去。吉米和醜八怪被囑咐等在花叢後面各田他們走的時候，傑勒德說：「他是眞的。」——「太陽在照耀。」——「一會兒就沒事了。」他一遍又一遍說著，免得在這些事情上產生誤會。

當他們接近杜鵑花叢時，亮晶晶的葉子發出沙沙聲，顫動了一會兒，向兩旁分開了。兩個女孩來不及往後退讓，吉米已經眨巴著眼睛從花叢裡出來，進入陽光下了。花枝在他後面閉合，不動也不沙沙響。沒有任何其他人出來，只有吉米一個。

「他在哪兒？」兩個女孩異口同聲問道。

「他在走來走去，」吉米說：「在一本簿子上頭計算。他說他非常富有，要進城去證劵交易所——他說，你如果聰明，就上那兒去把紙幣兌換成黃金。我想去交易所，你去嗎？」

「我對交易所不大感興趣。」傑勒德說：「我受夠了！告訴我們他在哪兒——我們一定要甩掉他。」

「他有一輛汽車，」吉米一邊把彷彿上過光似的杜鵑花葉分開，一邊自顧自地說下去，「一座有網球場和池塘的花園，還有一輛雙駕馬車。別人去馬蓋特❷度假，他卻常常去雅典休閒。」

「最好告訴他，出來最近的路是通過他昨晚自以爲找到的那家旅館。」傑勒德跟著吉米在灌木中穿行，「我們把他引到過道裡，把他推進去，然後向後跳，把門關住。」

❷馬蓋特：英格蘭著名的旅遊勝地，有一座世界聞名的海水浴場。

「他會在那兒餓死的，」凱撒琳說：「如果他果然是眞的。」

「我想指環的魔力維持不了多久——我能想到的反正就只有這個。」

「他非常富有。」吉米在劈啪發響的灌木叢中繼續漫不經心地說：「他正在爲他家鄉的人民造一座公共圖書館，讓人家爲他畫了像掛在圖書館裡。他認爲人民會喜歡的。」

孩子們走過了杜鵑花地帶，來到一條平坦的芳草路，路的兩旁是各種各樣高大的松樹和冷杉。

「他就在那個轉角上。」吉米說：「他錢多得不得了，不知道該拿它們怎麼辦。他正在修建一個馬槽和噴泉式飲水器，頂上有他本人的半身像。他幹嘛不在他的床邊造一個私人游泳池，一翻身就骨碌碌滾進池子裡？我希望我也富有，我會馬上讓他看——」

「這個願望很切合實際，」傑勒德說，「我們怎麼沒有早點想到。哎呀！」他叫了一聲。他這樣叫是有充分理由的。因爲，在松樹的綠蔭裡，在僅僅被沙沙響的樹葉和另外三個怏怏不樂的孩子的急促呼吸聲打破的林間寂靜裡，吉米的願望實現了。一點一點地，但是顯而易見地，吉米變富有了。可怕的是，雖然他們能看到它發生，卻不知道發生了什麼，而他們即使知道的話，也無法阻止。他們唯一能看到的是吉米，他們自個兒的吉米，他們自從記事以來就和他一起玩耍、鬥嘴又和好的吉米，正在不斷而且可怕地變老。

整件事短短幾秒鐘就完成了。可是，就在那短短幾秒鐘裡，他們看到他從孩子長成少年、青年、中年，然後，以一種難以用言詞形容的可怕的確切速度，變成一個上了年紀的紳士，衣飾漂亮，只是有些過時了。他正從眼鏡後面居高臨下注視著他們，問他們到火車站最近的一條路怎麼走。要是他們沒有親眼看見變化的全部過程，他們絕對猜想不到這個頭戴大禮帽、身穿大禮服、西裝背心的彎曲處懸掛著一顆大紅印章的矮胖、富有、上了年紀的紳士就是他們自個兒的吉米。但是，他們親眼目睹了，因此他們了解這可怕的事實。

「啊，吉米，別——」梅布兒絕望地叫起來。

傑勒德說：「這真可怕！」

凱撒琳哇的一聲大哭起來。

「別哭，小姑娘！」那個曾經是吉米的人說：「你，孩子，你能對一個禮貌的問題做出一個禮貌的回答嗎？」

「他不認識我們！」凱撒琳哭叫著。

「誰不認識你們？」那個曾經是吉米的人不耐煩地問。

「你——你不認識我們！」凱撒琳抽噎著。

「我當然不認識你們。」那個曾經是吉米的人回答，「不過，你也用不著難過到這個地步啊！」

「啊，吉米，吉米，吉米！」凱撒琳抽噎得更加厲害了。

「他不認識我們啦！」傑勒德承認，「聽著，吉米，你——．你在跟我們開玩笑是不是？如果你眞是開玩笑，那簡直太無聊了——」

「我的名字叫——」那個曾經是吉米的人說，並且正確地報出了名字。順便說一說，用一個比我剛才用的短一點的名字來稱呼這個發了財的吉米胖老頭可能比較方便。讓我們管他叫「那個」，作爲「那個曾經是吉米的人」的縮寫。

「我們怎麼辦？」梅布兒戰戰兢兢地咕噥了一句，然後大聲說：「啊，詹姆斯先生，或者無論你管你自己叫什麼，請把指環還給我？」因爲，在「那個」的手指上，能清楚地看到那枚要命的指環。

「絕對不行！」

「那個」一口拒絕，「你這個孩子看來很貪心。」

「可是，你現在要做什麼呢？」傑勒德用完全無望的呆板聲調問道。

「你的關心使我很高興。」「那個」說：「你能不能告訴我，到最近的火車站怎麼走？」

「不！」傑勒德說：「我們不告訴你。」

「那麼，」「那個」說，仍然彬彬有禮，儘管很明顯已經惱怒了，「你也許能告訴我去最近的瘋人院的路吧？」

「啊，不，不，不！」凱撒琳叫道：「你還沒有糟到那個地步！」

兩頂帽子舉起來。

「也許沒有，可是你們就不同了。」「那個」反擊，「你們如果不是瘋子，就是糊塗蟲。不過，我看見前面有位先生，他神智也許清楚。事實上，我好像認識他。」

這當兒，的確能看到一位先生正在走近，他就是那個有身分的醜八怪。

「啊，你不記得傑瑞了嗎？」凱撒琳叫起來，「還有卡賽，你自個兒的小貓咪卡賽？親愛的，親愛的吉米，別這樣傻！」

「小姑娘，」「那個」從眼鏡後面惱怒地望著她，「你沒有教養，眞使我難過！」他挺直身子，向醜八怪走去。兩頂帽子舉起來，交換了幾句客套話，兩位老人就肩並肩順著綠色的林蔭道走去。三個可憐的孩子跟在後面，他們膽戰心驚，昏頭昏腦；而最最糟糕的是，幾乎完全不知所措。

「他希望富有，現在果然富有了；」傑勒德說：「他有錢買門票和其他所有一切了。」

「當魔法解除後——魔法肯定會解除的，是不？——他會發現自己在一個尷尬的地方——也許是在一家上等旅館裡——不知道自己怎麼會到那裡去的。」

「不知道醜八怪們維持了多久？」梅布兒說。

「唔！」傑勒德回答，「這倒使我想起來了。你們兩個必須把外套等等東西收起來，隨便藏在什麼地方。我們明天把它們送回家——要是還有明天的話。」他惡狠狠地加了一句。

「啊，別這樣！」凱撒琳說，又重重地吸著氣，眼淚快落下來了，「陽光那麼燦爛，你不會認爲一切會那麼可怕吧？」

「聽著，」傑勒德說：「我一定要和吉米待在一起。你們兩個必須回學校去見老師，就說吉米和我同一位先生乘火車走了——說那位先生像是個伯伯。他是有點像伯伯。以後會有不少麻煩，不過非這樣做不可。」

「這看來全都是撒謊！」凱撒琳說：「你好像一句眞話也沒有。」

「別擔心！」她的哥哥說：「這不是撒謊——在我們捲入的這件荒唐事裡，它們最眞實了。

這就像在夢裡說謊，你自己做不了主。」

「哎！我只希望這一切趕快結束。」

「你的願望毫無用處！」傑勒德惱了，「再見！我一定得去，你們一定得留下。要是對你有一點安慰的話，那我告訴你，所有這些事情中，我相信沒有一件是眞的；決不可能是眞的，它太不可思議了。告訴老師，吉米和我會回去喝下午茶的。要是回不去，那我也沒有辦法。我不能樣樣都行，也許只有吉米是例外。」他開始奔跑，因爲醜八怪和「那個」曾經是吉米的人，已經加快了步伐。

女孩子們在後面目送他們遠去。

「我們得把那些衣服找到，」梅布兒說：「一定要找到。我一向希望當個女英雄。可是一旦眞的當了英雄又覺得不是味兒，是不是？」

「是的，不是味兒。」凱撒琳說：「我們找到衣服後把它們藏哪兒呢？總不見得藏在那個過道裡吧？」

「決不！」梅布兒斬截地說：「我們把它們藏在石頭恐龍裡；它是空心的。」

「石頭恐龍會活的。」凱撒琳說。

「它在太陽下面不會活的；」梅布兒挺有把握地說：「沒有指環，它不會活的。」

「今天不能吃蘋果看書了。」凱撒琳快快地說。

「不能了！可是我們回到家，可以做一個最小孩子的遊戲。我們可以開一個布娃娃茶話會。這樣我們會感到根本就沒出現過什麼魔法。」

「那就一定會是個非常生硬的茶話會。」凱撒琳懷疑地說。

＊

此時，我們看見傑勒德——一個小而十分堅定的人影——正跟著兩位年長的紳士，在陽光普照的大路上滾滾的塵土裡搖搖擺擺地走，他的一隻手插在褲袋沈甸甸的硬幣裡——那是他在集市上變戲法分得的一份賺頭——心裡覺得很滿意。他腳上穿的一雙沒有聲音的網球鞋把他送到火車站。他在售票處悄悄地聽那個曾是吉米的人說：「一張去倫敦的頭等票。」等「那個」和醜八怪慢慢吞吞地踱到月台上，客客氣氣地談了些政治和南非礦股票市場的事兒，傑勒德就買了一張去倫敦的三等來回票。

火車短促地尖叫了幾聲，噗哧噗哧地駛進了車站。兩個被監視的人在用藍線劃分的頭等車廂入座，監視者跳進一個黃顏色的木頭小間。汽笛長鳴，綠旗揮舞，火車使勁動了一下，轟隆隆地開動了。

「我不明白，」傑勒德獨自一人在三等車廂裡嘀咕，「火車和魔法怎麼會在同一個時候進行。」

可是，它們恰恰是在同一個時候進行的。

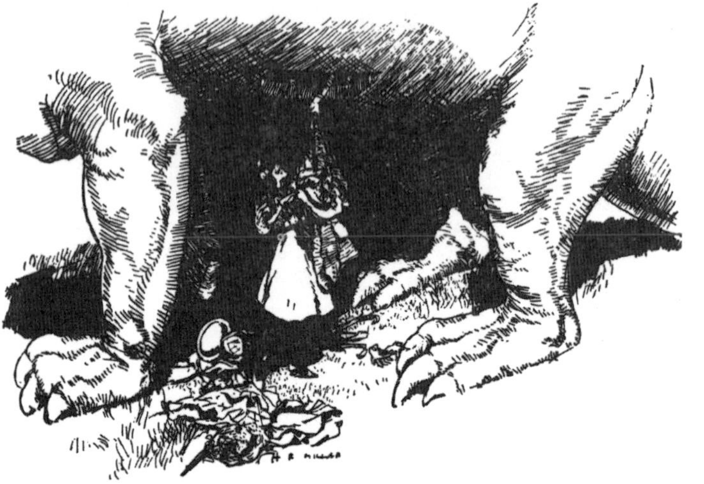

梅布爾把衣服和棍棒遞上去。

＊

梅布兒和凱撒琳神經兮兮地在杜鵑花、羊齒植物和樅樹中尋找，找到六堆外套、帽子、裙子、手套、高爾夫球杆、曲棍球棒和掃帚柄。他們扛著它們，大汗淋漓，氣喘咻咻，因爲正午的太陽是不講情面的。她們爬上小山，來到在一隻落葉松林中赫然聳現的石頭恐龍前。恐龍的肚皮底下有一個洞，凱撒琳叫梅布兒彎下腰，讓她從她的背上鑽進怪物冰冷的肚皮裡。梅布兒從下面把衣服和棍棒遞給她。

「這兒地方大得很。」凱撒琳說：「它的尾巴一直鑽進地裡，像一個秘密通道。」

「要是有什麼東西從它裡面出現，向你撲上來，那怎麼辦？」梅布兒說。

凱撒琳連忙跳下來。

要把事情的前因後果向法國女教師解釋是困

難的，但是，正像凱撒琳後來說的，任何一樁小事情都可以分散一個大人的注意力。正當她們在解釋同兩個男孩一起到倫敦去的那個人的的確確像一個大伯的時候，窗前忽然閃過一條人影。

「那是誰？」法國女教師突然問，同時用手一指。大家都知道這是不禮貌的。

那是經理剛看了醫生回來，醫生給那個今天早晨流了那麼多血的傷口貼了消毒藥膏。她們告訴她，那是耶爾丁城堡的經理。她叫了一聲：「天啊！」就不再提關於兩個男孩的尷尬問題了。

很晚才吃午飯，吃飯時大家默不作聲。午飯後，法國女教師出去了，帽子上插了許多紅玫瑰，手裡拿了一把有粉紅色條紋的傘。

兩個女孩在死一樣的寂靜中開了一個娃娃茶話會。茶倒是眞正的茶。喝到第二杯茶時，凱撒琳「哇」的一聲哭了出來，梅布兒也流著淚抱住她。

「我希望，」凱撒琳抽抽嗒嗒地說：「我眞希望能知道男孩們在什麼地方！那將是最大最大的安慰了。」

＊

傑勒德知道男孩們在什麼地方，可是他壓根兒沒感到安慰。想想看，只有他一個人知道他們在什麼地方，因爲吉米不知道自己是個孩子——他的確不是個眞正的孩子——他也不能指望醜八怪知道任何眞的事情，比方孩子們在什麼地方。當凱撒琳在用顫抖的手倒第二杯娃娃茶的時候——茶很濃，但是沒有濃得使人忘掉憂慮——傑勒德正在老大街奧爾德曼伯里大廈的樓梯上鬼鬼祟祟地活動——眞的再沒有其他詞可以形容了。在他下面一層樓裡，有一扇門，門上刻著一行字——**醜八怪先生，股票經紀人**。

上面一層樓裡另外有扇門，門上刻著傑勒德的弟弟的名字。弟弟以那麼稀奇和悲慘的方式突然變富有了。吉米的名字下面沒有頭銜。傑勒德猜不透「那個」（即以前的吉米）是靠做什麼買賣發的財。當他的弟弟開門進去時，他曾經看見一大堆辦事員和紅木辦公桌。顯然「那個」買賣做得很大。傑勒德該怎麼辦？他能怎麼辦？

要走進一家倫敦的大公司，向公司裡的人說明他們公司的那位年高德重的老板不是別人，正是你的弟弟，是一枚淘氣的魔指環使他突然變老了，發財了，這幾乎是不可能的，尤其是對於一個像傑勒德那樣的小孩子。如果你認爲這是可能的，那就試試吧。他也不能敲股票經紀人醜八怪先生的門，告訴他的辦事員，說他們的老板實際上只不過是一些舊衣服，莫名其妙地活了，而且在一個晚上，在一個實際上不存在的上等旅館裡，被一種他無法解釋的魔法變成眞人了。

情況眞是困難重重。傑勒德平常吃午飯的時間已經過了好久，他的肚子餓得咕嚕咕嚕叫。這似乎是最大的困難了。你監視的人只要在他們辦公室裡待一個相當長的時間，你就很可能在倫敦一所大廈的樓梯上活活餓死。這個道理，傑勒德是越來越明白了。

一個男孩，頭髮像一塊放在門口擦鞋的新草墊，吹著口哨上樓來了。他手裡提著一個深藍色的提包。

「你要是替我買六便士麵包，我給你一個六便士銀幣！」傑勒德像所有偉大的司令官一樣敏捷地做出決斷。

「先把你的銀幣給我看。」男孩同樣敏捷地回答。傑勒德給他看了。「行！把錢給我。」

「貨到付款！」傑勒德使用了過去從未想到過要使用的服裝商的行話。

男孩欽佩地咧嘴一笑。

「你知道，」他說：「我不會受騙上當。」

「不會的。」傑勒德相當謙虛地承認，「去吧，好孩子。我得在這裡等著。你願意的話，我可以替你管好你的包包。」

「誰也別想騙我！」男孩說，把提包背在肩上。「我打從像你那麼大以來，已經不知上過多少次當了。」

他打了這支回馬槍，便轉身走了，不一會兒就買了麵包回來。傑勒德給了他一個六便士銀幣，把麵包拿過來。

一分鐘後，當男孩從股票經紀人醜八怪先生門裡出現時，傑勒德喊住了他。

「他是個什麼樣的人？」他翹起大拇指，向門裡一指。

「了不起的大亨！」男孩說：「鈔票多得嚇死人，汽車、洋房，樣樣都有。」

「樓上那個人的情況你了解嗎？」

「他比這個人還要大。他有家非常老的公司，在英格蘭銀行有個地下室，專門貯藏他的現金——全都裝在箱子裡，像穀物零售店那樣靠牆壁堆放著。天哪，要是有一天，警察吃酒席去了，而門正好開著，我眞想進去待上半個鐘頭過過癮。不過這不大可能。喂，你要是把所有這些麵包都吃掉，會撐破肚子的。」

「要來一個嗎？」傑勒德說，把盛麵包的袋子遞過去。

「我們辦公室裡的人說，」男孩不等對方提出，就主動付了麵包錢，「這兩個人互相掐脖子——噢，當然只是在生意上——已經有好多年了。」

傑勒德不懂，要用什麼樣的魔法才能使這兩樣昨天才出現的東西——富有的吉米和醜八怪——具有經歷和往事。要是他能把他們帶走，所有對他們的記憶會消失嗎——比方這個男孩心中，所有在這個城裡同他們做生意的人心中？配備紅木寫字抬和辦事員的辦公室會消失嗎？公司裡的辦事員是眞的嗎？紅木寫字抬是眞的嗎？他自個兒是眞的嗎？男孩是眞的嗎？

「你能保守秘密嗎？」他問男孩，「你願意接受一個任務嗎？」

「我要回辦公室去了。」男孩說。

「那就算了。」傑勒德說。

「你別發脾氣！」男孩說：「我正要說願意哪！要是回辦公室我遲了的話，我知道怎樣使自己的鼻子出血。」

傑勒德恭維他這個既有用又得體的妙法，然後說：「聽著！我給你五先令——眞的。」

「爲什麼？」男孩免不了要問。

「請你幫我一個忙。」

「什麼忙？」

「我是個私家偵探。」傑勒德說。

「偵探？你不像。」

「像又有什麼屁用？」傑勒德不耐煩地說，又開始吃另一個麵包。「樓上那個老傢伙，有人要找他。」

「警察？」男孩裝得若無其事。

「不！傷心的親人。」

「『只要回去就不念舊惡！』我懂了。」男孩說。

「我一定要讓他回到親人身邊去。要是你能進去，給他捎個口信，就說有人要跟他談生意——」

「慢著！」男孩說：「我有一條更好的計策。你到老醜八怪辦公室去找他。他會不惜任何代價把那位老弟攆走的。今天早晨，我們辦公室裡的人還在這樣議論哩。」

「讓我考慮一下。」傑勒德說，把最後一個麵包放在自己的膝蓋上，雙手托住頭。

「別忘記我的五先令。」男孩說。

於是，樓梯上陷入了靜默，只偶爾被「那個」辦公室裡辛勤的辦事員的咳嗽聲以及醜八怪先生辦公室裡打字機的　噠聲打破。

最後，傑勒德站起身，把麵包一口吞下。

「你說得對。」他說：「我來碰碰運氣吧！這是你的五先令。」

他把身上的麵包屑撣掉，清了清嗓子，然後敲了醜八怪先生的門，走了進去。

頭髮像草墊的男孩在門口等了一會。由於能夠依靠他那訓練有素的鼻子爲他出去那麼久不回來做出解釋，所以處境十分安全，何況他的等待又是有酬報的。他下了幾級樓梯，在樓梯拐彎處聽到醜八怪先生的聲音——這聲音在樓梯上和證券交易所是那麼出名——正用柔和而謹愼的口吻說：「那麼我會叫他讓我看看他的戒指——我會把它落在地上，你把它撿起來。可是要記住，這完全是意外，你不認識我。我不能把我的名字攪和在這件事裡面。你保證他當眞是精神錯亂？」

「保證！」傑勒德說：「他對那只戒指喜歡得不得了，會到處尋找。我知道他會的。再想想他那些傷心的親人吧！」

「會的，我會的！」醜八怪先生親切地說：「當然，我腦子裡想的就只有這個。」

他上樓去另一個辦公室，傑勒德聽見「那個」的聲音在對他的辦事員說他要出去吃午飯。於是，可怕的醜八怪和吉米——在傑勒德看來，吉米簡直和醜八怪一樣可怕——下了樓梯，走上大街，邊走邊談股票證券、熊和野牛的事兒。兩個男孩跟在他們後面。

「我說，」頭髮像草墊的男孩欽佩地小聲說：「這到底是怎麼回事？」

「你馬上會明白的。」傑勒德滿不在乎地說：「來吧！」

「告訴我吧！我得回去了。」

「好，我告訴你。不過，你不會相信的。那位老先生壓根兒不老——他是我的弟弟，突然變成你現在看到的模樣。另一位先生壓根兒不是眞的人，他只不過是些舊衣服，裡面啥也沒有。」

「他是有點不像眞的人。」男孩承認，「不過，我認爲你是在吹牛，是不是？」

「哎！我弟弟的的確確是被一只魔指環變成那個模樣的。」

「根本沒有魔法這回事。」男孩說：「我們學校裡的老師說的。」

「那好吧！」傑勒德說：「再見。」

「啊，走吧！」男孩說：「不過，我仍然認爲你是在吹牛。」

「是那只指環。要是我把它戴在手上，我希望我們在哪兒，就會在哪兒。這樣我就可以對付他們兩個了。」

「對付？」

「是的，你表達的任何願望，指環是不會把它消除的，它到時候會自動消除，就像彈簧自動伸開一樣。可是指環會給你一個全新的願望——這一點我幾乎可以肯定。無論如何，我要去碰碰運氣。」

「你是個壞蛋，是嗎？」男孩恭敬地說。

「你等著瞧吧！」傑勒德重覆一遍。

他們跟著醜八怪和吉米，來到皮姆飯店前。男孩被這家飯店的豪華驚呆了，他喃喃地說：「這個高級的地方我進不去。你能嗎？」

「能——只要我們規規矩矩，他們就不會把我們趕出來。你也來吧，我請你吃飯。」

我不懂傑勒德幹麻要死死纏住這個男孩不放。他並不是一個很討人喜歡的孩子。或許是因爲傑勒德在倫敦只認得他一個人，除了「那個曾經是吉米的人」和醜八怪以外，只能跟他談話，而他又不願跟兩人當中的任何一個人談。

以後發生的事發生得非常快，傑勒德後來說，「那就像魔法。」

飯店裡擠滿了人——忙碌的人們在匆匆嚥下忙碌的女侍應生匆匆忙忙端上來的菜。屋子裡充滿了刀叉和盆子的叮噹聲、啤酒從瓶子裡倒出來的咕咕聲、嗡嗡的談話聲，還有各種美味佳餚的香味。

「請來兩客排骨。」傑勒德對女侍應生說，同時拿了一把錢在手裡玩弄著，爲的是使人家不致懷疑他的誠意。

他聽見旁邊一張桌子有人說了一句：「啊，是的，稀奇的傳家寶！」指環就從「那個」手指上脫落下來，正在喃喃說什麼稀世珍品的醜八怪先生馬上伸出手去拿。頭髮像草墊的男孩屏住氣息注視著。

「眞的有一枚指環！」他承認。接著，指環又從醜八怪先生的手裡掉下來，在地板上滴溜溜滾出去。傑勒德向它猛撲過去，活像一條獵犬撲向一隻野兔。他把那隻暗淡無光的指環戴在手指上，在那個擁擠的地方高聲叫道：「我希望吉米和我是在芙羅拉女神像後面的門裡。」

這是他唯一能想到的安全地方。

飯店裡的燈光滅了，嘈雜聲沒了，香味也消失了，就像一滴蠟消失在火裡，一滴雨消失在水裡。飯店裡究竟發生了些什麼，我不知道，傑勒德也永遠不知道。報上沒有刊登關於這件事的消息，儘管傑勒德焦急地在《著名金融家失蹤欄》裡尋找。頭髮像草墊的男孩做了些什麼，或想了些什麼，我也不知道。傑勒德也不知道。可是他很想知道，我卻一點也不在乎。不過，無論他想了些什麼，或做了些什麼，世上的事還是照常進行。皮姆飯店的燈光滅了，聲音沒了，香味也消失了。黑暗代替了光明，寂靜代替了嘈雜聲，牛肉、豬肉、羊肉、魚、小牛肉、白菜、洋蔥、胡蘿蔔、啤酒和煙草的香味消失了，代替的是一個關閉了好久的地下室潮濕霉臭的氣味。

傑勒德感到頭暈，惡心。他知道，在他的內心深處有件事，當他清醒過來回想事實經過時，這件事將會使他頭更暈、惡心得更厲害。在這同時，他必須想出點話來安慰那個曾經是吉米的金融家，讓他保持安靜，直到時間像一個彈簧鬆開，使魔法消失，使一切事物恢復本來面目。但

他在那個擁擠的地方高聲叫道：

「我希望吉米和我是在芙羅拉女神像後面的門裡。

是，他想了老半天，一句話也想不出。不過，話語並不需要。因爲，從伸手不見五指的黑暗裡，忽然傳來一個聲音——這不是那個曾經是吉米的金融家的聲音，而是傑勒德的弟弟吉米的聲音。吉米不幸曾表達過一個想發財的願望，要實現那個願望，只能把那個年輕和貧窮的吉米變成富有又年老的吉米。那個聲音說；「傑瑞，傑瑞，傑瑞！你醒著嗎？——我做了一個怪夢。」

接下來一分鐘，什麼也沒說，什麼也沒做。

傑勒德在伸手不見五指的黑暗中，在死一樣的寂靜中，在地下室的臭味中摸啊摸的，終於摸到吉米的手。「不要緊，吉米老弟！」他說：「這不是做夢，又是那只可惡的指環在作怪。爲了讓你從夢中醒來，我不得不表達了一個希望我們在這兒的願望。」

「希望我們在哪兒？」吉米抓住傑勒德伸出的手。

要是在大白天，他會管這種舉動叫娘娘腔。

「在過道裡——芙羅拉神像後面。」傑勒德說，接著他又補充了一句：「現在沒事了，眞的。」

「敢情沒事了。」吉米在黑暗中回答，有點惱怒，但沒有強烈到使他鬆開哥哥的手。「可是我們怎麼出去呢？」

傑勒德這才知道，那件比使他從學校一陣風似地來到耶爾丁城堡更頭暈的事是什麼了。可是他倔強地說：「當然是通過表達願望囉！」這些時候以來，他已經懂得，凡是表達過的願望，指環是不會自動把它消除的。

傑勒德表達了要出去的願望。他小心地在黑暗中把指環交給吉米，吉米也表達了他的願望。可是他們仍然在芙羅拉後面那個黑暗過道裡，那條過道至少在醜八怪的情況下，曾經通向「一家上等旅館」。石門關得緊緊的。他們甚至不知道通往門的路該怎麼走。

「要是有火柴就好了。」傑勒德說。

「你爲什麼不讓我留在夢裡？」吉米差點哭出來了。「那兒光線亮，我正要開始吃大麻哈魚和黃瓜哩！」

「我，」傑勒德惡狠狠地回答，「正要開始吃牛排和炸馬鈴薯呢！」

他們現在擁有的只是寂靜、黑暗和地下室的氣味。

「我一向不知道活埋是什麼滋味，」吉米用低沈、呆板的語調說，「現在知道了！啊！」他的聲音突然提高，變成尖叫：「這不是眞的，不是的！心追是個夢——就是這樣！」

一個停頓，你可以數到十。然後——

「是的，」傑勒德從氣味、寂靜和黑暗中說：「這只是個夢，吉米老弟。我們要堅持下去，時不時叫幾聲救命玩玩。不過，這當然只不過是個夢。」

「當然，是個夢。」吉米在寂靜、黑暗和地下室的氣味中說。

第九章

在魔術世界與我們好像覺得眞實的世界之間永遠掛著一張幕，像蛛網一樣薄，玻璃一樣透明，鋼鐵一樣堅固。那張幕有許多缺口，被魔指環、護身符之類的東西標明。人們一旦找到其中一個缺口，幾乎什麼事情都會發生。因此，當梅布兒和凱撒琳煞費苦心地主持著一個最乏味的布娃娃茶話會的時候，突然不約而同產生一種奇怪、莫名其妙但又不可抗拒的念頭，想立刻回到芙羅拉神殿——哪怕娃娃茶話會的用具還沒有洗，葡萄乾只吃掉一半——也就不奇怪了。她們就像在魔力的推動下走了。幾乎是違反她們的最佳判斷，違反她們的意願。

她們在下午金黃色的寧靜中離芙羅拉神殿越近，越是肯定地覺得她們不可能不這樣做。這就恰恰說明，當傑勒德和吉米在黑暗的過道裡拉著手第一次齊聲叫救命「玩玩」的時候，那叫聲馬上獲得了外面的響應。

在過道裡他們最不指望是門的地方出現了一道亮光。石門慢慢開了，他們出了門，來到芙羅拉神殿，在燦爛的陽光下眨巴著眼睛，不可避免地成爲凱撒琳擁抱和梅布兒盤問的對象。

「你讓那位醜八怪在倫敦逍遙自在！」梅布兒指出；「你可能還會巴望它和你待在一起

哩！」

「它待在那兒不錯。」傑勒德說：「我不能樣樣事情都考慮周到。再說——不，多謝啦！現在我們回家去，把指環封起來。」

「我還沒有讓指環爲我做過任何事情哩！」凱撒琳說。

「你要是知道它做的那種事情，就不會想要它做了。」傑勒德說。

「要是當初是我許的願，它不會做出那種事情來的。」凱撒琳反駁。

「聽著，」梅布兒說：「我們把它放回保險庫，別理它啦！我眞不應該把它拿出來的。這有點像偷。眞的，這就和伊萊澤把它拿去嚇唬她的男朋友一樣惡劣。」

「你要把它放回去，我沒有意見。」傑勒德說：「只不過，我們當中隨便哪個人要是想出個頂呱呱的願望，你要讓我們重新把它拿出來，行嗎？」

「行，行！」梅布兒一口答應。

於是，他們排著隊回到城堡。梅布兒再一次按動彈簧，放下擱板，露出珠寶，把指環放回到一些飾物中間。梅布兒說過，這些飾物是有魔力的。

「它看上去一點也不起眼！」傑勒德說：「你不會想到它是有魔力的。它就像一只普通的舊戒指。梅布兒關於其他東西說的話不知道靈不靈，我們來試試好嗎？」

「別！」凱撒琳說：「我認爲有魔力的東西是惡毒的，它們就喜歡跟你過不去。」

「我倒想試試，」梅布兒說：「只不過——哎呀！事情已經弄得一團糟了，我說過的話已經全忘啦！」

其他人也已經忘了。或許正因爲這個緣故，傑勒德說把一個銅搭釦放在腳上會起到七里格靴的作用，卻並沒有起作用；吉米——他身上還有點倫敦金融家的氣派——說鋼項圈能保證你的口袋裡永遠有錢，他自己的口袋卻始終是空的；梅布兒和凱撒琳爲各種指環、項鍊和手鐲想出種種最令人喜悅的特性，卻啥事情也沒發生。

「只有那個指環有魔力。」最後，梅布兒說。「聽著！」她換了一種口吻補充說。

「什麼？」

「要是就連那個指環也沒有魔力呢？」

「可我們知道它是有魔力的呀！」

「我可不知道。」梅布兒說：「我認爲根本不是今天；我認爲是前幾天——所有這些事情只不過是我們想像出來的——是我對指環亂說一通的那天。」

「不，不是的。」傑勒德說：「那天你穿著公主服。」

「什麼公主服？」梅布兒把一雙烏黑的眼睛睜得大大的。

「啊，別這麼傻！」傑勒德厭倦地說。

「我才不傻哩！」梅布兒說：「我認爲你們該走了。吉米肯定想喝下午茶了。」

「我當然想喝下午茶！」吉米說：「可是那天你明明穿的是公主服。好啦，我們關上百葉窗，讓指環在它的墳墓裡沈睡吧！」

「什麼指環？」梅布兒問道。

「別理她！」傑勒德說：「她只是想跟我們尋開心。」

「不！我不是尋開心。」梅布兒說：「可是我像一個鬼魂附身的預言者或女巫那樣有靈感。有什麼指環？」

「魔指環，」凱撒琳說：「使人隱身的指環。」

「你現在還不明白，指環就是你們說的那種指環嗎？」梅布兒的眼睛睜得更大了。「它能使我們隱身——我說過的。啊！眞要是這樣，就不能把它留在這兒了。你知道，要是它那麼珍貴，就不能說是偷了。你說它是什麼？」

「它是個魔指環。」吉米說。

「我們有過我們的笨願望，你也有過你的笨願望。」梅布兒說，越來越激動了，「我說這不是一個魔指環；我說這個指環會使戴的人變成四碼❶高。」

她說話的當下已經把指環奪過來。話剛脫口，身體果然變成12呎高，手上套的指環高出在孩

---

❶碼：英國長度單位。一碼等於三呎，約九十公分，梅布兒身材變得有三米六高。

子們頭上。

「這是你自作自受！」傑勒德說——而他是對的。梅布兒硬說指環是魔指環是白費力氣。它很明顯不是魔指環，它是她說過的那種指環。

「你壓根兒不知道它的作用能維持多久，」傑勒德說：「我們各人隱身的時間就不一樣。」這話是很難懂的，但是其他人懂得他的意思。

「它可能維持好多天！」凱撒琳說：「啊，梅布兒，你眞糊塗！」

「我是糊塗。別囉嗦了！」梅布兒恨恨地說：「我說它是我所說的那種指環時，你們應該相信我，這樣我就用不著表演給你們看，我的身體也不會變得這樣長了。現在我該怎麼辦？」

「我們必須把你藏起來，等你的身材恢復正常——就這樣。」傑勒德實事求是地說。

「話是不錯——可是，藏在哪兒呢？」梅布兒說，一隻二十四吋長的腳在地上跺著。

「藏在一個空房間裡。你不會害怕嗎？」

「當然不怕。」梅布兒說：「唉！要是當初把指環放回老地方不去動它就好了。」

「嘿！不把它放回去的並不是我們。」吉米說。這句話雖然詞意欠通，倒是實在的。

「我現在把它放回去好了。」梅布兒用力拉著指環。

「我要是你，就不這樣做。」傑勒德考慮得很周到，「你不希望一直保持那個高度，是不是？到時候，除非指環套在你手上，它很可能不會發生作用。」

她突然在地板上坐下，就像一把四折尺般折了起來。

身體拔高了的梅布兒悶悶不樂地撳了一下按鈕。擱板慢慢滑回原來的位置，所以光彩奪目的珠寶都被隱藏起來了。房間重新是八角形的，鋪滿了陽光，沒有家具陳設。

「現在我藏哪兒呢？」梅布兒說：「幸虧姑姑答應我在你們那裡過夜。你們哪一位晚上得陪陪我。我這個高度，可不願獨自一人待著。」

高度——這個字眼用得一點不錯；梅布兒說過『四碼高』——而她現在正是四碼高。可是她的身體並不比身高四呎七吋時來得胖，結果啊，就像傑勒德所說的，「活像一條毛毛蟲。」她的衣服當然跟她一塊兒長大了，她的模樣活像羅哈維爾樂園那些哈哈鏡裡照出來的小姑娘——那些鏡子使肥胖幸運地變得苗條，苗條不幸地變得骨瘦如柴。她突然在地板上坐下，就像一把四折尺般折了起來。

「坐在那裡是不行的，姑娘。」傑勒德說。

「我不是坐在這裡，」梅布兒反駁，「我坐下來只是爲了好從門裡出去。我想，我現在進進出出，大多數地方只能靠兩手兩膝幫忙了。」

「你餓了嗎？」吉米突然問道。

「我不知道！」梅布兒悲傷地回答，「要走那麼長的路哪！」

「哎！我來偵察邊境是否暢通——」傑勒德說。

「聽我說，」梅布兒說：「天黑以前，我寧可待在外面。」

「不行！肯定會有人看見你的。」

「我只要穿過紫杉樹籬就不會被人看見。」梅布兒說：「紫杉樹籬裡有一條過道，就像《維爾一家的好運》裡面的黃楊樹籬。」

「什麼裡面？」

「《維爾一家的好運》。一本頂呱呱的書。就是那本書啓發我到活板之類的東西中尋找暗門。要是我像蛇那樣貼在地上爬過去，就會走到杜鵑花當中，恐龍旁邊——我們可以在那兒將就著過一夜。」

「那兒有茶。」傑勒德說。他沒有吃過飯。

「那兒就是沒有茶。」吉米說。他也沒有吃過飯。

「噢，你們可不能把我扔下不管啊！」梅布兒急了，「我來給姑姑寫封信。要是她在家，又沒有睡，她會給你們野餐吃的東西。要是她不在家，女傭人會給的。」

於是，她從傑勒德那非常珍貴的筆記本上撕下一頁，寫道：

最親愛的姑媽：

你能給我們一些野餐吃的東西嗎？傑勒德會來拿的。我本想自己來，可是我有點累了。我想我是長得太快了——

你親愛的侄女
梅布兒上

又及：請多給點，因爲我們當中有些人餓壞了。

梅布兒要從紫杉籬中的過道爬過去有所困難，然而還是做得到的。做得到，但是很花功夫，因此三個人還來不及在杜鵑花叢中坐停當，苦苦猜想傑勒德到底在幹些什麼，傑勒德已經回來了，被一只重甸甸的籃子壓得直喘氣。他把籃子卸在草地上，哼哧了一會兒，然後說：「不過這是值得的。我們的梅布兒在哪裡？」

梅布兒那張蒼白的長臉從杜鵑花葉子中向外望著，離地很近。

「我的模樣就跟所有在這種情況下的人一樣，是不是？」她焦急地問道：「我其餘部分的身體在老遠老遠的地方，在別的灌木底下。」

「我們已經用羊齒和樹葉把你的身體遮起來了。」凱撒琳說：「別動，梅布兒！要不然，樹葉子會掉下來的。」

吉米正忙著把籃子裡的東西拿出來。這頓茶點真豐盛。一支長麵包、一塊包在一張白菜葉子裡的奶油、一瓶牛奶、一瓶水、蛋糕，還有一匣又大又光滑、顏色鮮黃的醋栗，這個匣子本來裝著一大瓶美化頭髮和鬍子的高檔化妝品。梅布兒小心翼翼地把她的兩條長得不可思議的手臂從杜鵑花叢中伸出來，用細長的胳膊肘子撐住。傑勒德切麵包和奶油，凱撒琳聽傑勒德的話跑來跑去，看看樹葉子有沒有從梅布兒身體的任何一個遙遠的部分掉下來。接下來是一陣快樂和飢餓的寂靜，只偶爾被一些短促、熱烈的要求打破，這些要求在這種場合是極其自然的。

「請再給點蛋糕。」

「喂，來點牛奶。」

「把漿果扔給我。」

所有的人都安靜下來了，對他們的命運感到滿意了。一種愜意的感覺有點倦怠，有點酣暢，漸漸進入他們的肢體。就連倒楣的梅布兒最遠的那隻腳也意識到了，那隻腳從第三叢杜鵑花下面伸到茶話會的西北面。

傑勒德表達了其他人的感情，不無遺憾地說：

「哎，我換了個人啦！不過，即使你們給我錢，再要我吃一個漿果也不行了。」

「我還行。」梅布兒說：「我知道漿果都吃光了，我也已經吃夠了，可是我還能吃。我想那是因爲我個兒太高了。」

夏日的空氣中洋溢著一種飽餐後特有的甜美的寧靜。在稍遠一點的地方，石頭恐龍身上的綠色地衣在灌木中隱現。恐龍好像也安詳而快樂。傑勒德通過枝葉的一個缺口接觸到它那石頭眼睛。恐龍的眼裡彷彿充滿了同情。

「我敢說，他從前喜歡吃高檔飯。」傑勒德說，舒暢地伸了個懶腰。

「誰？」

「恐龍呀！」傑勒德說。

「他今天吃過飯啦！」凱撒琳說著，咯咯咯笑了。

「可不是嗎？」梅布兒說，也咯咯地笑了。

「你笑的時候，胸部以下千萬不要動！」凱撒琳焦急地說：「要不然你身上蓋的葉子會掉下來的。」

「你們說什麼——吃飯？」吉米懷疑地問道：「你們在笑什麼。」

「他吃過飯啦，東西塡進他的肚子裡啦！」凱撒琳說，還是一個勁兒笑。

「啊，你要笑就儘管笑吧！」吉米突然惱了，「我們不想知道——是嗎，傑瑞？」

「我想知道，」傑勒德惡狠狠地說：「我很想知道！姑娘們，等你們笑夠了以後再叫醒我吧！」他把帽子拉下來蓋住眼睛，做出打盹的樣子。

「啊，別裝腔作勢啦！」凱撒琳急忙說：「我們只不過把製作醜八怪的衣服從恐龍肚皮上的洞裡塞進去餵它。」

「既然這樣，我們可以把它們拿回去啦！」傑勒德嘴裡咬著一根草的白色末梢，「一切沒問題啦！」

「聽著，」凱撒琳突然說：「我有了個主意。把指環給我一會兒。什麼主意我先不說，免得萬一不靈，你們會罵我糊塗蛋。我會在我們走之前把指環還給你的。」

「啊！可是你現在別走！」梅布兒懇求地說！她把指環從手上脫下來，又熱切地補充一句：「當然，無論你有什麼餿主意，我總是高興的。」

凱撒琳的主意是很簡單的。她想，如果另一個人，另一個不受指環魔力約束的人給指環重新取個名字，指環的魔力或許就會改變。因此，指環剛從梅布兒那長長的、沒有血色的手上脫下來，戴在她自己那胖胖、暖暖、紅紅的手上，她就跳起身，叫道：「我們快去把恐龍肚子裡的東西取出來。」說罷就大步流星，向那隻史前怪獸跑去。她想大聲說，卻又不能讓別人聽見：「這是一枚魔指環，它會使你的任何願望獲得實現。」她果眞把這句話說了。沒有人聽見她的話，聽見她的話的只有小鳥和一、兩隻松鼠，也許還有一尊石頭的農牧神❷，當她從它的座墊旁跑過時，它那美麗的臉龐似乎在向她笑。

這是一條上坡路，外加太陽又毒得很，凱撒琳跑得很吃力。她還沒有跑到恐龍那巨大的黑影前，她的兩個哥哥已經追上了她。因此，當她跑到那個黑影跟前時，已經渾身大汗，沒法子好好地想一想該提出哪一個最好的願望。

「我爬上去把東西拿下來，因爲我知道它們放在什麼地方。」她說。

傑勒德彎下腰，吉米幫她踏在他的背上爬上去，她從那個洞鑽進恐龍黑暗的肚皮。不一會，從洞裡扔出一大堆西裝背心、褲子和外套——褲腿亂飄，外衣袖子不受控制。

「把頭低倒！」凱撒琳大叫一聲。話音未落，就劈哩啪拉地從天而降。

「好啦！」吉米說。

「堅持一會兒，」傑勒德說：「我上來了。」

他用雙手抓住洞的邊緣，縱身向上一跳。他的肩膀剛進洞口，膝蓋還在洞外邊，就聽見恐龍肚子裡凱撒琳的皮鞋聲。凱撒琳的聲音說：「這兒眞涼快！我想塑像永遠是涼快的。我眞希望我

---

❷農牧神——羅馬神話中的森林之神，上半身是人，下半身是羊。

也是個塑像。啊！」

「啊！」的叫聲裡夾雜著恐怖和痛苦。隨之而來的是一陣可怕、死樣的寂靜。

「什麼事呀？」傑勒德問。可是他心裡明白。他爬到那個大洞裡面。藉著從洞口射進來的一點點光，他看見怪獸旁邊有一樣白色的東西。他跪在地上，從袋裡掏出火柴，擦了一根，當綠幽幽的火燄變成鮮黃色時，他抬起頭看他早就知道會看到的東西——凱撒琳的臉，雪白、呆板、沒有生氣。她的頭髮也是雪白的，她的手、衣服、皮鞋——所有一切都是雪白的，像白色大理石一樣冷峻耀眼。凱撒琳的願望實現了：她變成一尊塑像了。很長的時間，恐龍肚子裡寂靜無聲。傑勒德說不出話來。一切來得太突然，太可怕了！這比至今已經發生的任何一件事更糟糕！臨了，他轉過身，在那死樣的寂靜中，面對外面陽光明媚、生氣蓬勃的綠色世界裡的吉米。

「吉米，」他的口氣極其認眞，「凱撒琳已經走了。她說那個指環是枚魔指環。它當然是的。現在我明白她爲什麼拼命跑了。這個小笨蛋希望她是尊塑像。」

「她是塑像嗎？」吉米在下面問道。

「你自己上來看吧！」傑勒德說。

吉米上來了，一半靠傑勒德拉，一半靠自己跳。

「她是尊塑像，一點不錯。」他戰戰兢兢地說：「太可怕了！」

「一點也不可怕。」傑勒德堅定地說：「走吧！我們去告訴梅布兒。」

凱撒琳的願望實現了：她變成一尊塑像了。

於是，兩個男孩就回到長得嚇人的身體被杜鵑花遮住的梅布兒身邊，把消息告訴了她。這消息就像一個晴天霹靂。

「天哪！」梅布兒叫了一聲，長身體扭動了一下，樹葉和羊齒植物紛紛掉落下來，她感到兩條腿突然被太陽晒得滾燙。「以後怎麼辦？天哪！」

「她會沒事的。」傑勒德表面上顯得很鎮靜。

「是的。可是我怎麼辦？」梅布兒慌了，「指環不在我這裡。我的時間到了，她的時間卻沒有到。你能把指環拿回來嗎？你能把它從她的手上拿下來嗎？我身材一恢復正常，馬上重新把它戴在她的手上——我保證做到。」在她的這番話裡，逗號和句號是用縮鼻涕來代替的。

「這沒有什麼好哭鼻子的，」吉米說：「至少你不應該。」

「啊！你不知道，」梅布兒說：「你不知道身體像我一樣長是什麼滋味。請——請你千萬想辦法把指環拿來。說到底，那是我的指環，不屬於你們任何一個人，因爲指環是我發現的，我說過它有魔力。」

傑勒德胸膛裡向來有一種正義感，這種正義感被梅布兒的哭訴激起了。

「我猜想指環已經變成石頭了——她的皮鞋已經變成了石頭，所有的衣服也都變成石頭了。不過，我可以去看一看。只不過，要是不行，那就是不行，你再鬧也白搭。」

在恐龍肚子裡擦的第一根火柴照亮了已經變成塑像的凱撒琳手上的那枚指環。

五隻手指筆直向外伸出著。傑勒德抓住指環。奇怪的是，它很容易就從冰冷、光滑的大理石手指上脫下來了。

「卡賽同學，抱歉了！」他說，把大理石手緊緊握了一下。他忽然想到她或許能聽見他說話。於是他把他和別的孩子想要做的事情一五一十地講給塑像講。這對於確定他和別的孩子應該怎麼做的想法大有幫助。所以，等他在塑像的大理石背上敲了幾下表示鼓舞，回到杜鵑花附近後，就能夠以一個天生領袖的精確性發號施令了。由於別的孩子誰也沒有想出什麼計畫，他的計畫被接受了，就像天生領袖們的計畫容易被接受一樣。

「這就是你的寶貴指環。」他對梅布兒說：「現在你什麼都不怕了，對嗎？」

「不怕？」梅布兒驚異地說；「我已經把它忘了。聽著，我要留在這裡，或者再朝樹林進去一點。你把外衣給我，這樣我晚上就不會冷了。我要留在這裡，直到凱撒琳從石頭變成人。」

「好的！」傑勒德說：「這正是天生領袖的主意。」

「你們兩個回去報告老師，就說凱撒琳在城堡過夜。」梅布兒說。

「唔！」吉米說：「她當然要在這裡過夜。」

「魔法每七小時周轉一次，」傑勒德說：「你隱身二十一小時，我十四小時，伊萊澤七小時。如果是魔指環，總是從七開始。但是到底多少小時，無法知道，所以你們兩個哪一個先恢復正常也無法知道。不管怎樣，等我們和老師道了晚安以後，我們會跳出窗子，從格子架上爬下

梅布兒躺了下來，兩個男孩用樹葉把她的身體蓋住，就回家去了。

來，在睡覺前再來看看你。我想你最好向恐龍靠攏一點，我們走以前幫你把全身蓋上葉子。」

梅布兒爬到幾棵比較高的樹木前，在它們的掩護下，站直身體，像白楊樹一樣細長，像長除法的錯誤答案一樣不眞實。對她來說，蹲在恐龍後面，從洞口伸出頭來看凱撒琳那白色的形體，眞是再容易不過了。

「沒事兒，親愛的，」她對塑像說：「我就待在你旁邊。你一覺得快恢復正常了，馬上叫我。」

塑像始終像一般塑像那樣紋絲不動。梅布兒把頭縮回去，躺了下來。兩個男孩用樹葉把她的身體蓋住，就回家去了。

回家是唯一對路的事。讓老師著急，

讓警察來追蹤他們，是絕對不行的。每個人都認識到這一點。發現失蹤的凱撒琳不僅僅在恐龍的肚子裡，而且本身還變成了一尊石像，任何一個警察都可能會精神錯亂，法國女教師就別提啦——女教師是外國人，心腸一定更軟，更容易苦惱。

至於梅布兒呢，傑勒德說：

「誰要是看見她現在這個模樣，準會發瘋的——只有我們不。」

「我們是不一樣的，」吉米說：「我們的頭腦已經對任何事情都適應了。現在要使我們發瘋可不是一件容易的事呢！」

「不過，卡賽還是挺可憐的。」

「是啊！那還用說？」吉米回答。

太陽已經落在黑黝黝的樹木後面，月亮正冉冉升起。梅布兒——她那長得嚇人的身體蓋滿了外套、馬甲和褲子——正在寒冷的夜晚中靜靜地睡覺。在恐龍肚子裡，變成石像的凱撒琳也睡了。她聽見傑勒德的話，看見擦亮的火柴。她還是從前的凱撒琳，只不過包了一層大理石外殼，身子動彈不得。她即使想哭也沒法哭。可是她並不想哭。待在裡面，大理石不冷也不硬。不知怎地，它裡面好像一層用溫暖、愉快和安全做的襯裡。她的背彎著並不感到疼痛，她的四肢好幾個小時一不動不動並不感到僵硬。一切都很好——比很好更好。只要安心舒舒服服地等著，就會從這個石殼裡鑽出來，再一次成為她向來是的那個凱撒琳。因此她就快快活活、篤篤定定地等著。

很快，等就變成不等，變成虛無飄渺，她被緊緊裹在大理石柔軟的內部，甜甜地睡著，就像睡在自己的床上。

她終究不是睡在自己的床上——壓根兒不能說是睡，而是站著，她的兩隻腳像有無數枚針在刺，雙臂那麼不自然地伸著，又硬又累，所以她很快就醒了。她擦擦眼睛，打了個呵欠，想起來了：她曾經是尊塑像，石頭恐龍肚子裡的塑像。

「現在我又活了。」她馬上得出這個結論：「我要出去。」

她坐了下來，兩隻腳從那個在石頭怪獸裡面呈現淡灰色的洞裡伸出去。當她這樣做的時候，一個長久而緩慢的搖晃把她從她坐的石頭上拋向一邊。

恐龍動啦！

「啊！」凱撒琳在裡面叫了起來，「眞可怕！一定是因爲月亮升起來了；就像傑勒德說的，牠活了。」

恐龍眞的活了，用沈重的步伐搖搖擺擺向前走。她從洞裡能看見草、蕨和苔蘚表面不停地變換。她不敢在恐龍行走時從洞裡跳出去，生怕恐龍那巨大的腳把她踩死。

從這個念頭又產生另一個念頭：梅布兒在哪裡？在附近的什麼地方？要是恐龍的一隻大腳踩到梅布兒那行動不便的身體的一部分可怎麼辦？梅布兒身體那麼長，要是她擱在恐龍走的那條路上，恐龍要不踩到她一部分身體很難——不管怎麼躲讓，要不踩著她總之是很難的。恐龍不會想

恐龍重重地鑽進水裡。

要躲讓。牠幹嘛要躲讓？凱撒琳苦惱地把身體吊在洞口。

巨無霸的身體向左右搖晃，走得越來越快。這不行，可是她又不敢從洞裡跳出去。不管怎樣，他們現在離梅布兒一定很遠了。恐龍走得越來越快，肚子向下傾斜。他們在向下走。當恐龍穿過一排常綠橡樹時，一些細小的樹枝被折斷了，發出劈劈啪啪的響聲，石頭腳下的砂礫嘎扎嘎扎響。暫時停頓了一下，接著潑剌一響，他們已經來到湖裡。

在月光下，赫米斯曾展翅飛翔，傑納斯❸和恐龍曾在一起游泳。凱撒

❸傑納斯：羅馬神話裡的門神，它有前後兩張面孔，一張朝前看，另一張朝後看。

琳迅速從洞裡鑽出來，跳落在湖邊平坦的大理石上，向橫裡衝去，氣喘咻咻地在一尊塑像的陰影裡站住。

這眞是千鈞一髮，因爲她剛在那裡蹲下，恐龍已經重重地鑽進水裡，淹沒許多光亮的睡蓮浮葉，向湖中心一個小島游去。

「不要動，小姐，我下來了！」聲音是從神像那邊傳來的。轉眼之間，太陽神已經從他的座墊上跳下來，在幾碼之外的地方著地。

「你是新來的。」太陽神從他優美的肩膀上轉過頭來說：「我只要見過你一次，就不會把你忘掉。」

「我是新來的，」凱撒琳說：「很新，很新。我不知道你會說話。」

「爲什麼不會？」太陽神哈哈大笑，「你也會說話嘛！」

「可我是活的呀！」

「我難道不是？」他反問。

「啊，是的，我想是的！」凱撒琳說，腦子裡有點亂，但並不害怕。「我只是以爲你一定要把指環戴上，人家才能看見你在動。」

太陽神好像懂得她的意思。這確實使他臉上增光，因爲凱撒琳沒有把她的意思表達清楚。

「啊！對於人才是這樣。」他說：「在我們有生命的短短幾分鐘內，我們互相聽得見，看得見。那是魔法的一部分。」

「可我是個人啊！」凱撒琳說。

「你既可愛，又謙虛。」太陽神心不在焉地說：「水在叫我了。我走啦！」說罷，他縱身跳進水裡。在他的手接觸到水的地方，泛起陣陣銀色漣漪，逐漸擴大開來。

凱撒琳轉身上山，向杜鵑花叢走去。她必須找到梅布兒，兩個人必須立刻回家。要是梅布兒的身體小到可以方便把她帶回家就好了！在魔法運行的這個階段，她很可能是這樣的。凱撒琳想到這裡，勁兒大了，腳下不由得快了起來。她穿過了杜鵑花叢，忽然想起那張曾經從光亮的葉子裡窺視的紙臉。她認爲自己會嚇一跳——誰知一點也沒有。

她很容易就找到了梅布兒，要比梅布兒的身體如果像她希望看到的那樣小容易得多。因爲，在很遠的地方，在月光下，她能看見那個像毛毛蟲一樣長的身體，十二呎伸得筆直，上面蓋滿外套、褲子和背心。梅布兒看上去就像寒冬臘月一根用麻袋包住的排水管。凱撒琳輕輕地碰了一下她長長的臉頰，她就醒了。

「什麼事啊？」她睡眼惺忪地問道。

「是我呀！」凱撒琳解釋。

「你的手好冷啊！」梅布兒說。

「快醒醒！」凱撒琳說：「我要跟你談話。」

「我們現在可以回家了嗎？我累壞了，下午茶時間也過了好久啦！」

「你的身體太長，眼下還不能回去。」凱撒琳憂傷地說。

於是，梅布兒回想起來了。她閉上眼睛躺著，突然動了一下，大聲說：

「啊，卡賽，我覺得真滑稽——就像一條滾環蛇❹，你讓牠把身體縮短，好把牠裝進盒子裡。我在——是的——我知道我在！」

果然是的。凱撒琳注視著她，覺得她真像一條滾環蛇在小孩合攏的手裡逐漸縮短。梅布兒伸得老遠的腳近了——梅布兒細長的手臂短了——梅布兒的臉不再有半碼長了。

「你正在恢復正常——沒錯！啊，我真高興！」凱撒琳叫了起來。

「我知道我在恢復正常。」梅布兒說。在她說話的當口，她又成了原來的梅布兒，不僅僅是內心——她的內心當然永遠一樣——而且外表也是。

「你沒事了。好啊！好啊！我真高興！」凱撒琳親切地說：「親愛的，我們這就回家。」

「回家？」梅布兒反問了一聲，慢慢地坐起來，用一雙烏黑的大眼睛望著凱撒琳，「像這個樣子？」

「像什麼樣子？」凱撒琳不耐煩地問。

---

❹ 滾環蛇：出產在北美洲的一種無毒蛇，牠能將尾巴含在嘴裡，輪子般滾動行進。

「這是怎麼回事？」她問道，身體開始發抖，

「我怎麼會變成這種可怕的顏色呀！」

「哎呀，我是說你呀！」梅布兒回答得很怪異。

「我不是挺好的嗎？」凱撒琳說：「我們走吧！」

「你難道不知道？」梅布兒說：「瞧你自己；你的手、衣服，一切的一切。」

凱撒琳看了一下自己的手。兩隻手像大理石一樣白。她的衣服也是白的，她的皮鞋、襪子，甚至頭髮，統統是白的。她就像是剛降下的雪那樣白。

「這是怎麼回事？」她的身體開始發抖。「我怎麼會變成這種可怕的顏色？」

「你不明白嗎?啊，卡賽，你不明白嗎?你還沒有恢復正常;你仍然是尊塑像。」

「我不是塑像——我是活的——我在跟你說話哪!」

「我知道你是活的、親愛的!」梅布兒說，就像安慰一個任性的孩子似地安慰她。「那是因爲月亮升起來了。」

「可是，你明朋看現我是活的呀!」

「我當然看見了。我手上戴著指環哪!」

「可是我知道我是正常的，我已經正常了。」

「你難道還不明白你還沒有恢復正常嗎?」梅布兒握住她的一隻大理石手，柔聲地說:「那是因爲月亮升起來了，你是尊塑像，和別的塑像一起活了。月亮一下去，你還會是尊塑像。親愛的，就因爲這個緣故，我們回不去了。你依然是尊塑像，只不過同別的大理石像一起活了。恐龍在哪裡?」

「在洗澡!」凱撒琳說:「所有其他的石頭野獸都在洗澡。」

「唔!」梅布兒儘量裝得樂觀，「那我們至少有一件事值得感謝。」

第十章

「如果，」包在大理石裡的凱撒琳悶悶不樂地說：「如果我眞是一尊塑像活了，那你爲什麼不怕我？」

「我手上戴著指環哪！」梅布兒果斷地說：「振作起來，親愛的！你的情況馬上會好起來的。儘量不要去想它。」

她說話的口氣就像對方是小孩割破了手指，或者在花園小徑上摔了一跤，膝蓋擦破了，傷口粘滿了砂子。

「我知道。」凱撒琳心不在焉地回答。

「我在想，」梅布兒快活地說：「要不是別的塑像架子大，不願跟我們說話，我們對這個神秘的地方可以了解到不少東西呢！」

「他們架子並不大，」凱撒琳說：「至少太陽神不是。他頂有禮貌，頂好。」

「他在哪裡？」梅布兒問道。

「在湖裡。」凱撒琳說。

「那我們就上那兒去。」梅布兒說：「啊，卡賽！身體恢復正常眞是太好了！」她從地上一躍而起。她身上蓋著的枯萎了的羊齒和樹枝，當她的身體收縮到原來那麼大時聚集在一起了，這時她身體一動，就紛紛掉落下來，就像暴風雨突然襲來時樹林裡的葉子嘩嘩掉落一樣。可是白色的凱撒琳文風不動。

兩個女孩坐在灰濛濛、被月光照亮的草地上，周圍的夜靜悄悄的。大花園像一張畫那樣靜，只有潺潺的噴泉以及遠處西行列車的汽笛聲打破了寂靜，同時也加深了寂靜。

「眞開心，小妹妹！」她們背後響起一個洪亮的聲音。她們嚇了一跳，像受驚的小鳥般迅速轉過頭去，只見太陽神站在月光下，剛從湖裡出來，身子濕淋淋的，在朝著她們笑，笑得非常甜，非常友好。

「啊，原來是你！」凱撒琳說。

「是我。」太陽神樂哈哈地說：「你的這位朋友是誰？」

「她是梅布兒。」凱撒琳說。

梅布兒站起身，向太陽神行了個禮；略一遲疑，伸出一隻手。

「我是你的奴僕，小姐！」太陽神說，用大理石手指把梅布兒的手握住。「可是我不明白你怎麼能看見我們，你又爲什麼不害怕？」

梅布兒舉起那隻戴著指環的手。

「這個解釋很充分。」太陽神說：「可是你既然有那個指環，又幹嘛要保留下界的外表呢？做個塑像，跟我們一塊兒在湖裡游水吧！」

「我不會游水。」梅布兒吞吞吐吐地回答。

「我也不會。」凱撒琳說。

「你們會的。」太陽神說：「所有變活的塑像都擅長各種體育活動。黑眼睛、黑頭髮的孩子，快希望變成塑像，參加我們的狂歡吧！」

「你要是肯原諒我，我還是不變爲好。」梅布兒小心翼翼地說：「你知道……這個指環——它能實現你的願望，可是你永遠不知道能維持多久。現在變個塑像當然很不錯，可是一到天亮，我就會希望我沒有變了。」

「據說下界的人都是這樣的。」太陽神若有所思地說：「可是，孩子，你似乎對你的指環的力量一點也不了解。你把你的願望表達得十分精確，指環就會精確地把它實現。要是你不規定一個時間範圍，數字之神的奇異魔力就會悄悄進來，把魔法破壞掉。所以你應該這樣念：『我希望在天亮前變成一尊活的大理石塑像，就像我的小朋友一樣，天亮以後，我要重新變回原來的我——黑眼睛、黑頭髮的梅布兒。』」

「啊，快念吧！太有勁了！」凱撒琳叫起來，「快念吧，梅布兒！要是我們兩個都是塑像，我們還會怕恐龍嗎？」

「在活的塑像世界裡，恐懼是不存在的。」太陽神說：「我們和恐龍難道不是兄弟，石頭做的有生命的兄弟！」

「我變成塑像，能游水嗎？」

「當然能囉！游啊，浮在水面啊，鑽進水底啊——每晚跟仙女們大擺酒席，吃神仙吃的佳餚，喝神仙喝的美酒，聽永恆的歌，看不朽的嘴露出的笑。」

「神仙的酒席！」凱撒琳說：「啊，梅布兒，快念吧！你要是跟我一樣肚子餓得咕咕叫，就會念了。」

「可是那不會是眞的食物。」梅布兒堅持。

「它對你們就像對我們一樣眞。」太陽神說：「即使在你們多彩的世界裡，也不會有別的更眞的東西。」

梅布兒還是猶豫不決。而後，她望望凱撒琳的腿，突然說：「好吧，我念。不過我先得把鞋襪脫掉。大理石鞋太難看了——特別是鞋帶。我的襪子老是往下掉，變成大理石也挺難看。」

她把鞋子、襪子和圍裙都脫了下來。

「梅布兒有審美感。」太陽神十分讚許地說：「孩子，念咒語吧！念完我就帶你們到仙女那裡去。」

梅布兒微微顫抖著念了咒語，月光照耀下的林中空地裡頓時有了兩尊活的小塑像。高大的太

三個人並排游著。

陽神抓住每個塑像一隻手。

「跑！」他叫了一聲。於是他們就撒腿跑了。

「啊，眞有勁！」梅布兒喘著氣，一瞧青草裡我的白顏色的腳！我本來以爲做了塑像，腿腳會不俐落的，可是並沒有。」

「神的腿腳是不會不俐落的，」太陽神笑了，「因爲今晚你是我們自己人了。」

說罷，他們跑下斜坡，向湖泊跑去。

「跳！」太陽神叫了一聲，他們就一起跳進湖裡，三個白色、閃光的身影激起高高的水花。

「啊，我會游了！」凱撒琳吐了一口氣說。

「我也會了！」梅布兒說。

「你們當然會！」太陽神說：「你們繞著湖游三圈，然後朝著島游過去。」

三個人並排游著。太陽神游得慢慢的，同兩個女孩並駕齊驅。他們的大理石衣服似乎一點也不妨礙他們游；而你要是突然跳進特拉法爾加廣場噴泉的水池，想在那裡游泳，你的衣服就會妨礙你游。她們游的姿勢非常優美，輕鬆自如，一點也不吃力；而你自己在夢中游就會感到很吃力。這是一個最理想的游泳的地方；睡蓮的長而彎曲的莖對一般游泳者很礙事，但是對大理石手臂和腿的動作卻毫無影響。月亮高高掛在清澈的天空中，垂柳啊、落羽杉啊、神殿啊、高台啊、樹木和灌木啊、奇妙的老屋啦，所有這一切都給景色增添了神秘的魅力。

「這是指環送給我們的最好的禮物。」梅布兒一面說，一面側泳，動作懶洋洋的，然而卻很漂亮。

「我早知道你會喜歡的。」太陽神親切地說；「現在再游一圈，就上島去。」

他們登上了島，來到燈心草、蓍草、柳蘭、黃蓮花以及一些遲開、芳香、光滑柔軟的繡蓮花菊中間。島比從岸上看來得大，長滿了樹木和灌木。但是，當她們在太陽神帶領下走進這些植物的陰影中時，她們看見樹木那邊有一道光，比從島對面離開她們近得多。她們幾乎立刻就穿過樹木地帶，看清了光的來源。她們剛從其中穿過的樹木圍繞著一大塊空地，形成一個圈子，聳立在那裡，濃密而黑，如凱撒琳所說，像一大群人圍著一座足球場。

先是一大片平坦的圓形草地，然後是一串大理石台階往下通向一口圓形池塘。池塘裡沒有睡蓮，只有一些金色和銀色的魚竄來竄去，像水銀和深色火焰般閃閃放光。池塘以及大理石和青草被清澈耀眼的白光照亮，比最白的月光強七倍，寧靜的池水裡映照出七個月亮。金色和銀色的魚鰭和尾巴激起水波，月亮的形狀不斷破碎、變化，從而可以知道七個月亮僅僅是水中的倒影。

兩個女孩抬頭望著天空，巴望看見七個月亮。可是沒有，只有老的月亮孤零零照耀著，就像它過去一直照耀在她們身上一樣。

「池裡有七個月亮。」梅布兒茫然道，用手一指。這是不禮貌的。

「當然囉！」太陽神親切地說：「我們的世界，樣樣東西都比你們那裡多七倍。」

「可是，並沒有七個你呀！」梅布兒爭辯著。

「沒有！可是我一個頂七個。」太陽神說：「你看，有數目，有數量，更別提品質啦！你肯定懂我的意思。」

「不太懂！」凱撒琳說。

「解釋總是使我感到厭煩！」太陽神打斷她的話，「我們到仙女那兒去好嗎？」

池塘對面有一大群仙女，顏色白得彷彿在樹木中形成一個白色大洞。那群仙女大概有二、三十個，全都是塑像，全都是活的。有幾個仙女把雪白的腳浸在金色和銀色的魚中間，使七個月亮的表面泛起細小的波紋。有幾個仙女在互相投擲玫瑰花——玫瑰花香極了，兩個女孩甚至隔著池塘都聞得到。其他仙女手拉成一圈在跳舞。兩個仙女坐在台階上用一根大理石繩玩挑綳子❶——這的確是一種非常古老的遊戲。

---

❶ 挑綳子：將一根繩套在手指上，使它變成不同花樣的兒童遊戲。

當兩個新來的人走近時，響起一陣問候聲和歡笑聲。

「又遲到了，太陽神！」有個仙女大聲說。

另一個仙女叫道：「馬蹄鐵掉了嗎？」

還有一個仙女說了幾句關於桂冠的話。

「我帶來了兩個客人。」太陽神說。

仙女們立刻擁上前來，把兩個女孩團團圍住，撫摸她們的頭髮，輕輕拍她們的臉頰，用最美麗的愛稱喚她們。

「花冠做好了嗎，喜比？」身材最高、最美的一位仙女大聲說：「再多做兩個！」

幾乎同一時間，喜比❷跑下台階，她那圓滾滾的手臂上掛滿了玫瑰花冠。

現在，每個仙女都比原先美了七倍。這對神仙來說是多餘的。兩個女孩回想起，在學校的宴會上，法國女教師說過，神仙進餐時，頭上總是戴著花冠。

喜比親自把玫瑰花冠戴在兩個女孩頭上。愛芙羅黛蒂❸——天底下最可愛的女子——握住她們的手，用一種你媽媽最受你喜愛的那些時刻的口吻說：

---

❷ 喜比：希臘神話中司青春的女神。

❸ 愛芙羅黛蒂：希臘神話中愛與美的女神，就是羅馬神話中的維納斯。

「來啊！我們得快點把酒席準備好。厄洛斯❹、賽姬❺、喜比、伽倪墨得❻——你們幾個年輕人把水果拿出來。」

「我沒有看見什麼水果啊！」凱撒琳說。

這時，四個苗條的身軀從一群白仙女中出來，向她們走近。

「你馬上就會看見的。」厄洛斯說。兩個女孩立即承認他眞是個好小伙子。「你們只要伸出手去採就是了。」

「像這樣。」賽姬說，把她的兩隻大理石手臂舉向一根柳枝。她把手向兩個女孩伸過去——手裡是一個成熟的石榴。

「我懂了！」梅布兒說：「只要——」她把手伸向柳條，手裡頓時出現一顆豐滿的大桃子。

「是的，就這樣。」賽姬笑了。誰都能看出她是個討人喜歡的女孩子。

這以後，喜比從附近一棵赤楊樹裡拿出幾只銀籃子，四個神仙就勤快地採起水果。在這同時，年紀大一點的神仙忙著從白蠟樹和橡樹的枝條上摘下一些金杯、金壺和金碟，把它們盛滿好

---

❹厄洛斯：希臘神話中的愛神，就是羅馬神話中的邱比特。

❺賽姬：希臘神話中長著蝴蝶翅膀的美少女，與愛神相戀。

❻伽倪墨得：希臘神話中侍候神喝酒的俊童。

這是一次神仙的野餐。

吃好喝的東西，放在台階上。這是一次神仙的野餐。大家有的坐著，有的躺著，宴會就開始了。啊！那些碟子裡盛放的食物的滋味，那些金杯裡的酒在大夥兒嘴唇上溶化的甜美！還有水果——人間沒有出產過這樣的水果，就像人間沒有那些嘴裡發出來的那種笑，沒有打破神秘之夜的寂靜的那種歌。

「啊！」凱撒琳叫道。她的第三顆桃子的汁水從她的指縫間流下來，像眼淚一樣滴在大理石台階上。「我眞希望男孩們也在這兒！」

「不知道他們眼下在做什麼？」梅布兒說。

「眼下？」剛剛像鴿子那樣兜了個大圈子飛回圈內的赫密士說：「眼下他們已經從家裡爬窗逃出來，正在恐龍家附近轉來轉去找你們。他們擔心你們已經死了。他們懂得眼淚對於男人是不合適的，不管年紀多麼小，不然他們準會哭鼻子的。」

凱撒琳站起身，把大理石衣兜上仙果的碎屑撣掉。

「非常感謝你們大家親切地接待了我們！」她說：「我們過得非常愉快！可是對不起，我想我們現在該告辭了。」

「如果你是爲你的哥哥們著急，」太陽神體貼地說：「讓他們和你們見面眞是太容易不過了。把你的指環借給我用一用。」

他從凱撒琳有點勉強的手裡接過指環，把它在七個月亮之一的倒影裡浸了一下，然後把它還給凱撒琳。凱撒琳把指環緊緊握住。

「現在，」太陽神說：「梅布兒為自己許的願，你也為他們許一個。你要說——」

「我知道。」凱撒琳打斷太陽神的話，「我希望男孩們天亮前變成像我和梅布兒一樣活的大理像，天亮後重新變回他們現在的樣子。」

「你不打斷我的話就好了！」太陽神說：「可是，我們不能指望年輕的大理石肩膀上長著老人的腦袋。你應該表示希望他們在這兒——不過不要緊。赫密士老弟，你抄近路去接他們來，路上把情況向他們解釋一下。」

他把指環又在一個反照出來的月亮上浸了一下，然後把它還給凱撒琳。

「拿去。」他說：「指環洗乾淨了，下次魔法又可以用了。」

「我們不作興向客人提問題；」皇后赫拉❼說，一雙大眼睛望著孩子們，「但要是提問題不算不客氣的話，我要問：它怎麼會落在下界這些小孩子的手裡？」

「這可說來話長了。」太陽神說：「酒席結束後講故事，故事講完後唱歌。」

赫密士似乎把情況「解釋」得十分清楚，因為當傑勒德和吉米變成白色大理石塑像到來時，他們每人抓住神的一隻有翅膀的腳在空中飛，神態十分從容自在。他們向女神們鞠躬就座，一點

❼赫拉：希臘神話中的天后，宙斯的妻子，掌管婚姻和生育，是婦女的保護神。

兒也不窘，就好像他們生下來就天天和神仙一同進餐似的。喜比已爲他們編織好玫瑰花冠。凱撒琳眼看變成大理石像的他們又吃又喝，就像在自己家裡一樣輕鬆，感到非常快樂，因爲在汩汩流下來的仙桃汁中，她沒有忘掉她的兩個哥哥。

等男孩們想要吃的東西都送了上來，他們實在吃不下了。赫拉說：「好，現在講故事吧！」

「對啊！」梅布兒起勁地說。

凱撒琳也說：「對啊，現在講故事吧！太好了！」太陽神出乎意外地說：「故事要讓我們的客人講。」

「啊，不行！」凱撒琳畏縮地說。

「男孩們也許膽子大一點，」神王宙斯❽說，把頭上的玫瑰花冠脫下——因爲花冠太緊了——用手揉著兩隻壓扁了的耳朵。

「我眞的不會講。」傑勒德說：「再說，我肚子裡啥故事也沒有。」

「我也沒有。」吉米說。

「他們要聽的是我們怎樣得到那只指環的故事。」梅布兒急忙說：「你們要聽的話，我就來

---

❽宙斯：希臘神話中的主神，赫拉的丈夫。

講一講。從前啊，有一個小姑娘，她的名字叫梅布兒，」她更加匆忙地把故事講下去——魔堡的全部故事，或者你已經在這本書裡讀到的全部故事。神仙們聽得著了魔——幾乎跟城堡本身一樣著了魔。月光照耀下的溫馨時刻就像顆顆珍珠落進一個深潭般悄悄過去了。

「所以啊，」梅布兒突然做了結語，「凱撒琳為男孩們說了一個心願，赫密士大人把他們接了來，我們就都在這裡了。」

梅布兒的故事講完後，神仙們七嘴八舌議論開了，還提了不少問題。

等嘈雜聲稍許平息一點，梅布兒對太陽神說：「現在我們要請你們告訴我們。」

「告訴你們什麼呀？」太陽神問。

「你們怎麼變活，怎麼知道指環的事——凡是你知道的一切，統統告訴我們。」

「我知道的一切？」太陽神哈哈大笑，所有的神仙也都哈哈大笑。「我的下界的孩子，要把我知道的一切都告訴你的話，你的一生一世也容納不下呢！」

「唔！那你至少把指環，還有你們是怎麼變活的事兒說一說吧！」傑勒德說：「你知道，這些事兒使我們傷透了腦筋。」

「告訴他們吧，太陽神！」天底下最可愛的女子說：「別逗弄孩子們了！」

於是，太陽神就把身子靠在狄俄尼索斯從一棵雲松樹上扯下的一大堆豹皮上，開始講了：

「在月光照耀的時候，所有的塑像只要願意都能夠變活。可是安放在一些醜陋城市裡的塑像不願變活。他們幹嘛要看一些討厭的東西苦了自己呢？」

「不錯。」傑勒德有禮貌地說。

「在你們那些美麗的神殿裡，」太陽神繼續說：「你們那些盤腿坐在墓上的教士和武士的大理石像活了，在神殿裡走來走去，穿過樹林和田野。可是一年裡只有一個晚上能看見他們。你們之所以能看見我們，是因爲你們有那只指環。你們穿了大理石外衣，和我們是同胞手足。可是在那個晚上，所有的人都能看見我們。」

「那是在什麼時候呢？」傑勒德再一次客客氣氣地問。

「在收獲節。」太陽神說：「那天晚上，月亮升起來，把一束完美的光照在兩座神殿的祭壇上。這兩座神殿一座在古希臘，埋在一座高山下，這座高山是宙斯發怒的時候扔在神殿上的。另外一座神殿在這裡，就在這個大花園裡。」

「這樣說起來，」傑勒德聽得津津有味，「要是我們在那個晚上到那個神殿去，即使不變成塑像，不戴上指環，也照樣可以看見你們囉？」

「一點也不錯！」太陽神說：「不光這樣，那個晚上，一個人無論問什麼問題，我們都必須回答。」

「那個晚上是在什麼時候？」

「哈！」太陽神大笑起來，「你想知道嗎？」

這時候，衆神之王打了個呵欠，持了一下長鬍鬚，說道：「故事講夠了，太陽神，用你的里拉❾彈個曲子吧！」

「可是指環，」當太陽神拿起放在他腳旁的一把大理石琴開始調音時，梅布兒小聲地說：「指環的事兒你是怎麼知道的？」

「一會兒就告訴你。」太陽神小聲回答，「宙斯的命令必須服從。你在天亮以後再問我，我會把我所知道的一切統統告訴你。」

梅布兒縮回身體，靠在笛米特❿舒服的膝蓋上，凱撒琳和賽姬拉住手坐著。傑勒德和吉米伸直身體躺著，雙手托住下巴，望著太陽神。甚至在太陽神抱著琴，手指開始撥弄琴弦之前，音樂的精靈就懸在空中，使思想本身以外的一切思想，聽音樂的欲望以外的一切欲望都著了魔，都被征服，都歸於寂靜。

於是，太陽神撥動琴弦，開始彈奏優美的樂曲。世界上所有美麗的夢都用鴿子翅膀一樣的翅膀翩然飛來了；所有那些經常在附近盤旋，但是不太近，你捕捉不到的美妙思想現在都回到了家，回到了那些諦聽著的人心中。那些諦聽著的人忘掉了時間和空間，忘掉了怎樣憂愁，怎樣使

---

❾ 里拉：古希臘的一種琴，有4～11根弦。

❿ 笛米特：希臘神話中主管農業、婚姻的女神。

壞，整個世界像一顆施過魔法的蘋果躺在每個諦聽者手裡，整個世界無比光明、美好。

猛然間，魔力消失了。太陽神彈了一個終止和弦，接著是瞬間的靜默，然後他跳起身，叫道：「天亮了，天亮了！神仙們，快回到你們自己的座墊上去！」

霎時間，整群美麗的大理石像都跳起身，從樹林中衝過去，樹木在他們腳下沙沙作響。孩子們聽見他們在遠處的湖裡濺起水花。他們還聽見一隻巨獸咯咯的喘氣聲，知道恐龍也正返回牠自己的住處。

赫密士會飛，飛要比游快得多，因此只有他來得及在他們上空盤旋了一會，臉上露出淘氣的笑，小聲說：「從今天算起第十四天，在怪石神殿再見。」

「指環的秘密是什麼？」梅布兒忙不迭地問。

「指環是魔法的中心。」赫密士說：「第十四天月亮出來時，你就會知道全部秘密了。」

說罷，他揮了一下雪白的赫密士節杖⓫，長著翅膀的腳托住他使他升入空中。他飛走後，反映在水中的七個月亮都消失了，刮起一陣寒風，灰色的光越來越濃，鳥兒醒了，嘰喳地叫起來，孩子們身上的大理石殼脫落了，像一張皮在火中捲縮。他們不再是塑像，而是他們一向是的血肉

⓫赫密士節杖：希臘神話中，諸神使者赫密士手裡握的杖，杖上盤繞著兩條蛇，杖頂有雙翼，作為使者的標誌。

之軀，站在齊膝深的荊棘和長而粗糙的草裡。平整的草地沒了，大理石台階沒了，七個月亮照耀下的魚塘沒了。草和荊棘上露水很濃，天冷極了。

「我們剛才應該和他們一塊兒的。」梅布兒說，凍得牙齒格格響。「現在我們不再是大理石像，不會游水了。我想，這兒就是島吧！」果然是島——他們又偏偏不會游水。

他們知道這一點。這種事情不用試就知道。比方說，你清楚地知道你不會飛。有些事情是絕對錯不了的。

天越來越亮，景色卻越來越黑了。

「我想，不會有船吧？」吉米問道。

「湖這邊不會有船。」梅布兒說：「停船場當然有船——要是你能游到那裡。」

「你知道我不會游水。」吉米說。

「沒有人能想個辦法嗎？」傑勒德凍得直哆嗦。

「他們發現我們失蹤，會在周遭幾哩的湖裡打撈，以防我們掉進水裡，沈入水底。」吉米懷著希望說：「等他們來打撈時，我們可以大聲喊叫，他們就會把我們救出去。」

「唔，親愛的，那太好了。」這是傑勒德尖刻的評語。

「別那麼不快活！」梅布兒的口氣出奇地快活，其餘的人都驚奇地望著她。

「指環！」她說：「我們只要表示希望我們想回家就行了。太陽神把它在月亮裡洗過，現在又可以表示新的願望了。」

「這件事你沒告訴我們啊！」傑勒德說，心情好起來了。「沒關係。指環在哪裡？」

「在你那裡。」梅布兒提醒凱撒琳。

「起先是在我這裡，」凱撒琳哭喪著臉說：「可是我把它拿給賽姬看，賽姬把它戴在手上啦！」每個人都儘量不對凱撒琳發火，大家都勉強做到了。

「我們只要離開這個該死的島就好了。」傑勒德說：「我想你能找到賽姬的塑像，把指環從她的手上脫下來吧！」

「不，我辦不到！」梅布兒苦惱地說：「我不知道塑像在哪裡。我從來沒有見過它。可能是在古希臘，也可能在別的地方，我不大了解。」誰也沒有舒心的話可說，大家一言不發。

這時天已經濛濛亮，北面的天空呈現淡粉紅色和淡紫色。

男孩們慍怒地站著，手插在兜裡。梅布兒和凱撒琳似乎覺得兩人非緊緊抱住不可；她們腿旁高高的草上沾滿了露水，冷絲絲的。

一個輕輕的哭鼻子和抽噎聲打破了寂靜。

「聽著，」傑勒德說：「我受不了啦！你們聽見嗎？哭鼻子最沒有出息。不，我不是大男人主義。這是爲你們自己好。我們到島上去轉一圈，說不定下垂的樹枝中隱藏著一條船呢！」

「怎麼可能？」梅布兒問道。

「或許有人把它留在那兒。」傑勒德說。

「那他們又是怎樣離開島的呢？」

「當然是乘另一條船。」傑勒德說：「我們走吧！」

四個孩子開始在島上找船。大家垂頭喪氣，明知道島上沒有船，也不可能有船。他們每個人曾經多少次做過關於島的夢，曾經多少次希望流落在一個島上！現在他們已經流落在島上了。現實往往和夢有很大的不同，沒有夢一半好。最最糟糕的是梅布兒，她的皮鞋和襪子都在陸地上。粗硬的草和荊棘對赤裸的腳是殘酷無情的。

他們跌跌絆絆地穿過樹林，來到水邊。但是樹枝長得太茂密了，沒法接近島的邊緣。樹木中有一條蜿蜒曲折的小徑，長滿了草，他們循著這條路走，卻走不通，懊喪極了。時間一分鐘一分鐘過去，他們悄悄地返回學校的可能性越來越小了。如果發現他們不見了，床上沒有人睡——那亂子可大了；如傑勒德所說：「自由永遠再會了！」

「是啊！」大家齊聲灰心失望地說。

「得啦！振作起來！」傑勒德說。天生將軍的精神又在他的身上復活了。「我們克服過其他難關，也一定能克服這個阻礙。你們知道我們能的。看，太陽出來了，現在你們都覺得精神百倍了，對不對？」

「對，對！」大家齊聲苦惱兮兮地叫起來。

這時，太陽已經升起來了，一道強光穿過山裡一條深深的裂縫，直接照射在島上，金黃色的光穿過樹幹，照得孩子們眼花撩亂。這個客觀事實，再加上吉米後來不忘指出他是閉了眼睛瞎走這一事實，足以說明傑勒德目前的處境。傑勒德率領這支憂心忡忡的隊伍走啊走的，忽然腳絆了一下，伸出手想抓住一根樹幹，可是抓了個空。他大叫一聲，隨著一陣劈哩啪啦的聲音，人就不見了。走在後面的梅布兒連忙收住腳，才沒有從一串台階上掉下去。台階很陡，長滿青苔，好像是她腳旁的地上突然冒出來的。

「啊，傑勒德！」她向台階下面叫喚，「你受傷了嗎？」

「沒有！」傑勒德惱怒地回答，因爲他實際上傷得很重，「這裡是台階，前面有個過道。」

「過道總是有的。」吉米說。

「我知道這個過道。」梅布兒說：「它從水底下通過去，在芙羅拉神殿露出地面。這條過道甚至園丁們都知道，可是他們不敢下去，怕碰到蛇。」

「那我們可以從那個過道出去——我想你以前也許說過的。」傑勒德的聲音從下面傳上來。

「我沒想過。」梅布兒說：「我猜它是從醜八怪找到上等旅館那個地方經過的。」

「我不去！」凱撒琳斷然說：「那樣黑的地方，我不去——我實話告訴你！」

「好吧，小寶貝！」傑勒德很凶地說。他的腦袋突然從下面纏繞在一起的荊棘中鑽出來。

「沒有人要你在黑暗中走。你願意的話可以留在這兒，我們再坐船回來把你救出去。吉米，把自行車燈拿來。」他伸出一隻手來拿燈。

吉米從懷裡掏出一盞自行車燈——神話裡的燈，比方阿拉丁得到⓬的神燈，都是藏在懷裡的。「我把它帶來，」他解釋道：「是爲了怕絆倒杜鵑花叢中梅布兒的身體而跌斷小腿。」

「現在，」傑勒德非常堅定地說，同時擦了一根火柴，把自行車燈前面的圓玻璃揭開。「我不知道你們大家會怎麼做，我可是要走下這些台階，順著這條過道走去。要是我們找到那家上等旅館——唔！一家上等旅館反正對誰都沒有害處。」

「你明知道這辦不到；」吉米有氣無力地說：「你明知道即使你走到芙羅拉神殿門口，你也出不去。」

「我不知道。」傑勒德說，口氣還是很生硬，命令式地說：「那扇門裡很可能有一個秘密彈簧。上次我們沒有燈，沒法找，記得嗎？」

「我最討厭的事就是待在地底下。」梅布兒說。

「你不是一個膽小鬼。」傑勒德說。大家都知道這是外交辭令。「你很勇敢，梅布兒。這我還不知道嗎!!現在，你抓住吉米的手，我來抓住卡賽的手。來吧！」

⓬阿拉丁：神話《一千零一夜》中的少年，他找到神燈和魔指環，用它們召喚妖魔鬼怪按照他的吩咐做事。

「我不要人家抓住我的手；」吉米當然不肯，「我又不是一個小孩子。」

「好吧！卡賽肯的。可憐的小卡賽！讓傑瑞好哥哥抓住可憐的卡賽的手。」

傑勒德的挖苦話沒有起作用，因爲凱撒琳感激地抓住了他嘲弄地伸出的手。她太苦惱了，以前通常都能識透她哥哥的心思，這回卻不能。「啊，謝謝你，親愛的傑瑞！」她感激地說：「你眞好！我要儘量壯起膽子，不害怕。」

好長時候，傑勒德爲自己心眼兒不好而覺得難爲情。

於是，四個孩子離開越來越濃的金色陽光，走下通往地下和水下過道的石台階。一切東西都好像變黑了，然後當輝煌的曙光讓位給自行車燈的微弱然而頑強的光時，重新又亮了起來。台階果眞通向一條過道，過道口塞滿了許多秋天堆積起來的枯黃葉子。可是，過道旋即拐了個彎，又有更多的台階。下去，下去，最後，過道變成空和直的——上面、下面，每一面都布滿大理石板，非常光滑和乾淨。傑勒德握住卡賽的手。他本來認爲，要多一些親切、少一些惱怒是不可能的，現在他發現這是可能的。至於卡賽呢，她驚奇地發現，要比她預料的少害怕些是可能的。

自行車燈的火焰向前射出一圈昏暗的光，孩子們默默地跟在後面，直到燈光起的作用，就跟你把蠟燭拿到太陽光底下去點燃一把篝火或引爆一堆火藥時蠟燭起的作用一模一樣。這時，孩子們懷著驚奇、興趣和敬畏但是毫不害怕的心情發現自己置身於一座大廳，廳的拱頂被兩排圓柱子撐住，每一個角落都充滿柔和可愛的光，光填滿每一縫隙，就和水填滿海底洞穴的隱秘一樣。

「眞美啊！」凱撒琳小聲說，朝她的哥哥耳朵裡喘粗氣，使哥哥的耳朵癢癢的。

梅布兒抓住吉米的手小聲說：「我一定要抓住你的手——我一定要抓住一樣傻裡傻氣的東西，不然我不會相信這是眞的。」

因爲孩子們置身的這個廳是天底下最美麗的地方，我不想描繪它，因爲它在任何兩個人的眼裡都是不一樣的。要是我試著告訴你它在這四個孩子眼裡是怎樣的，你恐怕不會懂我的意思。但是在每一個孩子眼裡，它似乎是天下最完美的東西。我只說，它的四周盡是巨大的圓拱；凱撒琳認爲它們是摩爾風格的，梅布兒認爲是都鐸風格的，傑勒德認爲是諾曼風格的，吉米則認爲是哥特風格的。（要是你不懂這是些什麼東西，可以問問你那位收集黃銅器的伯伯，他會解釋給你聽；或者米勒先生，他會把各種各樣的圓拱畫給你看。）從這些圓拱望進去，可以看到許多東西——啊，多得不得了的東西！從一個圓拱望進去，可以看見一座橄欖園，園裡兩位情侶在一輪意大利明月下互相握住手；從另一個圓拱望進去，可以看見一汪大海，海裡有一艘船，洶湧的大海完全聽它擺布；從第三個圓拱望進去，可以看見一位國王坐在寶座上，他的侍臣們在他周圍卑躬屈節；從第四個圓拱望進去，是一家眞正上等的旅館，那位有身分的醜八怪正坐在門階上晒太陽。一位母親俯身在一個木搖籃上；一位畫家出神地觀賞一張他那潮濕的畫筆剛剛完成的畫；一位將軍奄奄一息地躺在戰場上，勝利之神爲他插上他熱愛的軍旗。這些東西不是畫，而是最眞實的眞理，任何人都能看出它們是永垂不朽的。

其他許多畫都是用這些圓拱做框架的。所有的畫都展現生命迸出火和鮮花的一個特定時刻——人的靈魂能要求的或人的命運能給與的最美好的東西。

那個眞正上等的旅館在這兒也有一席之地，因爲有些人向生活索取的不過是「一家眞正上等的旅館」罷了。

「啊！我們來到這裡我眞高興，眞高興，眞高興！」凱撒琳一疊連聲地說，同時緊緊抓住她哥哥的手。

他們慢慢向大廳那頭走過去。在一大片耀眼的光裡，吉米手裡拿著的自行車燈照出來的幾乎只是個影子。

快到大廳盡頭時，孩子們看出光是從哪裡來的了。光從一個地方發出和擴散，就在那個地方豎立著一尊梅布兒「不知道到哪兒去找」的塑像——賽姬的塑像。他們繼續慢慢地走著，十分快樂，十分昏亂。當他們走到賽姬跟前時，看到她舉起的手上赫然是一只黑色的指環。

傑勒德放掉凱撒琳的手，一隻腳踏在地基上，另一隻的膝蓋跪在座墊上，站在長著一雙蝴蝶翅膀的白女郎旁邊。

「希望您不要介意。」他說著，輕輕地把指環脫下，跳回地上。「不要待在這兒。我不知道什麼緣故，但是不要躲在這兒。」

他們全都從白色的賽姬後面經過。傑勒德把自行車燈舉在身前，燈似乎又有活力了。傑勒德成了黑暗過道的開路先鋒。這條過道從大廳通出去。然而，這是什麼大廳，他們當時並不知道。當曲折的過道在他們前面終止，自行車燈小小的光被黑暗團團包圍時，凱撒琳說：「把指環給我；我知道該怎麼說。」

傑勒德不太情願地把指環交給她。

「我希望，」凱撒琳慢慢地說：「家裡沒有人知道我們今晚曾經外出；我希望我們平平安安躺在自己的床上，衣服脫掉，穿著睡衣，睡得甜甜的。」

話音剛落，他們發現天色大明，不只是太陽剛出來時的白天，而且他們全都睡在自己的床上。凱撒琳的願望表達得再實在不過，唯一的錯誤是她不該說：「在我們自己的床上。」因爲，梅布兒自己的床當然是在耶爾丁城堡。

直到今天，梅布兒白髮蒼蒼的姑媽還是弄不懂，那天晚上，梅布兒明明是在城裡那些同她最最要好的孩子們處過夜的，十一點鐘還沒有回來，姑母把門給鎖了，可是第二天早上，她卻好端端地睡在自己的床上。因爲，儘管姑媽不是一個聰明的女人，她還沒有那麼笨，竟會相信梅布兒一上午提出的十一種憑空捏造出的解釋中的任何一種。這些解釋中的第一種是「神」。姑母當然挺聰明，不會相信「那個」！

第十一章

這一天是耶爾丁城堡對外開放日，孩子們認爲最好去看望一下梅布兒；同時，如傑勒德所說，神不知鬼不覺地混在人堆裡，去開開心心地瞻仰一下城堡、滑板、魔指環，還有曾經變活的塑像——所有這些東西只有他們知道，別人不知道。魔法最令人愉快的一點也許是它給你一種感覺：你知道的事別人不僅不知道，而且即使知道了，也不會相信。

城堡大門外白色的街道上稀稀落落停著四輪馬車、四輪輕便馬車和雙輪輕便馬車。三、四輛等候著的汽車噴著蒸汽，自行車在紅磚牆旁雜草叢生的凹地裡亂七八糟地堆放著。人們有的是乘馬車和汽車來的，有的是騎自行車來的，有的是步行來的，他們要嘛分散在庭園裡，要嘛正在參觀城堡每星期這一天對遊客開放的那些部分。

這一天，遊客比往常多，因爲流言傳播著，說耶爾丁勛爵已從倫敦回來，豪華家具上遮著的亞麻布罩將被拿掉，好讓一個想要把城堡租下來居住的美國闊佬領會這個地方的全部壯觀。

城堡確實金碧輝煌，美奐美侖。椅子的繡布緞、鍍金皮革和織錦本來是被棕色的亞麻布遮著的，如今給房間增添了一種有人居住的舒適愉快的氣氛。桌子和窗台上放滿有花植物和盆栽的玫瑰花。梅布兒的姑媽因爲把一個家布置得趣味高雅而十分得意。她曾經續過《家庭瑣語》雜誌中一系列題爲「怎樣以每周九便士使家庭成爲第一流」的文章，研究過插花的方法。

巨大的水晶枝形吊燈，平時是用布袋包起來的，現在布袋拿掉了，散發出灰色和紫色的光輝。大床上的棕色麻布床單拿掉了，通常用來紮住床單下垂部分的紅繩也捲成一團藏起來了。

「我們就好比到這戶人家來作客！」索爾茲伯里雜貨店老板的女兒對她做女帽子生意的朋友說。

「要是美國佬不要這所房子，等我們結了婚，在這裡安家落戶，你看如何？」服裝商的助手問他的情人。而情人說：「啊，雷吉，這怎麼行呢？你眞會尋開心！」

這個下午，遊客們穿著節日盛裝——粉紅色的短上衣、淺色的套服、綴著鮮花的帽子，還有美得難以形容的披巾，在昏暗的大廳、華麗的客廳、閨房和畫廊裡川流不息。嘰嘰喳喳談著話的遊客被莊嚴堂皇的寢室懾服了，不敢做聲。人們曾在那些寢室裡降生和死去；許久許久前的夏夜，王室貴賓們曾在那裡睡覺。壁爐架上放著大盆白色的接骨木花，以防發燒和中邪。城堡的陽台——以前戴著皺領的夫人們曾在那裡聞下面花壇裡送上來的野薔薇和老人蒿的香氣，濃妝艷抹的淑女貴婦曾在那裡擺動她們用鯨骨環架撐開的裙子款款行走——現在回響著棕色皮靴聲和咯咯的高跟鞋聲，還有響亮的笑聲和談話聲，談的事兒孩子們都不感興趣。這些聲音擾亂了魔堡，破壞了花園的寧靜。

「眞沒意思！」傑勒德說。他和另外幾個孩子在從陽台盡頭的涼亭窗戶裡望著花花綠綠的色彩，聽著喧嘩的笑聲。「我眞討厭花園裡的那些人。」

「今天早晨，我對那個漂亮的經理說了。」梅布兒說，在石頭地板上坐下。「他說一星期讓他們來一次算不了什麼。他說，只要他們想來，耶爾丁勛爵就應該讓他們來——說他要是住在這兒，就會這樣做。」

「眞想不到他會說這種話！」吉米說：「他還說了些什麼？」

「說了好多。」梅布兒說：「我眞喜歡他！我對他講了——」

「你沒有講吧！」

「我講了！我對他講了許多關於我們冒險的事。謙虛的經理很善於聽別人說話。」

「梅布兒心肝，要是你再嘮叨個沒完，我們都會被當作精神病人關起來了。」

「才不呢！」梅布兒說：「我說的句句是實話，可是誰也不相信。我說完以後，他說我眞有文學天才。我答應把他的名字印在我長大後寫的第一本書的扉頁上。」

「你根本不知道他的名字。」凱撒琳說：「還是在指環上動點腦筋吧！」

「呀！」傑勒德叫起來，「我忘了告訴你們啦！我回去拿襪帶時碰到了老師，她說要來接我們回去。」

「你怎麼說的？」

「我說，」傑勒德不慌不忙地說：「她心肝眞好。事實正是這樣。我們不需要她，並不說明她來接我們不好。」

「她也許是好的，不過也眞叫人討厭！」梅布兒說：「因爲我們現在只好守在這裡等她了。可是我答應經理去看他的。他打算準備一籃食物，跟我們一起去野餐。」

「在哪兒？」

「在恐龍那邊。他說他要跟我講大洪水以前的種種動物——就是說，在諾亞方舟❶之前，除了恐龍，還有許許多多稀奇古怪的野獸——他這樣做是爲了答謝我跟他講了好聽的故事。是啊！他管它們叫『故事』。」

「什麼時候？」

「城堡大門一關上就講。那是五點鐘。」

「我們可以請老師一塊兒來聽嘛！」傑勒德提議。

「我想她跟一位經理一起用茶是再光榮不過了。你不知道，大人對一些芝麻綠豆的事看得比啥都重。」發這番議論的是凱撒琳。

❶諾亞方舟：諾亞是《聖經》故事中的人物。大洪水發生時，他造了一艘方形大船，與家屬以及每種動物雌雄各一乘在船上，逃脫了那場大災難。

「噢，我做個建議吧！」傑勒德懶洋洋地在石頭長凳上翻了個身。「你們大家都去看你們的經理吧！野餐就是野餐！我在這兒等老師。」

梅布兒高興地說傑勒德眞有禮貌，傑勒德回答了一句：「別瞎說！」

吉米接著說，傑勒德有點喜歡拍馬屁。

「小孩子不懂得做人要圓滑。」傑勒德若無其事地說：「拍馬屁是有點兒蠢；不過，它可以顯示出，本質總比外表來得好。」

「你怎麼知道？」吉米問。

「還有，」他哥哥不理他，自顧自說下去，「你永遠不知道一個大人什麼時候對你有用。再說，他們喜歡人家奉承。你必須給他一點小小的快樂。想想看，一個人老了是多麼可怕啊！」

「但願我不會做一個老處女！」凱撒琳說。

「我不希望做老處女；」梅布兒很快地說：「我寧可嫁一個流動的白鐵匠。」

「嫁一個吉普賽部落首領倒不錯！」凱撒琳若有所思地說：「乘了大篷車流浪，幫人算命，帶了簍簍筐筐和掃帚到處轉悠。」

「啊！要是我能夠選擇的話，」梅布兒說：「我肯定會嫁一個強盜，住在山寨裡，解救被他抓上山的人，幫他們逃走——」

「你可眞是你丈夫的寶貝兒！」傑勒德諷刺地說。

「可不是嗎?」凱撒琳說:「要是嫁個水手也不賴。你每天等待他的船返航,在老虎窗裡點亮燈,用燈光指引他從暴風雨中平安歸來;要是他在海裡淹死了,你會感到十二萬分難過,每天去把花放在那開滿雛菊的墳上。」

「是啊!」梅布兒急忙說:「要嘛就嫁個軍人,這樣你就可以上戰場,身穿短裙,頭戴三角帽,脖子上掛個水筒,像條聖伯納狗❷。姑姑有一本歌曲集,上面就印著一個軍人妻子的相片。」

「等我結婚的時候——」凱撒琳很快地說。

「等我結婚的時候,」傑勒德搶著說:「我要娶一個啞吧姑娘,要不就把指環弄來讓她變成這樣:除非你先對她說話,否則她就開不了口。我們來瞧瞧吧!」

他把眼睛貼在石頭窗格子上。

「他們離去了,」他說:「那些粉紅色和紫色的帽子在遠遠地點頭打招呼;那個留一部山羊鬍鬚的小個兒男人走的路正好和大夥兒相反,園丁們只好上前攔阻他。不過我沒有看見老師。你們大家還是快跑吧!犯不著冒錯過野餐的險。我們故事中被遺棄的英雄只有一人,無依無靠,要

---

❷聖伯納狗:一種大型紅棕毛或白毛狗。最初為阿爾卑斯山聖伯納濟貧院馴養,專門用來救援雪地遇難的旅客。狗脖子上經常掛水壺或其他救援用品。

求他勇敢的手下去追趕輜重車，他自己留在危險和艱難的崗位上，因爲他命裡注定要堅守在起火燃燒的甲板上。甲板上所有的人都逃光了，只剩下他一個。在人類使他絕望的當口，他要孤注一擲，堅持到底。」

「我想我還是嫁一個啞吧丈夫！」梅布兒話裡帶刺地說：「將來我寫的小說裡不會有男英雄，只有一個女英雄。走吧，卡賽！」

從涼爽幽暗的涼亭出來，走進烈日之下，就像走進一具烤箱似的，孩子們覺得腳底下陽台的石頭在燃燒。

「現在我知道熱鍋上的螞蟻是什麼滋味了！」吉米說。

大洪水前的動物處在一個斜坡上的山毛櫸林裡，離城堡花園至少半哩。這些動物是目前這位耶爾丁勛爵的祖父在上個世紀中葉，在前王夫、一八五一年博覽會、約瑟夫·帕克斯爵士以及水晶宮❸所生存的那個了不起的時代安置在那裡的。它們那石頭的腰窩，那寬闊醜陋的翅膀，那菱形、鱷魚般的背從遠處的樹林中現出一片灰色。

大多數人認爲正午是一天中最熱的時刻。他們錯了。一下午，萬里無雲的天空變得越來越

---

❸帕克斯是19世紀英國著名的建築師，他為一八五一年在倫敦舉辦的規模宏大的展覽會設計了一座水晶宮，利用玻璃板和鋼鐵構件，在建築風格上形成一次革命。

熱，到五點鐘達到了頂點。當你們穿著最漂亮的衣服（尤其如果你們的衣服是上過漿的）到什麼地方去吃點心，而且又在沒有樹蔭的路上走了很長的一段路，我相信你們都會有這種感覺。

凱撒琳、梅布兒和吉米覺得越來越熱，腳步越來越慢。他們正煩躁得快要發脾氣，幾乎但願「沒有來」的節骨眼上，忽然看見山毛櫸林邊邊上，經理在揮舞一條白手帕。

那面旗子清楚地說明可以坐下來喝茶、納涼、休息了，使他們精神大振。他們加快了步伐，最後一段路幾乎是沒命地跑，終於奔到山毛櫸林枯黃的落葉和裸露在外面的灰綠色樹根中間。

「咬唷，天啊！」吉米叫了一聲，癱倒在地，「您好。」

姑娘們覺得經理帥極了。他沒有穿他的那套棉絨衣服，而是穿了一套不會被一位伯爵瞧不起的法蘭絨衣服；他的草帽不會使一位公爵丟臉，他的綠領帶比一位王子的領帶更美。他熱烈地歡迎孩子們。山毛櫸樹下有兩只裝得滿滿的籃子。

他是個聰明人。參觀大洪水前野獸的遊覽，對孩子們越來越沒有吸引力，他甚至都沒有提。

「你們一定嘴巴乾死了！」他說：「等你們嘴巴不乾了，肯定又會覺得餓了。我老遠看到我那位美麗的空想家，立刻就把水壺擱在火上了。」

水壺放在兩個樹根之間一個凹洞裡的一盞酒精燈上，這時噗噗噗地往上直冒泡，像是在做自我介紹。

「你們把鞋襪脫掉好嗎？」經理想當然地說，就像老太太們彼此要求對方脫掉帽子一樣，

兩隻腳浸在清涼的流水裡，這種舒服勁兒是怎麼形容也不過分的。

「山脊那邊有一條小水道，你們可以去洗洗腳。」

在火辣辣的太陽下走了那麼長的路以後，把兩隻腳浸在清涼的流水裡，這種舒服勁兒是怎麼形容也不過分的，我可以一口氣寫上好幾頁。我小時候，那兒有一條水流是磨坊推動水車用的，裡面有小魚游來游去，落葉在水中滴溜溜打轉，楊樹和赤楊樹斜斜地俯向水面，使水變得涼絲絲的；還有——可這並不是關於我一生的故事喲！

當他們洗完腳回來——腳經過休息，濕漉漉、紅通通的——茶已經煮好，芳香可口的茶，牛奶多得不得了，從一只有螺旋蓋的啤酒瓶裡倒出來；另外還有蛋糕，還有薑餅，還有糖果；還有一個大西瓜，西瓜心子裡有一塊冰——眞是神仙用的茶點！

吉米一定轉到了這個念頭，因爲他把臉從一塊咬成半月形的西瓜後面鑽出來，突然說：「你擺出的席面幾乎與永生不朽的佳宴一樣豐盛。」

「把你這深奧的比喻解釋一下，」穿灰色法蘭絨衣服的主人說。

吉米知道他是說：「你這話是什麼意思？」就把那個奇妙的夜晚發生的事，塑像怎樣活了，大理石手怎樣從湖中小島樹上採下美味的食物，舉行了一個很棒的宴會，原原本本講了一遍。

他講完後，經理問道：才所有這些事情都是你從書上看來的嗎？」

「不！」吉米說：「都是我親身經歷的。」

「你們是一群想像力豐富的小空想家，可不是嗎？」經理說，把糖果遞給凱撒琳。

凱撒琳微微一笑，笑得很友好，又有點窘。吉米幹嘛不把嘴閉上呢？

「不！我們不是空想家。」那個呆頭呆腦的孩子不承認，「我告訴你的每件事都是眞的，梅布兒告訴你的也都是眞的。」

經理的模樣有點不自在。「好吧，老弟！」他說。接下來是片刻難堪的靜默。

「聽著！」吉米好像野性大發了，「你到底信不信？」

「別胡鬧，吉米！」凱撒琳小聲勸阻他。

「因爲你要是不信，我可以讓你信。」

「別這樣！」梅布兒和凱撒琳齊聲說。

「你到底信不信？」吉米還是不屈服。他俯臥著，雙手托住下巴，胳膊肘撐在一塊長滿青苔的石頭上，兩條光腿在山毛櫸葉中亂踢。

「我認爲你的冒險故事講得挺不錯！」經理小心翼翼地說。

「很好！」吉米說，猛地坐起來，「你不相信我。卡賽，儘管他是個經理，可是他還保持君子風度。」

「謝謝你！」經理說，很快地眨著眼睛。

「你不說，是不是？」吉米毫不放鬆。

「說什麼？」

「隨便什麼。」

「當然不說。我，正如你所說的，是個老實人。」

「那麼，卡賽，把指環給我。」

「啊，不！」兩個女孩齊聲說。

凱撒琳不肯把指環交出去，梅布兒也不肯把指環交出去。吉米當然沒有使用武力。可是不知怎地，指環立刻在他手裡了。這是他幸運的時刻。我們每個人生活中都有這樣一些幸運的時刻，什麼事情想要做到就能做到。正所謂——**心想事成**。

「喏！」吉米說：「這就是梅布兒對你講的那個指環，它是個魔指環。你要是把它戴在手上，說一個願望，無論什麼願望都能實現。」

「我得大聲說出我的願望嗎？」

「是的——我想是的。」

「不要提任何雞毛蒜皮的願望，」凱撒琳插嘴進來，「比方星期二天晴啦，或者明天晚餐吃你喜歡的布丁啦。要希望一些你眞正心嚮往之的事情。」

「我會的！」經理說：「我要希望一件我眞正需要的事情。我希望我的——我希望我的朋友在這兒。」

三個知道指環威力的孩子向四下裡望著，想看經理的朋友出現。他們認爲那個朋友將會感到意外，甚至受到驚嚇。他們全都站了起來，準備安慰新來的人，讓他放心。可是樹林裡並沒有出現受驚的先生，出現的只是法國女教師和傑勒德，兩個人正在陽光斑駁的山毛櫸樹叢下靜靜地走過來。女教師穿一件白色的長服，像畫裡的美女那樣優美；傑勒德熱得要命，可還是彬彬有禮。

「午安，」不屈不撓的領袖說：「我說服了老師——」

這話完不了啦，因爲經理和法國女教師以疲乏的旅行者的目光互相注視，旅行者意外地發現

他們一動不動地站著，互相注視了好一會兒。

漫長的旅程已經到達一個想望的終點。孩子們感到，即使他們說了，情況也不會有什麼兩樣。

「是你！」經理說。

「啊，原來是您哪！」法國女教師用法語說，激動得連嗓子也哽住了。

他們一動不動地站著，互相注視了好一會兒，正如吉米後來所說的：「像兩塊粘在一起的鐵。」

「她是你的朋友嗎？」吉米問道。

「是的！啊，是的！」經理說：「你是我的朋友，是嗎？」

「是的！」法國女教師溫柔地說：「我是你的朋友。」

「好哇！你們瞧，」吉米說：「指環眞的照我說的做了。」

「我們不必爲它吵嘴。」經理說：「儘管你可以說這是指環起的作用，可在我看來，這是個巧合——最最令人高興、最最珍貴的巧合。」

「是嗎？」法國女教師說。

「當然囉！」經理說：「吉米，給你哥哥倒點茶。小姐，我們到樹林裡去散一會兒步。我們有說不完的事兒要說呢！」

「那就吃吧，傑勒德！」法國女教師說。她現在變年輕了，活像一位仙女般的公主。

「我回來得正是時候，我們又相逢了。我們得好好談一會兒。我們，我和耶爾丁勛爵已經好久沒見面了！」

「原來他就是耶爾丁勛爵！」吉米目送白色的長服和灰色的法蘭絨服消失在山毛櫸林中後，不勝感慨地說：「想不到她會是他的朋友，他希望她來到這兒！跟我們不一樣，呃？指環眞不賴！」

「他的朋友！」梅布兒大不以爲然地說：「你難道不明白她是他的情人嗎？你難道不明白她就是那位被關在修道院裡的女士，就因爲太窮，他沒法找到她？現在指環已經使他們永遠快快活活地生活在一起了。我眞高興！你高興嗎，卡賽？」

「怎麼不高興！」凱撒琳說：「這就跟嫁一個水手或強盜一樣好。」

「這是指環的魔力。」吉米說：「要是那個美國人租下這幢房子，他會付許多租金，他們就可以靠租金過活了。」

「不知道他們明天會不會結婚？」梅布兒說。

「要是讓我們做儐相，該多好啊！」卡賽說。

「麻煩你把西瓜拿給我好嗎？」傑勒德說：「謝謝！我們怎麼早不知道他是耶爾丁勛爵？我們眞是天字第一號大笨蛋！」

「我昨天晚上就知道了。」梅布兒不慌不忙地說：「只不過，我答應他不說出來。我守秘密的本領不錯吧!?」

「本領太大了！」凱撒琳說，有點覺得委屈。

「他喬裝打扮成一個經理，」吉米說：「所以我們認不出來。」

「喬裝打扮成一個飯桶。」傑勒德說：「哈，哈!我懂得了一個薛洛克．福爾摩斯永遠不會懂的道理，那個笨蛋華生也不懂。如果你要裝扮得讓人家捉摸不透，就應該裝扮成你眞正是的那種人。我會記住這個道理。」

「你就和梅布兒一樣，說的話總是讓人摸不著頭腦。」凱撒琳說。

「我認爲老師眞是太幸運了。」梅布兒說。

「她運氣不錯。他本來可能會搞得更糟。」傑勒德說：「請把糖果拿給我！」

＊

魔法顯然起了作用。

第二天，法國女教師完全變了個人。她的臉頰是粉紅色的，嘴唇是紅的，眼睛更大更亮，髮型完全換了樣，有點輕浮，但非常好看。

「小姐眞漂亮！」伊萊澤在一旁稱讚。

早餐剛吃完，耶爾丁勛爵就坐了一輛馬車來了。馬車套著漂亮的藍布套子，由兩匹馬拉著；馬的外衣是棕色的，非常合身，比馬車的藍布套子更合身。全體人馬就堂而皇之地乘了馬車向耶爾丁城堡出發了。

到了城堡，孩子們吵吵嚷嚷地要求讓他們把城堡裡裡外外看個夠。這種事過去是絕對辦不到的。耶爾丁勛爵有點不知所措，但還是相當熱情地同意了。梅布兒領大家參觀了她發現的所有那些暗門以及秘密過道和台階。早晨的天氣眞好。耶爾丁勛爵和法國女教師陪他們在屋裡走，很快就累了，兩人從會客室的法國式落地長窗出去，穿過玫瑰園，在迷宮當中彎形的石凳上坐下。故事開頭時，傑勒德、凱撒琳和吉米就是在那裡發現穿了粉紅色綢衣和戴寶石的睡公主。

耶爾丁勛爵和女教師離去後，孩子們感到行動更加自由了，考察的勁頭比考察北極還大。當他們從套房女盥洗室通往大廳走廊那搖搖欲墜的秘密樓梯上出現時，劈面遇見了昨天那個留一部山羊鬍子、走錯路的小老頭。

「城堡的這部分是不對外的。」梅布兒鎮定自若地說，把背後的門關上。

「這我知道。」留山羊鬍子的陌生人說：「可是耶爾丁勛爵同意我有空的時候，可以來仔細看這棟房子的。」

「噢！」梅布兒說：「請原諒，我們不知道！我們也在看。」

「我想你們是勛爵閣下的親戚吧？」山羊鬍子說。

「不完全是。」傑勒德說：「我們是他的朋友。」

這位先生很瘦，衣著很整潔；眼睛小而令人愉快，臉是古銅色的，皮膚顯得粗糙。

「你們大概是在做遊戲吧？」

「不，先生！」傑勒德說：「我們只是在考察。」

「一個陌生人可以要求參加你們的考察隊嗎？」

孩子們面面相覷。

「您瞧！」傑勒德說：「這很難說清楚——不過——您明白我的意思，是嗎？」

「他的意思是，」吉米說：「在知道您參加考察隊的用意之前，我們不能接納您。」

「您是攝影師嗎？」梅布兒問道，「或是哪家報紙派來寫一篇關於城堡的報導？」

「我了解你們的處境。」小老頭說：「我不是攝影師，也不是哪家報紙派來的。我是一個家境還過得去的人，來貴國旅行，想要租一幢房子住。我名叫傑佛遜·康威。」

「哦！」梅布兒說，「那您就是那位美國百萬富翁囉。」

「我不喜歡這個稱謂，小姐。」傑佛遜．康威先生說：「我是一個美國公民，薄有家財。這是一棟高級花園住宅——非常高級的花園住宅。要是賣掉的話——」

「它不賣，不能賣！」梅布兒急忙聲明，「律師已經對這棟房子的繼承人做了限制，所以耶爾丁勛爵不能把它賣掉。不過您可以把它租下來，給耶爾丁勛爵一大筆租金，這樣他就可以和法國女教師結婚了！」

「噓！」凱撒琳和傑佛遜．康威先生同時說。康威先生還補充了一句：「請你在前面帶路。我認爲考察工作應當是有必要全面徹底的。」

他變得熱切、靈活，十分機敏。

梅布兒受到鼓勵，就領百萬富翁走遍了整個城堡。他好像很高興，同時也很失望。

「這棟房子很不錯。」等他們回到出發點以後，百萬富翁說：「不過我認爲，在這樣大的房子裡，可能有秘密樓梯或者教士的躲藏處。很可能還會有鬼吧？」

「有的。」梅布兒爽快地說：「可是我一向認爲美國人什麼都不相信，只相信機器和報紙。」她撳了一下她背後的一個按鈕，露出那座搖搖晃晃的小樓梯。美國人一看見樓梯，立刻發生了變化，變得熱切、靈活，十分機敏。

「哎呀，哎呀！」他站在那扇從盥洗間通往華麗寢室的門裡，一聲又一聲地喚著，「眞偉大——偉大！」

每個人的希望都高漲了。看來，城堡幾乎肯定可以租得一大筆錢，那麼耶爾丁勛爵就富裕了，也就可以結婚了。

「要是這棟祖傳老宅裡有一個鬼，我今天立刻同耶爾丁勛爵拍板。」傑佛遜．康威先生說。

「您要是在這兒待到明天，睡在這個房間裡，我保證您會看到鬼的。」梅布兒說。

「那麼，這兒眞的有鬼？」他快樂地問道。

「據說啊，」梅布兒回答，「老魯珀特爵士，他在亨利八世時掉了腦袋，晚上經常把腦袋夾在胳肢窩裡，在這兒行走。可是我們沒有看過。我們看過的是一位女士，穿一套粉紅色衣服，頭髮佩著鑽石，手裡拿著一根點燃了的小蠟燭。」

其他孩子這時突然懂得梅布兒的用意，連忙一本正經地向美國人保證，說他們都看過那位穿粉紅色長服的女士。

美國人瞇縫起眼睛朝他們看了看，眼睛裡發出亮光。

「好吧！」他說：「我打算請耶爾丁勛爵允許我在他祖宗最好的寢室裡過一夜。只要我聽見一個鬼的腳步聲，或者聽見一聲鬼的嘆息，我就把這棟房子租下來。」

「我眞高興！」凱撒琳說。

「你們好像對你們的鬼很有把握!?」美國人仍然用一雙發光的小眼睛盯著他們。「我告訴你們，小傢伙！我身上帶著槍，我一看見鬼就朝它開槍。」

他從褲子後袋裡拔出一支手槍，一往情深地看著它。

「我的槍法非常準！」他邊說邊穿過豪華寢室發光的地板走向一扇開著的窗。「看見那朵像茶碟一樣大的紅玫瑰嗎？」

他們看見了。

眨眼之間，一聲槍響打破了寂靜，玫瑰花被打得稀巴爛，紅色的花瓣散落在欄杆和陽台上。美國人輪流朝每個孩子看著。每張臉都變得煞白。

「傑佛遜·康威發財靠的是密切地注意業務，隨時保持警惕！」他補充說：「謝謝你們大家的關照。」

＊

「要是你們裝鬼，他會開槍把你們打死！」吉米快活地說：「這才叫冒險，對不對？」

「可是，我還是要做。」梅布兒說，臉色蒼白然而倔強。「我們去找耶爾丁勛爵，把指環要回來。」

耶爾丁勛爵已經和梅布兒的姑媽見過面。昏暗的大廳裡，盔甲和橡木家具中間，設下了六個人用的午餐——一頓用銀餐具供應的豐盛午餐。法國女教師每分鐘都變得更年輕，越發像個公主。當傑勒德拿著一杯檸檬汽水起立為「耶爾丁勛爵和夫人」的健康乾杯時，她感動得熱淚直流。

耶爾丁勛爵致了一通充滿玩笑的答謝詞。傑勒德覺得機會來了，立刻說：「那個指環——您對它不相信，可是我們相信。我們可以把它要回來嗎？」

他們把它要回來了。

於是，在珠寶室裡匆匆開了個會以後，梅布兒把指環戴在手上說：「這是一枚魔指環，我希望美國人的全部武器都在這裡。」

一剎那間，房間裡充滿了各式各樣的武器，沿牆堆得足足有六呎高：劍、矛、箭、短斧、鳥槍、短槍、左輪、短彎刀——凡是你想得到的武器都應有盡有——四個孩子被困在所有這些殺人武器中間，幾乎連大氣也不敢出。

「我猜想他一定是收集武器的。」傑勒德說：「箭肯定有毒。天哪，梅布兒！快希望它們回到來的地方去，然後再換一個願望吧！」

梅布兒剛表示了要武器回去的願望，四個孩子馬上就平平安安地站在一個空房間裡了。可是——

「不！」梅布兒說：「這樣不行。我們要換個方式解決鬼的問題。我希望那個美國人上床睡覺時會自以為看到一個鬼。把腦袋夾在胳肢窩裡的魯珀特爵士就挺合適。」

「美國人今晚睡在那兒嗎？」

「我不知道。我希望他每天晚上都看見魯珀特爵士。這樣就萬事大吉。」

「這挺笨的！」傑勒德說：「他到底看不看得見魯珀特爵士，我們又不知道。」

「明天早上他租下房子的話，我們就知道了。」

問題就這樣解決了。梅布兒的姑媽想要梅布兒陪她，另外三個孩子就回去了。

晚餐時，耶爾丁勛爵突然來到大家面前，他說：

「傑佛遜．康威先生要你們兩個男孩和他一同在寢室裡過夜。我已經叫人把床搭好了。你們不介意嗎？他好像以為你們想要對他玩什麼鬼把戲似的。」

這很難拒絕，難得幾乎不可能。

十點鐘一到，兩個男孩就各睡在一張狹窄的白床上。在那又高又暗的臥室裡，在那張掛著帷幕，周圍飾著陰森森的羽毛的四柱老式大床面前，床顯得出奇地小。

「但願這兒不要眞的鬧鬼才好！」吉米小聲說。

「不會的！」傑勒德低聲回答。

「可是，我不願看見魯珀特爵士的鬼魂把腦袋夾在胳肢窩裡。」吉米堅持。

「你不會看見的。你最多只會看見那個百萬富翁看見它。梅布兒說看見鬼的是他，不是我們。你很可能會一覺睡到大天亮，什麼都沒看見。快閉上眼睛，數到一百萬，別胡鬧啦！」

可是他這個如意算盤是在沒有和梅布兒聯繫過的情況下打的。他不知道。梅布兒從她姑媽那裡得知傑佛遜．康威先生今晚要睡在城堡裡，已經又匆匆忙忙增加了一個願望：「但願魯珀特爵士和他的腦袋今晚在臥室出現。」

吉米閉上眼睛，開始數一百萬。他沒有數到一百萬，就睡著了。他哥哥也睡著了。

他們被一聲響亮的槍聲驚醒。每個人都想到了那天早晨打的一槍，都睜開眼睛，準備看見一個陽光照耀的陽台以及散落在白大理石上的紅玫瑰花瓣。

誰知他們看見的卻是那個又暗又高的寢室，只微微被六支長燭照亮；那個美國人穿了襯衫和長褲站在那裡，手裡拿著一支正在冒煙的手槍；而那邊，從盥洗室門裡面走過來一個人影，穿著緊身上衣和緊身褲，脖子上戴著皺領——可是沒有腦袋！腦袋當然是有的，卻不是長在脖子上，而是在右胳肢窩下，緊緊夾在緊身上衣的絲絨袖子裡。從胳肢窩底下望著前方的臉露出愉快的笑。兩個男孩——我很抱歉地說，都嚇得尖叫起來。

美國人又開了一槍。子彈穿過魯珀特爵士的身體，他好像根本沒有感覺，還是往前走著。

猛然間，燭光滅了。男孩們醒過來時，發現天已經亮了。灰濛濛的日光從高大的窗戶照進

美國人又開了一槍。

來——傾盆大雨敲擊著窗玻璃。美國人不見了。

「我們是在什麼地方呀？」吉米頭髮亂蓬蓬地從床上坐起來，向四下裡望。「啊，記得了！唷，眞嚇人！那個指環讓我受夠了，我實話告訴你。」

「胡說！」傑勒德說：「我非常喜歡；我一點也不怕。你呢？」

「不怕，」吉米說：「當然不怕！」

＊

「我們的計謀成功了！」等他們獲知那個美國人一早和耶爾丁勛爵一同進了早餐，已經搭乘頭班火車返回倫敦時，傑勒德開口了，

「他去處理掉老房子，把這棟房子租下來。這枚老指環開始做眞正有用的事啦！」

＊

「現在您大概相信這個指環的力量啦！」吉米後來在畫廊裡遇見耶爾丁勛爵時這樣對他說：「傑佛遜先生見鬼全是我們幹的。他對我們說，他要是看見鬼，就把這棟房子租下來，所以我們就想了個辦法，讓他當眞看見鬼。」

「啊，原來是你們幹的！」耶爾丁勛爵說，聲音有點怪，「我非常感激！眞的。」

「別客氣！」吉米親切地說：「我以爲你和他都會高興的。」

「也許你願意知道，」耶爾丁勛爵把手插在褲袋裡，睜大眼睛向吉米望著，「傑佛遜・康威先生對你們的鬼喜歡得不得了！今天早晨六點鐘他就把我從床上叫起來，跟我說了。」

「啊，好極了！」吉米說：「他說了些什麼？」

「我記得他是這樣說的：」耶爾丁勛爵的聲音還是很輕，「『我的勛爵，您的祖傳老宅眞不賴。事實上，它眞是絕了。它像宮殿一樣豪華，它的花園像伊甸園一樣美麗。我猜想，這眞是不惜工本。您的祖宗們是些一絲不苟的人，他們把事情做到了家，每個細節都注意到了。我喜歡您的織錦掛毯，我喜歡您的橡木家具，我喜歡您的秘密樓梯。可是我以爲您的祖宗們應該適可而止，見好就收。』我回答說：『據我所知，他們的確是適可而止，見好就收。』可是，他搖搖頭說：「『不，先生！您的祖宗們晚上經常把腦袋夾在胳肢窩裡，出來呼吸新鮮空氣。一個鬼要是吸口氣，或者悄悄走過，或者發出窸窸窣窣的聲音，這我都受得了，並爲此感謝您，把它考慮在租金裡。可是一個鬼被子彈打穿身體，還把腦袋夾在胳肢窩裡笑，而小孩們在床上尖叫，昏過去——這我可受不了！我要說的是，如果那是一個美國祖傳的、自命不凡的家鬼，那就對不起了！』說罷，他就乘早班火車走了。」

吉米聽了，大驚失色地說：「眞抱歉！不過，我們並沒有昏過去，眞的沒有——不過，我們還以爲這對您有幫助哩！也許別的人會要這棟房子吧！」

「別的有錢人我一個也不認識。」耶爾丁勛爵說：「康威先生昨天來說，他要租房子，要不然，你們決不會跟他碰上的。我不知道你們是怎麼做的，也不想知道。這一招太笨了！」

一陣使人沮喪的沈默，只有雨點打在長窗上沙沙作響。

「我說——」吉米抬起頭來望著耶爾丁勛爵，他的一張圓臉因爲有了個新的主意而開朗了。「我說，要是您手頭緊，幹嘛不把您的珠寶賣掉呢？」

「我沒有珠寶，你這個愛管閒事的小笨蛋！」耶爾丁勛爵怒氣沖沖地說，把手從褲袋裡抽出來，走了。

「我是說，頂上有星星的房間裡的那些珠寶。」吉米跟在他的後面毫不放鬆。

「屁也沒有！」耶爾丁勛爵不耐煩地說：「如果這又是關於指環的胡說八道，年輕人，我勸你小心點！我的耐性是有限度的！」

「這不是關於指環的胡說八道！」吉米辯白，「那兒許多架子上淨是美麗的家傳珠寶。您可以把它們賣掉，然後——」

「啊不！」法國女教師叫起來。她突然出現在畫廊門邊，就像一張公爵夫人的有油畫風格的石版畫，「別把家傳珠寶賣掉——」

「根本沒有珠寶，夫人！」耶爾丁勛爵向她走過去，「我還以爲你永遠不來了。」

「啊，那兒有的是！」跟在法國女教師後面的梅布兒說：「您來看看就知道了。」

「我們去看看他們會給我們看些什麼。」耶爾丁勛爵站著不動，法國女教師就叫了起來，「這至少是挺好玩的。」

「是挺好玩的！」吉米說。

於是，他們就去了；梅布兒和吉米領路，法國女教師和耶爾丁勛爵手拉手跟在後面。

「手拉手走安全得多！」耶爾丁勛爵說：「有這些小孩子在，你永遠不知道下一分鐘會發生什麼!?」

第十二章

當耶爾丁勛爵跟著梅布兒和吉米穿過他祖宅的大廳時，描寫一下他心中的感受當然是很有意思的。可是他到底感受了些什麼，我壓根兒無法知道。不過，我們必須假定他心中一定有所感觸：也許是迷惑，攙和著一些驚奇，還有就是想在自己身上擰一把，看看自己是不是在做夢。也可能他在思考兩個對立的問題——「我瘋了嗎？」、「他們瘋了嗎？」完全無法決定他應該設法回答哪一個問題，更不用說應該怎樣回答了。你瞧，孩子們確實好像對他們講的稀奇古怪的事兒深信不疑——願望已經成眞，鬼已經出現。他一定想到了——可是一切都沒用。他心裡究竟想到了些什麼，我了解得並不比你們多。

法國女教師是怎樣想的，怎樣感受的，我同樣也沒法給你們一點線索。我只知道她心中非常快樂。不過，關於這一點，誰要是看到她的臉，都會知道的。也許現在是最好的機會，可以說明一件事：從前，當她的監護人把她送進修道院，不讓她嫁給一個窮勛爵而失去她的財產時，她的監護人卻把那宗財產據爲己有，逃到南美洲去了。法國女教師身邊一個錢也沒有，只好自己工作掙錢。她當了一名家庭教師，後來就擔任了她目前擔任的職位，因爲它離耶爾丁勛爵的家很近。

她渴望見到他，儘管她認爲他已經拋棄了她，不再愛她了。現在她見到他了。我敢說，當她跟他手拉手在他的屋子裡行走的時候，她腦子裡想到了這些事。不過，我當然不能肯定。

至於吉米腦子裡的念頭，我就像讀一本熟透了的書那樣清楚。他想：「現在他非相信我的話不可了。」對吉米來說，耶爾丁勛爵應該相信他，已經成爲天底下最最重要的事兒了。他希望凱撒琳和傑勒德在他身旁，與他分享勝利的喜悅。可是他們兩個正在幫梅布兒的姑媽把華麗的家具用布罩起來，所以對後來發生的事沒有參與。並不是說他們錯過了什麼，因爲當梅布兒在小房間裡得意洋洋地說：「現在你們將會看到——」而其餘的人走上來圍住她的時候，卻什麼也沒有發生！

「這兒什麼地方有一個秘密按鈕。」梅布兒說，一面用手指摸索著，手指突然變得熱乎乎，濕答答。

「哪兒？」耶爾丁勛爵問道。

「這兒！」梅布兒不耐煩地說：「只不過我找不到。」

她眞的找不到。不錯，她是在窗底下找到了一個秘密活門的按鈕。可是同每個人都想像過，至少有兩個人親眼見過的珠寶比較起來，這算不了什麼。可是，那個使橡木活門移開，露出每個人看了之後都會曉得那是價值連城的珠寶的按鈕卻怎麼也找不到。而且，按鈕根本不在那兒，這是肯定無疑的。梅布兒和吉米的熱切的怨言馬上停下來，每個人耳朵發熱，目光不願接觸。大家都憤憤不平地覺得按鈕根本不講運動道德——一句話，一點也不光明磊落。

「你們都看見了！」耶爾丁勛爵厲聲說：「要是你們管它叫玩笑的話，你們的玩笑已經開過了！這種蠢事已經讓我受夠了。把指環給我——既然你們說它是在這兒的什麼地方找到的，那就是我的——別再魔法和妖術什麼的亂說一通了。」

「指環在傑勒德那兒。」梅布兒可憐兮兮地說。

「那就去把他叫來，」耶爾丁勛爵說：「你們兩個都去。」

兩個孩子垂頭喪氣地去了。耶爾丁勛爵乘他們不在時，向法國女教師解釋：同其他事情比起來，珠寶是多麼無足輕重。

四個孩子一同回來了。

「指環這件事我們受夠了！」耶爾丁勛爵說：「把它還給我，以後不要再提了。」

「我——我脫不下來了！」傑勒德說：「它——它總是不聽話。」

「我來幫你把它脫下來！」耶爾丁勛爵說。

可還是脫不下來。「塗點肥皂試試！」他堅決地說。

五個聽他說話的人當中，有四個清楚地知道肥皂不管用。

「他們不信有珠寶！」梅布兒說，突然放聲大哭，「可是我偏偏找不到那個按鈕。我到處都找過了——我們都找過了——明明在這裡的，可是——」

她邊說邊用手摸著。當她說完以後，活門忽然自動移開了，放滿珠寶的藍絲絨架子顯現在耶爾丁勛爵和那位將要成爲他的妻子的女士眼前，使他們簡直不敢相信。

「天哪！」耶爾丁勛爵叫了起來。

「眞不可思議！」女士用法語說。

「可是爲什麼活門早不開，晚不開，偏偏現在開了？」梅布兒感到奇怪。

「我猜想那是魔法的緣故。」傑勒德說：「這兒其實沒有按鈕，因爲指環不在這兒。你們知道，太陽神說過，指環是全部魔法的關鍵。」

「把門關上，指環拿走，再試試看。」

他們照做了。傑勒德果然是對的：（他本人指出，他一貫是對的。）指環一出了房間，按鈕就不見了；指環一進了房間，按鈕就又好端端在那裡了。

「現在您看見了吧？」梅布兒對耶爾丁勛爵說。

「按鈕隱藏得非常巧妙，」笨笨的貴族說：「你們找到它眞是聰明極了。要是那些珠寶是眞的——」

「當然是眞的。」梅布兒惱怒地說。

「好吧！」耶爾丁勛爵說：「不管怎麼說，反正我要謝謝你們大家。我認爲問題解決了。午餐後，我派車送你們回去。要是你們不介意，我要把指環收回了。」

用肥皂和水折騰了半個鐘頭，啥用處也沒有，反而把傑勒德的手指弄得非常紅，非常痛，說了些非常急躁的話。

傑勒德突然惱了，恨恨地說：「我當然希望指環能脫下來。」

果然，就像他後來所說，指環「像奶油一樣滑」，一下子就脫下來了。

「謝謝你！」耶爾丁勛爵說。

「現在我相信他認爲我是故意作弄他的，」後來，當傑勒德在家裡毫不費力地當他的頭頭時，大家每人一聽菠蘿、一瓶薑汁水，邊喝邊把整個事件議論了一下。「有些人是容易討好的。他本來急著派車送我們走，後來發現老師要跟我們一起走，就不那麼急了。可是，我還是喜歡當一名小小經理時的他。總而言之，從他的表現來看，我們不大可能再喜歡他了。」

「他自己也不明白是怎麼搞的。」凱撒琳說，把身體往後靠在瓦屋頂上。「那當眞是魔法的緣故，就像患痲疹似的。你們難道不記得，梅布兒當初變得看不見的時候脾氣多麼壞嗎？」

「怎麼不記得！」吉米說。

「一半是魔法，」傑勒德說，竭力顯得公正，「一半是因爲他戀愛了。愛情總是使人變得像個傻瓜——這是一個同學告訴我的。他的姊姊就是那樣的——討厭極了！她在訂婚前一向是挺正經的。」

在喝下午茶和進晚餐的時候，法國女教師容光煥發——像聖誕卡上的女郎一樣嫵媚，像猢猻一樣活潑，像你要是肯任勞任怨就總是能夠做到的一樣體貼。早餐時，她也是同樣容光煥發，同樣嫵媚、活潑和體貼。然後，耶爾丁勛爵來看她了。會見在客廳裡進行。孩子們很識相，待在教室裡不出來，直到最後，傑勒德上樓到他的房間去拿鉛筆，伊萊澤正把耳朵貼在客廳鑰匙眼上偷聽，把她嚇了一跳。

這以後，傑勒德捧了一本書坐在最上面一級樓梯上看。客廳裡在談些什麼，他是聽不見的，但是能看到客廳的門，這樣就可以保證任何其他人不偷聽。因此，當客廳門打開時，傑勒德能看見耶爾丁勛爵從客廳裡出來。

「我們的小英雄，」傑勒德後來說：「極其老練地咳了一聲，表示他在那兒。」

可是耶爾丁勛爵好像沒有注意。他跌跌撞撞地走到衣帽架前，笨手笨腳地摸到雨傘和雨衣，找到草帽，悶悶不樂地朝它瞅了一眼，把它戴在頭上，就走了出去，最最粗魯地把門「砰」的一聲關上。

他讓客廳的門開著。傑勒德——儘管他故意讓自己處於這樣一個位置：當門關上的時候，從那兒聽不到客廳的談話。此刻門開了，卻相當清楚地聽到一個聲音。他非常苦惱和厭惡地發現他聽到的是抽抽答答的擤鼻子聲。不用說，那是法國女教師在哭。

「天哪！」傑勒德自言自語，「他們時間抓得可真緊。倒想想看，已經在吵架了！但願我永遠不要做哪一個女人的情人才好。」

可是，現在並不是考慮他自己將來可能碰上可怕的遭遇的時候。伊萊澤隨時都會出現；她會毫不遲疑地從那扇開著的門進去，對法國女教師的傷心事兒打破砂鍋問到底。

傑勒德覺得最好還是由他自己來問。因此，他躡手躡腳地從樓梯破舊的綠地毯上走下去，進了客廳，把門輕輕地關上。

*

「一切都完了！」法國女教師把臉埋在紅底布上的馬蹄蓮裡——這塊紅底布是從前一個學生當靠墊套用的。「他不願跟我結婚！」

你們別問我傑勒德是怎樣獲得女士的信任。我想我幾乎一開頭就說過，他對付女人很有一套辦法。反正此刻他正握著她的一隻手，情眞意切，彷彿她是他的母親，正在鬧頭痛。他嘴裡不住地說：「別哭！別哭！一切都會好的，您放心好了！」語氣非常親切，時不時還輕輕在她的背上捶幾下，同時請求她把事情的經過講給他聽。

你們可能以爲傑勒德這樣要求只是出於好奇，其實並不是。傑勒德提出這個要求，是因爲他越來越確信，不管發生了什麼事，問題都出在那個指環上。這一點，傑勒德是對的。（正如他後來對自己說的——「又對了！」）

法國女教師講的一番話是極不尋常的——昨天晚上吃完飯，耶爾丁勛爵曾到花園裡去「思考——」

「這我知道。」傑瑞德說：「他手上戴著指環；他看見——」

「他看見塑像一個個都活了。」法國女教師抽抽答答地說：「他的腦子被你們講給他聽的荒唐的神仙故事攪糊塗了。他看見大理石的太陽神和愛芙羅黛蒂都活了。他想起了你們講的故事。他表示希望自己成爲一尊塑像。接著他就瘋了——認爲你們講的關於島的故事是眞的，他跳進湖裡，在諾亞方舟的動物中間游泳，想像島上有神仙。天亮時，他瘋得好一點了，衆神都沒了。他還以爲自己是塑像，在花園裡躲避園丁們，直到九點差一刻。於是，他表示希望自己不再是塑像，發覺自己又成了血肉之軀。一個惡夢！可是你們講的故事把他攪糊塗了。他說那不是夢。可是他是個傻瓜，瘋子——你們是怎麼說的？一個瘋子是不能結婚的。沒有希望。我太失望了！活著眞沒有意思！」

「有希望！」傑勒德熱切地說：「我向您保證——有希望！生活還是美好的。沒有什麼好失望的。他不是瘋子，那也不是一個夢。那是魔法，的的確確是魔法。」

「不是魔法。」法國女教師苦惱地說：「他眞的瘋了！那是因爲和我久別重逢，高興過度的緣故。噢！拉——拉——拉——拉！」

「他和神仙談過話嗎？」傑勒德柔聲問道。

「這是他最瘋的念頭。他說麥丘利同他約好，明晚月亮升起時在某一座神殿見面。」

「好！」傑勒德叫了起來，「好極了！美麗溫柔的拉龐澤爾小姐，不要做一個小傻瓜——」

他一個勁說好話哄她。凱撒琳不快活、發脾氣時，他總是這樣做的。可是他馬上又補充說：「我是說，不要做個無緣無故就哭的小姐。明天他會到那座神殿去的。我也去。他去——您也去。您去——我們去——大家都去！您明白，一切都會好的。他會明白他並沒有瘋，您會把所有事情都了解清楚。把我的手帕拿去，它碰巧很乾淨，甚至都沒有打開過。啊！求求您別哭了。您有一個親愛的、失去很久很久的愛人。」

這滔滔不絕的美言不是沒有用的。她接過他的手帕，擦擦眼睛，破啼爲笑了：「沒規矩！那個鬼，一定是你跟他開的玩笑吧？」

「我沒法解釋。」傑勒德說：「可是我以名譽向您擔保——您知道英國人的名譽擔保意味著什麼，哪怕您是個法國人！這意味著，您一切都將如願以償。我從來沒有對您撒過謊。請相信我！」

「有點奇怪！」她擦乾眼淚說：「可是我相信你。」她又一次吻了他，吻得那麼突然，他都來不及抗拒。不過，我認爲，在她這個憂傷的時刻，他會認爲抗拒是不體面的。

「這使她快活，對我反正沒有什麼損失。」他也許就是這樣想的。

*

這時月亮已快升起了。法國女教師和四個孩子（他們上一天已經發出一封限時信，把梅布兒叫來。）在沾著露水的草地上走。女教師將信將疑，但一心想到耶爾丁勛爵的身邊，哪怕他像一隻三月裡發情的野兔一樣瘋狂。月亮還沒有升起，可是它的光輝已在天空中同落日紅紫色的餘暉混合在一起。西面天空烏雲密布，但月亮升起的東面像岩石裡的水潭一樣清澈。

他們越過草地和山毛櫸林，穿過密密麻麻的灌木和荊棘，終於來到一小塊聳起在平坦的山頂之上的高地。這兒怪石嶙峋，形成一個圓圈，中間有一個洞，洞的邊緣磨得光閃閃的。圓圈當中是一塊扁平的大石頭，孤零零一塊，意味深長——石頭上充滿了對於早就被遺忘的老的信念和信條的回憶。圓圈裡有一樣黑黝黝的東西在動。法國姑娘離開孩子們，走到它跟前，把它抱住。那是耶爾丁勛爵。他叫她走。

「決不！」她叫道：「要是你瘋了，那我也瘋了，因爲我相信這些孩子們講的故事。我來這裡和你在一起，同你一起看月亮出現時將會讓我們看到的無論什麼東西。」

孩子們拉著手站在大石頭旁邊。姑娘聲音裡的魔力比魔指環的任何魔力都更使他們感動，他們想不聽，可還是聽了。

「你不害怕嗎？」耶爾丁勛爵問道。

「害怕？和你在一起還怕？」她笑出了聲。

他用一隻手臂抱住她。孩子們聽見她在嘆氣。

「你害怕嗎，親愛的？」他還在問。

傑勒德穿過寬闊的草地，明明白白地向法國姑娘說：「您要是戴著指環就不會害怕了。我很抱歉！可是你們說的每一句話我們都聽見了。」

她又笑了，「那沒關係！你們反正知道我們兩人相愛。」

於是，耶爾丁勛爵把指環套到她的手指上，他們倆一起站著。他的白法蘭絨外套和她的白衣服融成一片，他們兩人站在那裡，就像是一塊大理石雕出來的。

接著，一抹淡灰色接觸了那個圓洞的頂，從邊緣擴散開去。洞變成一個光碟，月光穿過石頭，形成灰綠色的圓圈。

當月亮冉冉升起時，月光向下傾斜。孩子們往後退，緊靠一對情人站著。月光越來越傾斜，這時已碰到石頭遠的一邊，越來越接近石頭中央，終於接觸到石頭的中心。就像撳了一個按鈕似的，忽然放出萬道光芒。

一切東西都改變了。或者，不如說，一切東西都顯現了。不再有秘密了。世界的圖像一目瞭然了，就像用大字寫在兒童石板上的一道簡易算術題。你奇怪你從前怎麼會對任何一件事感到驚奇。

空間不存在了；你看到過或夢見過的每一個地方都在這裡出現。時間不存在了；你做過的或想要做的一切都充塞在這一瞬間。瞬間，也就是永恆。它是宇宙的中心，是宇宙本身。永恆的光照亮了事物永恆的核心。

＊

六個看見月出的人當中，沒有一個人能把它當作一件同時間有關的事情來思考。月光在那塊石塊上只照射了一瞬間。可是就在那一瞬間，發生了許許多多事情。

從那個高度，你的目光能夠掠過寧靜的庭院和沈睡的花園，遠遠望見一些身影在移動，在接近。

首先，到達的是一些巨獸，混沌初開時出現過的奇怪形體——長著翅膀的巨蜥——存在於人們記憶中的恐龍——猛獁——奇形怪狀的大鳥——牠們慢慢地爬上山，在圓圈外面一溜兒排開。接著，不是從花園，而是從非常非常遠的地方來了埃及和亞述的神——他們長著牛的身體、鳥的翅膀、老鷹的頭、貓的頭，全都生氣勃勃；從大教堂高塔上飛來了一些怪異的身影——翅膀收起來的天使、翅膀張得大大的野獸；斯芬克❶；南方棕櫚樹叢生的島上古怪的偶像；最後還有男女神仙的美麗的大理石身軀：他們曾在湖心島上設宴狂歡，就是他們囑咐耶爾丁勛爵和孩子們來參加這次的集會。

沒有說一句話，每個石頭身體都快活地、靜悄悄地走進光明和理解的圈子，像孩子一樣，經過長途跋涉，累了，輕輕地從開著的門走進爐火熊熊燃燒著的溫暖的家。

孩子們本來想要問許多問題；神仙們曾答應回答他們的問題。可是現在，沒有人說一句話，

---

❶斯芬克斯：希臘神話中長著翅膀的獅身女首怪，傳說常叫過路行人猜謎，猜不出就被它殺害。

因爲大家都進入眞正魔法的圈子，那兒一切事情不用言語就能理解。

後來，他們當中誰也記不得發生了什麼事。但是他們永遠不會忘記，他們曾到過一個地方，那兒一切都安逸又美好。而能夠記得那麼多的人永遠不再是原來的人了。第二天，當他們談到它時，他們發現，對每一個人來說，那個夜晚的偉大啓示的一小部分已經一去不返了。

所有的石頭怪獸都向石頭周圍靠近——月光照射到的地方光芒四射，就像水從高處落下時濺起的水花。所有的人和獸都沈浸在白色中。四周一片寂靜。

接著，所有與會者集中精神。所有的臉——鳥、獸、希臘神、巴比倫怪物、孩子和情人的臉——全都向上抬起。明亮的光照亮了它們，大家都不約而同地說出一個字。

「光！」它們叫起來，它們的叫聲像波濤洶湧：「光！」「光——」

爾後，光消失了，像飛揚的薊冠毛一樣輕，睡眠籠罩了除了神仙以外的所有人和獸的眼睛。

＊

草顯得寒冷而且沾滿了露水，烏雲把月亮遮住了。一對情侶和四個孩子站在一起，大家依偎得緊緊的，不是因爲害怕，而是因爲愛。

「我想到島上的洞裡去。」法國女郎輕輕地說。

在柔和的夜色中，他們悄無聲息地走到停船的地方，解放叮噹發響的鏈條，在沈浸水裡的星星和睡蓮中間盪起槳來。他們登上了島，找到了台階。

「我把蠟燭帶來了；」傑勒德說：「以防萬一！」

於是，大家藉著燭光，走進賽姬的神殿。四周被她的塑像發出的光照亮了，一切都和孩子們以前看到的一樣。

那是遂願之殿。

「指環！」耶爾丁勛爵說。

「指環就是許久以前送給一個人的魔指環。」他的情人說：「這個指環是我家族裡的一位女士送給你的老祖宗，好讓他為她造一座花園和一棟房子，就和她自己國家裡自己的花園和房子一樣。所以，這個地方一部分是他的愛人造的，還有一部分是那種魔法造的。她沒有活到看見房子落成！那就是魔法的代價。」

她說的一定是英語，因為要不然孩子們怎麼會懂呢？可是這些話和法國女教師平常說話的方式不同。

「除了孩子們以外，」她繼續說：「指環是要代價的。當我按照你的願望，按照你後來一直體會到的可怕的瘋狂來到你身旁時，你就為我付出了代價。只有一個願望是不用代價的。」

「那個願望是——」

「最後一個——」她說。「你要我說出來嗎？」

「要的——說吧！」大家異口同聲地說。

「好，我希望，」耶爾丁勛爵的愛人說：「這個指環造成的一切魔法都消除，指環本身成爲一種魔力，不多不少，恰好使你我永遠結合在一起。」

她停止了。她一停止，魔光就消失了，遂願之殿的窗戶就像幻燈片一樣暗淡了。

傑勒德手上的蠟燭隱隱約約照亮了一個拱洞。本來豎立賽姬女神像的地方現在只剩下一塊石頭，上面刻著幾個字。

傑勒德把燭光放低一些。

「那是她的墳。」法國女郎說。

*

次日，對於所有發生的事，誰也記不清了。可是有好些事變了。

指環沒了，有的只是一枚普通的金指環，法國女教師早上在自己床上醒來時發現她手裡緊緊握著這枚指環。珠寶房裡的珠寶有一大半都沒了，剩下的一些珠寶沒有活門遮蓋，就那麼隨隨便便放在絲絨架子上。芙羅拉神殿後面的過道也消失了。秘密過道和密室有好些都不見了。花園裡的塑像也沒有原來那樣多。大片大片城堡都渺無蹤影了，只得出巨資重建。從這一點我們可以斷言，耶爾丁勛爵的老祖宗當初造房子的時候，那個指環曾經幫過他不少忙。

無論如何，剩下的珠寶是足夠支付一切開銷的。

指環的魔法突然破除，使每個有關的人萬分震驚，他們現在幾乎都懷疑曾經有過任何魔法。

但有一點是肯定的，就是耶爾丁勛爵和法國女教師結婚了，婚禮上使用了一枚普通的金指環，而這個金指環正是那枚魔指環，被最後一個願望所幻化，蘊含了一種使他和他的妻子永遠結合在一起的魔力。

還有，如果整個故事是胡說八道，是憑空捏造——如果傑勒德、吉米、凱撒琳和梅布兒僅僅是一些虛構的人物，強加於我那輕信的天性，那麼，月出魔法運作之後的次日，晚報上登的一則消息，你們又如何解釋呢？

消息的標題是——

著名金融家

神秘失蹤

消息說，金融界一位著名和深受敬重的先生消失不見，沒有留下任何痕跡——

醜八怪先生在他的辦公室工作到深夜。這是他的老習慣。辦公室的門鎖著，警察破門而入，發現地板上有一堆這位不幸的先生的衣服，另外還有一把雨傘、一根手杖、一根高爾夫球棍，以及奇怪至極，一把女僕們用來撣灰塵的羽毛撣帚。但是他的身體卻無影無蹤。據稱，警察已獲得線索。

如果他們當眞獲得了線索，他們也會把它秘而不宣。可是我不認爲他們能有任何線索，因爲，當然囉，那位受敬重的先生不是別人，正就是那位醜八怪，他在找一家眞正上等的旅館時來到了遂願之殿，變成了眞人。要是這整個故事都是假的，那麼，那四個孩子又怎麼會成爲耶爾丁勛爵和夫人的好朋友，幾乎每個節假日都在城堡裡度過呢？

誰要是認爲這整個故事都是我憑空揑造的，那就隨他們的便吧！事實終歸是事實，你是無法把它們抹煞的。

〈全書終〉

國家圖書館出版品預行編目資料

魔法城堡／伊迪絲·內斯比特／著;朱曾汶／譯-- 二版--
新北市：新潮社文化事業有限公司，2022.05
面； 公分
譯自：THE ENCHANTED CASTLE
ISBN 978-986-316-827-0（平裝）

873.59 111003732

魔法城堡

伊迪絲·內斯比特／著
朱曾汶／譯

【策　劃】林郁
【企　劃】天蠍座文創
【出　版】新潮社文化事業有限公司
電話：(02) 8666-5711
傳真：(02) 8666-5833
E-mail：service@xcsbook.com.tw

【總經銷】創智文化有限公司
新北市土城區忠承路 89 號 6F（永寧科技園區）
電話：(02) 2268-3489
傳真：(02) 2269-6560

印前作業　菩薩蠻、東豪印刷事業有限公司

二　版　　2022 年 06 月